AF762304

99 डरावनी कहानियाँ

अंधकार के बाद अंधकार: डरावनी लघु कहानियों का संग्रह

टाटिया क्विकविनिया

सामग्री सूची:

लेखक की टिप्पणी

प्रिय डरावनी कहानियों के प्रेमी, डर की इस दुनिया में आपका स्वागत है!

बचपन से ही मैं डरावनी कहानियों का शौक़ीन रहा हूँ। इसलिए मैंने सोचा, क्यों न इस शैली की कुछ लघु कहानियाँ आपके साथ बाँटी जाएँ।

इनमें से अधिकतर कहानियाँ मेरी कल्पना से जन्मी हैं, पर कुछ सच्ची घटनाओं पर भी आधारित हैं। कौन सी सच्ची हैं और कौन सी नहीं? यह रहस्य आपको ही सुलझाना है।

अब जब आप ये पंक्तियाँ पढ़ रहे हैं, तो जान लीजिए कि आप मेरे सबसे पसंदीदा पाठक हैं।

और क्योंकि आप मेरे लिए इतने खास हैं, मैं आपको एक सलाह देना चाहता हूँ—कहानियाँ एक साथ बहुत ज़्यादा मत पढ़िए। धीरे-धीरे, आराम से पढ़िए।

कम समय में बहुत ज़्यादा डरावनी कहानियाँ पढ़ने से नकारात्मक ऊर्जा का असर हो सकता है, और फिर हो सकता है आपको अजीब चीज़ें दिखने या सुनाई देने लगें...

तो अब, बस आनंद लीजिए!

•1•

जिज्ञासु पाठक

यह 5 नवंबर की एक धुँधली दोपहर थी। एक किशोरी, एमिली, अपने तीन-मंज़िला घर के ठंडे अटारी कमरे में बैठी थी—हालाँकि यह उसकी अपनी मर्ज़ी से नहीं था—उसे माता-पिता ने कर्फ्यू तोड़ने की सज़ा दी थी। भारी ऊब और बेचैनी में, एमिली ने पुरानी, धूल जमी हुई चीज़ों के ढेर में टटोलना शुरू किया। तभी उसकी नज़र एक चमड़े की जिल्द वाली डायरी पर पड़ी, जिसके कवर पर फीकी स्याही में लिखा था—"मत पढ़ो।"

शुरुआत में एमिली ने चेतावनी को गंभीरता से लिया और डायरी को वापस रख दिया, लेकिन जैसे-जैसे घंटे बीतते गए और उसकी बोरियत और बढ़ गई, उसकी जिज्ञासा उस पर हावी हो गई। उसने झिझकते हुए पुरानी डायरी को खोला, उसके पीले पड़ चुके पन्ने पलटे, और देखा कि ज़्यादातर पन्ने खाली थे—सिवाय आख़िरी तीन के, जो आज की तारीख, यानी 5 नवंबर से शुरू हो रहे थे।

रुचि जागी, एमिली ने पहला वाक्य पढ़ना शुरू किया:

"कितना भयानक दिन था!"

"सबसे पहले, मैं स्कूल के लिए देर से पहुँची, और उस बदबूदार औरत ने पूरी क्लास के सामने मुझे 15 मिनट तक डाँटा! कितनी शर्मनाक बात थी वो! फिर, जैसे सुबह की बेइज़्ज़ती ही काफी नहीं थी, मेरा बेवकूफ़ बॉयफ्रेंड मेरे स्कर्ट की लंबाई पर बहस करने लगा—मतलब, तू मेरा बाप है क्या? और तो और, मुझे दुकान से कम पैसे वापस मिले, सीढ़ियों पर गिर गई, और अब यहाँ हूँ, इस गंदी अटारी में, बिना मतलब की सज़ा भुगतते हुए। क्या दिन है ये! इससे बदतर कुछ हो सकता है क्या?"

एमिली दंग रह गई कि उसने जो कुछ पढ़ा, वह उसके दिन से कितना मेल खा रहा था।

"कितना रिलेटेबल! कमाल है! ऐसा लग रहा जैसे ये सब मैंने ही लिखा हो!"

फिर उसने अगला पन्ना खोला:

"अब और बर्दाश्त नहीं होता! मेरा ये बेवकूफ़ बॉयफ्रेंड मुझे इग्नोर कर रहा है! शायद मुझे उससे ब्रेकअप कर लेना चाहिए... खैर, एक बड़ा लाल ट्रक मुझ पर कीचड़ उछाल गया और मेरी सबसे पसंदीदा जीन्स बर्बाद हो गई। लेकिन वो कुछ भी नहीं था उस चीज़ के सामने जो इसके बाद हुआ: घर लौटते समय मुझे लगा कि कोई मेरा पीछा कर रहा है।"

कहानी में डूबी एमिली को रसोई से अपनी माँ की आवाज़ सुनाई दी—सज़ा खत्म हो गई थी और अब वह डिनर के लिए नीचे आ सकती थी। एमिली ने खुश होकर डायरी बंद की और उसे अपने बेडरूम में ले गई, यह सोचकर कि अगली सुबह वह इसे आगे पढ़ेगी।

6 नवंबर की सुबह आई, और जैसे-जैसे दिन बीता, एमिली बेचैन होती गई। उसकी ज़िंदगी और डायरी की बातें जिस तरह से मेल खा रही थीं, वह डरावना था: पहले, उसका बॉयफ्रेंड जेक ने उसे पूरा दिन इग्नोर किया। फिर, उसकी पसंदीदा जीन्स पर कीचड़ लग गया, और...

"...लेकिन वो कुछ भी नहीं था उस चीज़ के सामने जो इसके बाद हुआ: घर लौटते समय मुझे लगा कि कोई मेरा पीछा कर रहा है,"

एमिली को वो वाक्य याद आया और वह डर के मारे सिहर उठी।

वह तेज़ कदमों से घर की ओर बढ़ी, बार-बार पीछे झाँकती रही और सच में एक कोने में किसी साए को खड़ा पाया, जो ज़रूर उसका पीछा कर रहा था।

वह घबरा कर घर की ओर भागी, दिल तेज़ी से धड़क रहा था। सबसे पहले उसने अपने कमरे में जाकर डायरी खोजनी शुरू की, लेकिन वह कहीं नहीं मिली।

"कहाँ गई ये?!" एमिली झल्लाई, और उसने कमरे का और भी बुरा हाल कर दिया।

"क्या ढूंढ रही हो?" उसकी माँ की आवाज़ आई, जो दरवाज़े के पीछे झाँक रही थी।

"माँ, क्या आपने या किसी और ने मेरे कमरे से कुछ लिया है?"

"नहीं, किसी ने तुम्हारे कमरे को हाथ तक नहीं लगाया। लेकिन मैं ज़रूर सफाई करूँगी, लेकिन फिर तुम्हें अच्छा नहीं लगेगा!"

एमिली निराश होकर आधी रात तक ढूँढती रही, और अंत में हार मानकर आखिरी उम्मीद के तौर पर अटारी में गई।

अटारी हल्की चाँदनी में डूबी थी। और वहाँ, अपने पुराने स्थान पर ही उसे डायरी दिखाई दी।

उसने घबराकर इधर-उधर देखा—डर था कि कहीं माँ उसे इस समय अटारी में न पकड़ ले। घड़ी में 12 बज चुके थे, और माँ ने साफ़ कहा था कि वह उसका कमरा चेक करेगी, इसलिए उसे जल्दी करनी थी।

एमिली ने आखिरी पन्ना खोला, जिस पर तारीख थी—7 नवंबर।

वहाँ लिखा था:

“काश मैंने अपने माता-पिता की बात मानी होती। रात में अटारी में आना बहुत बड़ी भूल थी। मुझे बहुत डर लग रहा है। मुझे पता है कि कुछ भयानक होने वाला है।”

एमिली की रूह काँप गई। उसने पढ़ना जारी रखा—

"अब मैं क्या करूँ? मैंने अभी-अभी देखा कि मेरे पास एक आदमी की परछाई है... और उसके हाथ में चाकू है!"

सन्न, डरी हुई एमिली ने बगल में देखा—वहाँ सचमुच एक काली आकृति थी, जिसके हाथ में कुछ चमकता हुआ था।

दहशत में, उसने फिर डायरी की ओर देखा—और वहाँ आखिरी पंक्ति उभर रही थी, ताज़ा लिखी हुई:

“तुम डायरी क्यों देख रही हो? पीछे देखो।”

•2•

अब सच्चाई जानने का समय है

एथन अभी-अभी एक आकर्षक नए अपार्टमेंट में शिफ्ट हुआ था, जो एक ऊँची इमारत में था। अपार्टमेंट उजला था और उसके ऑफिस के बेहद करीब—बिलकुल वैसा जैसा उसने हमेशा सपना देखा था। हाल ही में उसने अपनी पुरानी नौकरी छोड़ दी थी, जिसमें उसका बॉस किसी बुरे सपने से कम नहीं था। अब वह इस नए अध्याय की शुरुआत को लेकर बेहद उत्साहित था।

लेकिन रात होते ही एक अजीब सी बात उसका ध्यान खींचने लगी। उसके बेडरूम की खिड़की से सामने वाली इमारत के एक अपार्टमेंट की खिड़की साफ़ दिखती थी—और वहाँ, हल्की रोशनी के बीच, एक काली परछाई स्थिर खड़ी रहती—जैसे कोई इंसान बिना हिले-डुले उसकी ओर देख रहा हो।

एथन हर रात उस परछाई को नजरअंदाज़ करने की कोशिश करता, लेकिन बेकार। सुबह तक सामने वाले अपार्टमेंट की खिड़कियों पर परदे लगे होते, और दिन में कुछ भी दिखाई नहीं देता था। समय बीतता गया, लेकिन वह परछाई एथन के दिमाग से नहीं निकली—अब वह नींद भी खोने लगा था।

इसी बेचैनी के बीच, उसे अपने मकान मालिक का एक वॉयस मैसेज मिला:

"ओह, वो तो वैक्स फिगर है। सामने वाली बिल्डिंग में एक आर्ट गैलरी है। मैं खुद एक प्रदर्शनी में गया था—वहाँ की मोम की मूर्तियाँ तो कमाल की थीं। जैसे ज़िंदा हों! काश, फिर से जाने का समय मिल पाता।"

एथन ने राहत की सांस ली और खुद पर हँस पड़ा, "तो बस एक मोम की मूर्ति है। फिर भी… थोड़ा डरावना तो है। ख़ैर, प्रदर्शनी कभी तो खत्म होगी।"

लेकिन हफ्ते बीत गए, और वह परछाई अब भी हर रात वहीं खड़ी दिखाई देती रही। कई बार एथन नींद में हड़बड़ा कर उठता, जैसे कोई उसे घूर रहा हो।

एक शनिवार की सुबह, उसने फैसला किया कि अब और नहीं। वह उस इमारत में गया। भव्य लॉबी में पहुँचकर, वह रिसेप्शन डेस्क पर गया, जहाँ एक मंझले उम्र का आदमी यूनिफॉर्म में खड़ा था।

"माफ़ कीजिए," एथन ने सहजता से कहा, "12वीं मंज़िल की जो प्रदर्शनी है, वो कब खत्म हो रही है?"

वह आदमी चौंका, फिर बोला, "प्रदर्शनी? अरे, वो तो तीन महीने पहले ही खत्म हो गई। वो अपार्टमेंट तो खाली है—अब किराए पर है, थोड़ी मरम्मत की ज़रूरत है बस।"

"ऐसा है क्या? मैं उसे किराए पर लेने में रुचि रखता हूँ। क्या मालिक से या एजेंट से संपर्क हो सकता है?"

"मैं एजेंट को कॉल कर देता हूँ। आज शाम मिल सकते हो?"

"हाँ, बिल्कुल। धन्यवाद।"

शाम होते-होते सूरज डूबने को था, जब एथन एजेंट के साथ उस अपार्टमेंट में पहुँचा। अंदर कोई फर्श नहीं था, दीवारों से वॉलपेपर झड़ रहे थे, और खिड़की पर एक सस्ता, सफेद कपड़ा पर्दे की तरह लटक रहा था।

"क्या हाल ही में कोई इस अपार्टमेंट में आया है?" एथन ने पूछा।

"संभव नहीं," एजेंट ने कहा। "चाबी सिर्फ मेरे पास है। मालिक विदेश में हैं, और जैसा आप देख सकते हैं, सिक्योरिटी सिस्टम भी काफी मज़बूत है।"

"अजीब है... क्या मैं खिड़की से बाहर देख सकता हूँ?"

"ज़रूर," एजेंट ने इशारा किया।

एथन झिझकते हुए खिड़की की ओर बढ़ा, सफेद कपड़े को धीरे से हटाया, और अपने अपार्टमेंट की ओर देखा।

कुछ गड़बड़ थी—उसे याद था कि वह घर से निकलने से पहले बेडरूम के परदे बंद करके गया था, लेकिन अब वे पूरी तरह खुले थे।

उसने आँखें निचोड़ कर ध्यान से देखा—और उसका दिल धड़कना बंद हो गया।

उसके बेडरूम में वही काली परछाई खड़ी थी—बिलकुल वैसी ही, जैसी वह हर रात सामने वाली खिड़की में देखता था।

एथन पीछे हटा… लेकिन ठिठक गया—क्योंकि अब उस परछाई ने हल्के से अपना बायाँ हाथ उठाया… और हिला दिया।

•3•

एलिसिया

पाँच साल की नीना अपनी अकेली माँ के साथ शांत पहाड़ियों के बीच बसे एक साधारण से कॉटेज में रहती थी। उस बस्ती में नीना की उम्र के बहुत कम बच्चे थे, और चूँकि वह अभी स्कूल जाने के लिए बहुत छोटी थी, ज़्यादातर समय वह अकेले ही खेलती थी। फिर भी, नीना को कभी अकेलापन महसूस नहीं हुआ—और इसका श्रेय जाता है एलिसिया को, उसकी प्यारी गुड़िया को।

नीना के लिए एलिसिया सिर्फ़ एक खिलौना नहीं, एक सच्ची दोस्त और हमसफ़र थी। वह गुड़िया कभी नीना से दूर नहीं होती—नीना उसे हर जगह साथ ले जाती। नीना की माँ, एमिली, कभी-कभी अपनी बेटी को एलिसिया से इस तरह बात करते सुनती जैसे वह कोई असली इंसान हो। नीना अक्सर अपनी माँ को एलिसिया की बताई बातें बताती—जैसे कि वह बहुत दूर देश "ऐगमोर" में पैदा हुई थी, उसके पसंदीदा रंग कौन-से हैं, और उसे कॉफी की खुशबू कितनी अच्छी लगती है।

एमिली ने इन बातों को बच्चों की कल्पना मानकर नज़रअंदाज़ कर दिया। लेकिन जैसे-जैसे नीना बड़ी होती गई, उसकी एलिसिया के प्रति दीवानगी और गहरी होती गई—यह देखकर एमिली को चिंता होने लगी।

जब नीना छह साल की हुई, तो एमिली ने फैसला किया कि अब इस लगाव को खत्म करना ज़रूरी है। शुरुआत में उसने नरम रवैया अपनाया—नई-नई गुड़ियाएँ और खेल सुझाए—लेकिन नीना का दिल सिर्फ़ एलिसिया में ही लगा रहा। आख़िरकार, हार मानकर, एक रात एमिली चुपचाप नीना के कमरे में गई, एलिसिया को उठाया और उसे अटारी में छुपा दिया।

अगली सुबह, जब नीना ने देखा कि एलिसिया गायब है, तो वह बुरी तरह टूट गई और पूरा दिन चुपचाप बैठी रही। एमिली को अपराधबोध हुआ, लेकिन उसने सोचा कि ये नीना के भले के लिए है। शायद वह धीरे-धीरे अपनी गुड़िया को भूल जाएगी।

लेकिन उसी दोपहर, जब एमिली ने नीना को आँगन में एलिसिया को गोद में लिए बैठे देखा, तो वह दंग रह गई।

"तुमने उसे कहाँ से पाया?" एमिली ने हैरानी से पूछा।

"एलिसिया ख़ुद वापस आई," नीना ने शांत स्वर में कहा। "उसने मुझसे वादा किया था कि वो मुझे कभी नहीं छोड़ेगी, और अब कोई भी हमें अलग नहीं कर सकता।"

एमिली का दिल कांप गया। उसे एहसास हुआ कि सिर्फ़ छिपा देना काफ़ी नहीं, अब एलिसिया से छुटकारा पाना ही पड़ेगा। उसी रात, वह चुपचाप शेड में गई, एलिसिया को रखा और उसे आग के हवाले कर दिया।

जैसे ही गुड़िया जलने लगी, एक चीख गूंजी—"नहीं!"

आवाज़ नीना जैसी ही थी—लेकिन नीना तो ऊपर अपने कमरे में सो रही थी... है ना?

अगली सुबह, एमिली ने दिल कड़ा करके नीना की प्रतिक्रिया का इंतज़ार किया। लेकिन नीना शांत थी—कुछ ज़्यादा ही शांत।

"नीना बेटा, तुम ठीक हो?" एमिली ने चिंतित होकर पूछा।

नीना ने उसे एक अजीब, ठंडी नज़र से देखा और बोली, "मैं नीना नहीं हूँ। मैं एलिसिया हूँ।"

एमिली ने हँसते हुए टालने की कोशिश की, "ऐसा मत कहो, मेरी प्यारी। मज़ाक कर रही हो?"

लेकिन बच्ची ने एक अजनबी आवाज़ में, गंभीरता से जवाब दिया, "मैं मज़ाक नहीं कर रही। तुमने नीना को जलाया था—कल रात। उसे शेड में ले गईं, उस पर ईथेनॉल डाला, और आग लगा दी... क्या तुम्हें याद नहीं?"

एमिली सन्न रह गई। उसके शरीर में झुरझुरी दौड़ गई, माथे पर पसीना छलक आया।

"ये शायद कोई अजीब सपना रहा होगा..." वह बड़बड़ाई। "मैं... मैं जाकर कॉफी बनाती हूँ।"

वह जल्दी से कमरे से बाहर निकल गई, दिमाग में हलचल मच गई थी, और तर्क ढूँढ़ने की कोशिश करने लगी।

"बहुत अच्छा। मुझे कॉफी की खुशबू बहुत पसंद है," एमिली ने दरवाज़ा बंद किया ही था कि पीछे से वही आवाज़ सुनाई दी...

उस दिन के बाद से, जब भी एमिली अपनी बेटी की ओर देखती, एक गहरा डर उसके दिल में समाया रहता।

कभी-कभी वह खुद से पूछती: क्या वो वाकई नीना को देख रही है—या कोई और... या कुछ और?

•4•

टैक्सी राइड

हैंक एक ठंडी पतझड़ी रात को टैक्सी की ड्राइवर सीट पर बैठा हुआ था, दिन की आखिरी सवारी का इंतज़ार कर रहा था ताकि फिर घर लौट सके। उसने गाड़ी स्टेशन के पास खड़ी की थी, और जैसे ही उसने सिगरेट सुलगाई, उसकी नज़र पिछली सीट पर बैठी एक अधेड़ उम्र की महिला पर पड़ी।

“कहाँ चलना है?” हैंक ने अपनी टोपी ठीक करते हुए पूछा।

“1657 वेस्टफ़ील्ड लेन,” महिला ने धीमी आवाज़ में जवाब दिया।

सड़क के किनारे खड़े पेड़ हवा में झूम रहे थे, पत्तों की सरसराहट सुनाई दे रही थी जब वे उन कम रौशनी वाली गलियों से गुज़र रहे थे। वेस्टफ़ील्ड तक का सफर लंबा था। कुछ मिनटों की चुप्पी के बाद, हैंक ने बात शुरू करने की कोशिश की।

“लंबी रात है, है ना?” उसने रियरव्यू मिरर से महिला की ओर देखा।

महिला खिड़की के बाहर एकटक देख रही थी, उसकी नज़रें क्षितिज की ओर खोई हुई थीं।

“मैं... बस खो गई हूँ,” वह बुदबुदाई।

“मुझे अपने परिवार से मिलना है। मुझे उन्हें ढूंढना है।”

हैंक ने भौंहें चढ़ाईं और महिला की ओर देखा। उसे कुछ अजीब लगा। महिला की आँखें सुनी-सुनी थीं, और उसका पीला चेहरा चाँदनी में हल्का चमक रहा था। हैंक को अक्सर अजीब सवारियाँ मिलती थीं, और उसके अनुभव ने उसे चेतावनी दी कि यह वैसी ही एक रात है।

सावधानी बरतते हुए, हैंक ने टैक्सी के दरवाज़े एक क्लिक में लॉक कर दिए। उसे पैसों की ज़रूरत थी और वह नहीं चाहता था कि महिला बिना किराया दिए निकल जाए।

जैसे-जैसे वे आबादी वाले इलाकों से दूर जाते गए, स्ट्रीट लाइट्स कम होती गईं और अंधेरा उन्हें निगलने लगा। शहर की आवाज़ें धीरे-धीरे खत्म हो गईं, और उनकी जगह ले ली एक गहराती खामोशी ने। घना कोहरा पूरे रास्ते को ढक रहा था, जिससे ड्राइव करना मुश्किल हो गया था।

“लगभग पहुँच ही गए हैं,” हैंक ने कहा, आँखें सिकोड़ते हुए सामने देखने की कोशिश करते हुए।

वे जल्द ही उस पते पर पहुँच गए जो महिला ने बताया था, लेकिन वहाँ पहुँचकर हैंक दंग रह गया—वह एक कब्रिस्तान के गेट के सामने खड़ा था।

उसने चारों ओर ध्यान से देखा और जैसे ही वह पूछने के लिए मुड़ा कि क्या यही मंज़िल है, उसे एक धीमी सी फुसफुसाहट सुनाई दी:

"धन्यवाद।"

हैंक ने पलकें झपकाईं, एक अजीब सा सुकून और डर का मिश्रण उसके अंदर उठ रहा था।

"क्या आप सच में यहीं उतरना चाहती हैं?" उसने पूछा और रियरव्यू मिरर में देखा—लेकिन पीछे की सीट खाली थी।

हैंक ने घबराकर पीछे पलटकर देखा, सोचते हुए कि कहीं उसे भ्रम तो नहीं हुआ। लेकिन सीट खाली ही थी... और सभी दरवाज़े अब भी लॉक थे।

"अब वाकई रिटायर होने का वक्त आ गया है," हैंक बड़बड़ाया, और पूरी रफ्तार से गाड़ी मोड़कर उस जगह से निकल गया।

•5•

मुस्कान

मुझे अंतिम संस्कार जैसे समारोह पसंद नहीं हैं। सच कहूँ तो, मुझे उनसे नफ़रत है—ख़ासकर वे, जिनमें मृत शरीर खुले ताबूत में रखे जाते हैं। आखिर इनकी ज़रूरत ही क्या है? क्या यह बेहतर नहीं होता कि हम किसी को ज़िंदा अवस्था में जैसे थे, वैसे ही याद रखें? हमें उनके निस्पंद शरीर को देखने की क्या ज़रूरत?

उदाहरण के तौर पर, दो दिन पहले मेरे पड़ोसी और पारिवारिक मित्र जिमी का निधन हो गया। जिमी एक नेकदिल इंसान था—कभी भी किसी की मदद करने से पीछे नहीं हटता। उसमें ऐसा आकर्षण, हाजिरजवाबी और ह्यूमर था कि वह किसी से भी दोस्ती कर सकता था। हर कोई उसे पसंद करता था, और मैं भी अपवाद नहीं था। उसका वियोग मेरे लिए भी कठिन था, और उसके अंतिम दर्शन में जाना—जो हमारी गली के आख़िरी छोर पर स्थित एक छोटी, पुरानी-सी चैपल में हुआ—और भी कठिन। पूरे हॉल में लिलियों की गंध और धीमे, उदास भजनों की ध्वनि गूंज रही थी।

अब मैं जिमी के लकड़ी के ताबूत के पास खड़ा हूँ। उसकी फैमिली ने मुझसे अनुरोध किया कि जब तक वे बाहर जाकर आने वालों का स्वागत कर रहे हैं और अंतिम विदाई के लिए साहस जुटा रहे हैं, मैं कुछ देर के लिए चैपल में अकेले जिमी के साथ रहूँ। यह उनके लिए भी मुश्किल है... और मेरे लिए भी।

जिमी, जब ज़िंदा था, तो बेहद खुशमिज़ाज इंसान था—हमेशा ऊर्जा और सकारात्मकता से भरा हुआ। मैंने कभी उसके चेहरे पर चिंता की लकीर तक नहीं देखी, सिर्फ़ उसकी वही हमेशा की मुस्कान। जब भी वह किसी सभा में आता, सबका मूड बदल जाता। कोई भी कहानी वो इतनी दिलचस्पी से सुनाता कि लगता जैसे हम कोई नाटक देख रहे हों।

उसकी बातें, उसके हाव-भाव, और यहां तक कि उसके बनाए हुए साउंड इफेक्ट—सब कुछ इतना मज़ेदार होता कि हम हँसते-हँसते लोटपोट हो जाते। उसकी मुस्कान में दिखने वाले पूरे 32 दाँत मुझे हमेशा एक सकारात्मक ऊर्जा देते थे।

लेकिन अब, जब मैं उसके ताबूत में पड़े निस्पंद शरीर को देख रहा हूँ—जिसकी आँखें पूरी तरह खुली हैं और वह अपनी वही पुरानी, दाँत दिखाने वाली मुस्कान में जड़ा हुआ है—मुझे वही भावनाएँ नहीं आ रहीं।

और सबसे डरावनी बात? मुझे अच्छी तरह याद है कि दो मिनट पहले उसकी आँखें बंद थीं।

•6•

बचे हुए सामान

रिचर्ड स्टोन, एक नौजवान जो नया अपार्टमेंट ढूंढ़ रहा था, शहर के बाहरी इलाके के एक पुराने मोहल्ले में रहने का फैसला करता है। एक पुराने फ्लैट की कीमत बेहद आकर्षक थी, इसलिए रिचर्ड ने ज़्यादा सोचे बिना ही सौदा तय कर लिया। फिर भी, समझदारी से ख़रीदारी करने से पहले उसने मकान मालिक से कुछ सवाल पूछे — एहतियातन।

"ये अपार्टमेंट मेरी दिवंगत माँ सबरीना का था।" मालिक लेस्ली ने गहरी सांस ली और चारों ओर देखा। "चिंता मत करो। इस जगह में कोई मरम्मत की दिक्कत नहीं है। बस... कभी-कभी किसी के जाने के बाद की यादें यहां ज़िंदा रह जाती हैं, जो रह जाने वालों के लिए तकलीफदेह हो सकती हैं।"

"आपकी क्षति का मुझे दुःख है।" रिचर्ड ने थोड़ी असहजता से जवाब दिया।

"धन्यवाद। खैर, तुम्हारी ख़रीदारी की बधाई हो।"

पुराने मालिक ने नए से हाथ मिलाया, और जब वह जाने ही वाला था, तो लेस्ली को एक बात याद आई।

"अरे हाँ, मैं तो भूल ही गया! अपार्टमेंट में अब भी कुछ पुराना सामान पड़ा है, जो मेरी माँ का था। मैं उन्हें फेंकने वाला था, लेकिन तुमने इतनी जल्दी सौदा कर लिया कि मैं भूल गया। अब तुम्हें ही उन्हें बाहर फेंकना पड़ेगा। क्या यह ज़्यादा असुविधा होगी?"

"बिलकुल भी नहीं। आपका दिन शुभ हो!"

अपार्टमेंट की हालत ठीक-ठाक थी, जो राहत की बात थी, क्योंकि रिचर्ड के पास ज़्यादा पैसे बचे नहीं थे, इसलिए उसने इंटीरियर जैसा था, वैसा ही छोड़ दिया।

सामान खोलने के बाद, उसने सबसे पहले पुराने मालिकिन के सामान को देखना शुरू किया, लेकिन कुछ खास नहीं मिला — एक पुराना, धूलभरा रेडियो और एक फीकी पड़ चुकी तस्वीर — शायद सबरीना की जवानी की। रिचर्ड ने सोचा कि इन्हें फेंकने की कोई ज़रूरत नहीं, बाद में बेच देना ही समझदारी होगी, तो उसने रेडियो और तस्वीर को पैंट्री में रख दिया।

अगले शनिवार की शाम, काम से लौटकर रिचर्ड ने अपनी छोटी सी रसोई में रात का खाना बनाना शुरू किया। लिविंग रूम में टीवी चल रहा था, जिससे हल्का शोर बना हुआ था, और वह तली हुई अंडों के साथ-

साथ समाचार सुन रहा था। तभी, जब वह सब्ज़ियाँ काटने के लिए चाकू उठाता है, एक अजीब और परेशान कर देने वाली आवाज़ सुनाई देती है — जैसे कि वो लिविंग रूम से आ रही हो।

रिचर्ड जाँचने गया, लेकिन वहां तो बस न्यूज़ एंकर दिन भर की ख़बरें सुना रहा था। उसने कंधे उचका दिए, टीवी बंद किया, और चुपचाप खाना खा लिया।

उसी रात, जब वह बिस्तर पर किताब पढ़ रहा था, वही अजीब, सिहरन पैदा करने वाली ध्वनि फिर से सुनाई दी — जैसे कोई रहस्यमयी धुन बज रही हो। रिचर्ड ने उस आवाज़ का पीछा किया, जो उसे पैंट्री तक ले गई। तनाव में कांपते हाथों से जब उसने पैंट्री का दरवाज़ा खोला, तो अचानक वह ध्वनि बंद हो गई।

"शायद पुराना रेडियो था," रिचर्ड ने सोचा, और उस जर्जर रेडियो को देखा — वह तो बंद पड़ा था।

अगले दिन, पिछली रात की घटनाओं से घबराकर, रिचर्ड ने वह रेडियो एक स्थानीय प्राचीन वस्तुओं के दुकानदार को बेच दिया — बहुत ही कम कीमत पर।

सुकून महसूस करते हुए, रिचर्ड ने अपना दिन नए मोहल्ले को जानने-समझने में बिताया, जीवंत गलियों में घूमते हुए।

शाम को वह घर लौट आया और सैंडविच बनाने लगा। इस बार टीवी बंद था। वह टमाटर काट ही रहा था कि वही परिचित, डरावनी धुन फिर से सुनाई दी — पहले से कहीं ज़्यादा स्पष्ट।

जब उसे एहसास हुआ कि आवाज़ फिर से पैंट्री से आ रही है, तो उसकी रीढ़ में सिहरन दौड़ गई।

यह जानते हुए कि अब वहां बस एक पुरानी तस्वीर ही बची है, रिचर्ड ने एक हाथ में रसोई का चाकू लेकर पैंट्री का दरवाज़ा खोला — और उसके होश उड़ गए। अब तस्वीर खाली थी — फ्रेम और पृष्ठभूमि तो वैसी ही थी, लेकिन उस युवती का चेहरा गायब हो चुका था।

अगले ही पल, उसके पीछे से किसी भूतिया लोरी की आवाज़ आई। रिचर्ड चौंककर मुड़ा, चाकू हाथ में थामे — और देखा कि सबरीना की आत्मा कमरे में खड़ी थी, उसके चेहरे पर एक डरावनी मुस्कान थी, और वह लोरी गा रही थी।

अगली शाम, रिचर्ड के एक सहकर्मी ने, उसकी खैरियत जानने के लिए दरवाज़ा खटखटाया। कोई जवाब न मिलने पर उसने पुलिस को बुला लिया। कुछ ही देर में पुलिस आई और अपार्टमेंट के फर्श पर रिचर्ड की लाश मिली।

जहाँ तक सबरीना की तस्वीर का सवाल है — वह अब भी पैंट्री की दीवार पर टंगी है, और तस्वीर में उसकी आँखें अब भी चुपचाप हर अनचाहे मेहमान को घूरती रहती हैं, जैसे उन्हें कभी जाने नहीं देंगी।

•7•

दस्तक

एक दोपहर, पैट्रीशिया अपने बिस्तर पर लेटी हुई थी। वह सोशल मीडिया पर स्क्रॉल कर रही थी, अपनी आर्थिक परेशानियों से ध्यान हटाने की कोशिश में। वह उस कर्ज़ वसूली एजेंट के बारे में भी नहीं सोचना चाहती थी, जो हर महीने एक ही तारीख को आता था—और आज वही दिन था।

इस महीने फिर से उसकी तनख्वाह देर से आई थी, और वह पहले ही खर्चों को पूरा करने में मुश्किलें झेल रही थी। वह क्या कर सकती थी? आज उसका छुट्टी का दिन था, और बाहर जाने का मन बिल्कुल नहीं था। इसलिए उसने फैसला किया कि चाहे दरवाज़े पर कोई भी आए, वह नहीं खोलेगी।

समय पर, घंटी बजी। पैट्रीशिया का दिल ज़ोर-ज़ोर से धड़कने लगा, लेकिन वह अपने बिस्तर पर ही पड़ी रही, उसकी नज़रें फोन की स्क्रीन से टिकी रहीं। जब घंटी बजना बंद हुई, तो उसने राहत की साँस ली—शायद वह आदमी चला गया था।

लेकिन तभी दस्तकें शुरू हो गईं।

शुरुआत में, पैट्रीशिया ने उन्हें अनदेखा करने की कोशिश की, यह सोचकर कि अगर वह कोई प्रतिक्रिया नहीं देगी, तो वह चला जाएगा। लगातार होती दस्तकों से ध्यान हटाने के लिए उसने अपने हेडफोन लगा लिए और अपने पसंदीदा बैंड के तेज़ गानों को सुनने लगी। लेकिन दस्तकें जारी रहीं, पूरे अपार्टमेंट में उनकी गूंज फैलती रही।

घंटों जैसे लगने वाले समय के बाद, पैट्रीशिया का धैर्य टूट गया। झुंझलाहट और गुस्से ने उस पर काबू पा लिया।

"जो भी हो, अब देखा जाएगा," उसने सोचा और बिस्तर से उठकर दरवाज़े की ओर बढ़ी।

उसने दरवाज़ा धीरे-धीरे खोला, खुद को एक असहज बातचीत के लिए तैयार किया—लेकिन हैरानी की बात यह थी कि बाहर कोई नहीं था।

उलझन और राहत, दोनों ने उसे एक साथ घेर लिया। उसने दरवाज़ा बंद किया, ताला दोबारा चेक किया और कंधे उचकाकर वापस अपने बिस्तर पर आ गई।

पैट्रीशिया अगला गाना चलाने ही वाली थी, लेकिन तभी...

दस्तक फिर से सुनाई दी।

इस बार वह मुख्य दरवाज़े से नहीं, उसके बेडरूम के दरवाज़े से आ रही थी।

•8•

भूतिया रात

हैलोवीन! मेरा पसंदीदा त्योहार।

दरवाज़े-दरवाज़े जाकर दस्तक देना और तरह-तरह की टॉफियाँ इकट्ठा करना—खासकर जब वो चॉकलेट हों—इससे मज़ेदार कुछ नहीं!

और पता है मुझे हैलोवीन में और क्या पसंद है? कॉस्ट्यूम्स!

लोगों को अलग-अलग रूप में सजते देखना बहुत मज़ेदार होता है! कुछ लोग किसी किरदार की तरह तैयार होते हैं, और कुछ डरावने बनने की कोशिश करते हैं। मुझे डरावने कॉस्ट्यूम्स बहुत पसंद हैं!

मैं हमेशा कोशिश करता हूँ कि ऐसा दिखूं जैसे किसी हॉरर मूवी से निकला हूँ, और जब मैं ऐसा करता हूँ, तो सब कहते हैं, "वाह, तुम्हारा कॉस्ट्यूम बहुत ज़बरदस्त है!" या "ओह, तुम तो बहुत डरावने लग रहे हो!"

लेकिन अब जब मैं सोचता हूँ, तो लगता है कि अब तक सब मुझे बस इसलिए तारीफ़ करते थे क्योंकि मैं बच्चा था। वो सब बस शिष्टाचार में कहते थे। पर इस साल नहीं।

अब मैं आठ साल का हूँ। मैं बड़ा हो गया हूँ, और अब मैं देख सकता हूँ कि लोग जब मुझे देखते हैं, तो वास्तव में डर जाते हैं!

आख़िरकार, मैं भी दूसरों को डरा सकता हूँ!

मैं हर दरवाज़े पर दस्तक देता हूँ, और हर कोई मेरी शक्ल देखकर चौंक जाता है, सिहर उठता है—मुझे रोकना मुश्किल हो गया है!

ये एहसास सबसे शानदार है!

मैं तो ऐसा हमेशा करता रह सकता हूँ!

लेकिन नहीं, मुझसे एक ग़लती हो गई।

मैं इतना ज़्यादा उत्साहित था कि मैंने ध्यान ही नहीं दिया कि मैं कहाँ भटक गया हूँ।

अपने पड़ोसी के दरवाज़े पर दस्तक देना बहुत बुरा विचार था।

वो देखो, दरवाज़ा खोल रही हैं, और जैसे ही उन्होंने मुझे देखा, चीखती हुई अंदर भाग गईं।

अफ़सोस की बात है।

अब मुझे वापस जाना पड़ेगा...

उस ठंडी ताबूत में... जिसमें मुझे छह महीने पहले दफ़नाया गया था।

•9•

प्यारा दोस्त

यह एक और शनिवार की शाम थी, और 9 साल का बॉबी अपने प्यारे दोस्त मोर्ट — एक आवारा काले शिकारी कुत्ते — के साथ आँगन में फ्रिसबी खेल रहा था। जब उसे एहसास हुआ कि उसके माता-पिता अभी तक नहीं लौटे हैं, तो वह चिंतित हो गया। उसने मोर्ट को आँगन में छोड़ दिया और माँ को कॉल करने अंदर चला गया।

"बॉबी, प्यारे, क्या तुम हो?" उसकी माँ मार्था ने फोन उठाया। "हम दो मिनट में घर पहुँच रहे हैं… क्या हुआ?" उसने बगल में बैठे व्यक्ति से फुसफुसाकर पूछा।

"माँ, सब ठीक है न?" बॉबी ने चिंतित स्वर में पूछा।

"कुछ नहीं बेटा। एक हिरण सड़क पार कर गया था। चिंता मत करो, हम जल्दी ही घर पहुँच रहे हैं," मार्था ने कहा, कॉल काटी और अपने पति से पूछा, जो गाड़ी चला रहे थे, "हमने किसी हिरण को टक्कर मारी थी, है न?"

"पता नहीं," पति ने जवाब दिया। वह गाड़ी से उतरे, नीचे देखा, फिर सिर हिलाते हुए मार्था की ओर परेशान चेहरे से देखा।

मार्था भी जल्दी से बाहर आई, और जैसे ही उसने सामने के पहियों के पास पड़े मरे हुए काले कुत्ते को देखा, वह दोनों हाथों से अपना मुँह ढँककर सिहर उठी।

"नहीं! यह तो मोर्ट है! अब क्या करें? हम बॉबी को कैसे बताएँ?"

बॉबी के पिता, नाथन, कुछ देर सोचते रहे और फिर बोले, "मुझे लगता है आज उसे मत बताओ। मैं कल पेट शॉप जाकर एक पिल्ला खरीद लाऊँगा। हम उसे तब बताएँगे। शायद उसके लिए ये सब सहना थोड़ा आसान हो जाएगा।"

"अच्छा विचार है। सच कहूँ तो मुझे कभी पसंद नहीं आया कि बॉबी एक आवारा कुत्ते से इतना जुड़ गया था। शायद अच्छा ही हुआ।"

नाथन ने सिर हिलाया और कहा, "तुम अंदर जाओ। मैं मोर्ट का इंतज़ाम कर लेता हूँ।"

बॉबी के माता-पिता ने योजना के अनुसार सब कुछ किया, और दिन निकल गया बिना बॉबी को सच्चाई बताए, जो अपने लापता दोस्त को लेकर बहुत बेचैन था।

अगली सुबह, जब नाथन पेट शॉप जाने की तैयारी कर रहे थे, तो उन्होंने खिड़की से देखा — बॉबी आँगन में दौड़ रहा था, एक बड़े काले शिकारी कुत्ते के साथ खेलते हुए — जो हूबहू मोर्ट जैसा दिखता था।

"मार्था, देखो, लगता है मुझे अब पिल्ला खरीदने की ज़रूरत नहीं," उन्होंने अपनी नींद में करवट बदलती पत्नी से फुसफुसाकर कहा। "वाह, क्या किस्मत है! बिल्कुल मोर्ट जैसी शक्ल वाला कुत्ता आ गया, और बॉबी को लगता है वही है। परफेक्ट!"

"कहीं ये हमारे किसी पड़ोसी का कुत्ता तो नहीं?" मार्था ने संदेह किया।

"गले में कोई कॉलर नहीं है। लगता है आवारा है। शायद मोर्ट का कोई भाई हो, कौन जाने।"

"एक और आवारा कुत्ता? मुझे नहीं लगता ये बॉबी के लिए सुरक्षित है। अगर काट लिया तो?"

"कुत्ता दोस्ताना लग रहा है। और फिर, क्या तुम बॉबी को सच्चाई बताना चाहोगी? तुम जानती हो वो कितना संवेदनशील है। और वैसे भी, तुम तो कभी उसे मना नहीं करतीं। वह वैसे भी उस कुत्ते के साथ खेलेगा। क्यों उसे दुखी करें? उसे यही मानने दो कि वही मोर्ट है।"

"ठीक है, तुम सही कह रहे हो," मार्था ने सहमति जताई।

दोनों ने राहत की साँस ली, और दिन बीतने लगे, बॉबी अपने काले शिकारी दोस्त के साथ खेलते हुए, बिना कुछ जाने।

सब कुछ ठीक लग रहा था, जब तक कि एक दिन मार्था को कुछ अजीब नहीं लगा — वह कुत्ता मक्खियों और कीड़ों से घिरा हुआ, पहले से ज़्यादा दुबला और गंदा दिख रहा था।

"बॉबी, बेटा, हमें मोर्ट को डॉक्टर के पास ले जाना चाहिए। तुम मेरी मदद करोगे?" मार्था ने कोमलता से पूछा। उन्होंने हड्डी की मदद से कुत्ते को पिंजरे में लाने की कोशिश की, लेकिन मोर्ट के जैसे दिखने वाले उस कुत्ते को उनका इरादा समझ आ गया, और वह पीछे हट गया, गुर्राया, और भाग गया।

वह कुत्ता कई दिनों तक नहीं लौटा, और बॉबी दुखी हो गया। मार्था को पछतावा हुआ, और उसने सच्चाई बताने का मन बनाया। लेकिन ठीक उसी समय, मोर्ट का जुड़वाँ फिर से लौटा — पहले से भी ज़्यादा बीमार और सड़ा-गला दिखता हुआ। फिर भी, बॉबी बेहद खुश हो गया और तुरंत उसके साथ खेलने लगा।

मार्था दरवाज़े की चौखट पर खड़ी मुस्कुरा रही थी, लेकिन तभी उसका चेहरा सख्त हो गया — उसने देखा कि वह कुत्ता बॉबी को सड़क की ओर खींच रहा था, जैसे उसे वहाँ ले जाना चाहता हो।

"मैं ज़्यादा सोच रही हूँ," उसने खुद से कहा, सिर झटककर अंदर चली गई।

दिन बीतते रहे, और कभी-कभी मार्था को उस जोड़ी को देखकर बेचैनी होती, पर वह खुद को समझा लेती — जब तक कि एक दोपहर बॉबी, उस कुत्ते के पीछे दौड़ते हुए, सड़क पार करने लगा और एक कार से टकराने ही वाला था। सौभाग्य से, मार्था ने तुरंत प्रतिक्रिया दी, उसका हाथ खींचकर उसे बचा लिया।

बॉबी की सुरक्षा सुनिश्चित करने के बाद, मार्था ने उस कुत्ते की ओर देखा और डर के मारे काँप उठी — उसे भयावह सच्चाई का एहसास हुआ: वह कुत्ता बीमार नहीं था — वह मरा हुआ था, सड़ता हुआ शरीर, जिसकी खाली आँखें और हरकतें किसी दुष्ट आत्मा द्वारा नियंत्रित हो रही थीं।

डर से काँपती मार्था ने बॉबी का हाथ पकड़ा, उसे अंदर खींचा और सख्त लहजे में कहा, "तुम अब मोर्ट के साथ नहीं खेलोगे!"

बॉबी ने विरोध किया क्योंकि वह समझ नहीं पाया, लेकिन मार्था अड़ी रही।

"मैं तुम्हें नया कुत्ता दिलवाऊँगी। पिल्ला! जितने चाहो उतने। लेकिन वादा करो कि तुम मोर्ट के पास नहीं जाओगे।"

"पर..."

"वादा करो, प्लीज़! अगर तुम मम्मी से प्यार करते हो।"

हार मानते हुए बॉबी ने माँ से वादा कर लिया।

ऐसा लगा जैसे सब शांत हो गया हो, लेकिन अगला दिन आया। सूरज उगा, आसमान में चमका, फिर ढलने लगा, और जैसे ही चाँद क्षितिज पर उभरा — बॉबी की लाश सड़क के बीचोंबीच पड़ी मिली, गाड़ी से कुचली हुई — ठीक वैसे ही जैसे उसका प्यारा मोर्ट कभी कुचला गया था।

•10•

सन्नाटा

जब ब्रैंडन छोटा था, तो उसे डरावने और भयानक सपने आया करते थे। उसकी सेहत को लेकर चिंतित उसकी दादी—जो अब इस दुनिया में नहीं रहीं—ने उसे एक पुराना म्यूज़िक बॉक्स दिया था, जो वह अपने पुश्तैनी घर से लाई थीं।

उन्होंने ब्रैंडन से कहा था, "अगर तुम हर रात इस संगीत डिब्बे की धुन पर सोओगे, तो डरावने सपने नहीं आएँगे। यह तुम्हें बुराई से भी बचाएगा।"

उन्होंने बहुत गंभीरता से समझाया था,

"याद रखना मेरे बच्चे—अगर कभी यह म्यूज़िक बॉक्स अपने-आप बजना बंद कर दे, तो बिना देर किए कहीं छिप जाना। और तब तक छिपे रहना जब तक सुबह की पहली रोशनी ना आ जाए। तभी तुम सुरक्षित रहोगे।"

उस रात के बाद से ब्रैंडन को म्यूज़िक बॉक्स की सुकून देने वाली धुन के बिना नींद नहीं आती थी। वह हर रात उसे खोलकर अपने बिस्तर के पास रखता और उसी की मधुर आवाज़ में सो जाता। हर सुबह उसकी आंखें उसी धीमी धुन के साथ खुलतीं, और वह खुद को सुरक्षित महसूस करता।

साल बीत गए। ब्रैंडन अब एक नए शहर में रहने लगा था, लेकिन म्यूज़िक बॉक्स उसने हमेशा अपने पास रखा—एक ताबीज की तरह।

एक रात, जब सब कुछ सामान्य था, ब्रैंडन की नींद अचानक खुल गई। घड़ी में 3:15 बज रहे थे। वह बेचैनी महसूस कर रहा था और पानी पीने के लिए रसोई की ओर चल पड़ा। लेकिन जैसे ही वह अपने कमरे से बाहर निकला, म्यूज़िक बॉक्स की जानी-पहचानी धुन अचानक बंद हो गई।

उस पर डर हावी हो गया। बिना कुछ सोचे उसने अपनी दादी की चेतावनी याद की और एक छोटी अलमारी में जाकर छिप गया। वहाँ बैठकर वह अपनी साँसों को काबू में करने की कोशिश करता रहा। मिनटों ने घंटों का रूप ले लिया, और ब्रैंडन वहीं छिपा रहा, सुबह का इंतज़ार करते हुए।

लेकिन जैसे-जैसे समय बीतता गया, वह बेचैन होने लगा।

"ये सब बेवकूफी है," उसने खुद से बड़बड़ाया। "ये तो बस एक पुराना म्यूजिक बॉक्स है। कभी-न-कभी तो अपने-आप बंद हो ही जाएगा।"

सोचते हुए कि शायद वह यूँ ही डर गया था, ब्रैंडन ने धीरे-धीरे अलमारी का दरवाज़ा खोला और अपने हल्के-हल्के रोशन कमरे में बाहर निकला।

उसे खुद पर हँसी आ गई।

"मैं तो बेकार ही डर गया," वह बुदबुदाया।

लेकिन जैसे ही वह बिस्तर की ओर बढ़ा, उसके कंधे पर किसी की ठंडी सी थपकी महसूस हुई—और फिर एक सर्द आवाज़ उसके कानों में गूंजी:

"मैंने तुम्हें ढूंढ लिया।"

...और यही शब्द ब्रैंडन ने अपने जीवन में अंतिम बार सुने।

•11•

मुझसे मिलने आओ

सुबह थी—धूप से चमकती, उजली सुबह। काम पर निकलने से पहले, स्टैन ने अपनी पत्नी से कहा,

"आज शाम ऑफिस में एक कॉर्पोरेट इवेंट है।"

क्लैरिस, उसकी पत्नी, थोड़ी चिंतित दिखीं।

"तो क्या तुम शाम तक लौट आओगे?"

स्टैन ने कोट हैंगर से कोट उठाते हुए हँसकर पूछा,

"क्यों? जलन हो रही है क्या?"

क्लैरिस ने सिर हिलाया, लेकिन चेहरे पर चिंता साफ़ थी।

"नहीं, इस बार नहीं। बात जलन की नहीं है... बस, एक अजीब सा डर लग रहा है। न जाने क्यों, बहुत बेचैनी हो रही है। तो... जब इवेंट से पहले घर आओ, तो मुझसे मिल लेना, ठीक है?"

स्टैन ने कंधे उचका कर आश्वासन दिया,

"ठीक है, मुझे कार भी लौटानी है, और कुछ सामान भी छोड़ना है घर पे।"

शाम होने लगी थी जब वह घर आया। घर कुछ अजीब तरह से शांत था। वह सीधे बेडरूम की तरफ़ गया, जहां क्लैरिस इस समय अक्सर आराम करती थी। स्टैन ने दरवाज़े का हैंडल नीचे दबाया, लेकिन अचानक रुक गया।

"फिर से जलन वाली बात न छेड़ दे... शायद अभी उससे बात न करना ही बेहतर है," उसने सोचा। और इसी सोच के साथ, उसने दरवाज़ा खोला ही नहीं—और बिना देखे लौट गया।

कॉर्पोरेट इवेंट देर रात तक चला। जब स्टैन घर लौटा, तो थक चुका था और थोड़ा नशे में भी था। वह सीधे बेडरूम में गया, सावधानी से दरवाज़ा खोला, और लाइट ऑन की—और फिर... उसने क्लैरिस को बिस्तर पर बेसुध पाया—उसका शरीर घावों से छलनी था।

हैरान और टूटे हुए मन से, स्टैन ने तुरंत 911 पर कॉल किया। आखिरी उम्मीद में, उसने अपनी पत्नी की नब्ज़ टटोली— लेकिन बहुत देर हो चुकी थी।

वह वहीं बिस्तर के किनारे बैठ गया, गहरे दुख में डूबा हुआ, बस पुलिस का इंतज़ार करता रहा। तभी उसकी नज़र बेडसाइड टेबल पर पड़ी। वहाँ एक नोट था—काले मार्कर से लिखा हुआ:

"बहुत बुरा हुआ। अगर तुमने आज शाम दरवाज़ा खोल लिया होता, तो उसे बचा सकते थे..."

•12•

बरसात का दिन

एक उदास दोपहर, जब पतझड़ की रंगीन चादर ओढ़े पहाड़ों के बीच बसा एक छोटा-सा गाँव तेज़ बारिश और तूफ़ानी हवाओं से घिरा हुआ था, तीन बच्चे — फ्लाविया, रोसा और छोटा मार्को — एक पुराने लकड़हारे की छोड़ी हुई जर्जर झोपड़ी में दुबके बैठे थे। वे बारिश रुकने का इंतज़ार कर रहे थे, इस उम्मीद में कि सूरज उगने से पहले वे घर लौट पाएँगे।

बारिश की बूँदें छत पर लगातार टपक रही थीं, और बच्चे समय काटने के लिए झोपड़ी की धुँधलाई खिड़की के बाहर टकटकी लगाए बैठे थे। जल्द ही, बाहर से खिड़की पर गिरती बारिश की बूँदों ने शीशे पर तरह-तरह के पैटर्न बनाने शुरू कर दिए, और ऊब चुके बच्चे बस उन्हें निहारते रहे।

"देखो! बारिश ने खिड़की पर दिल बना दिया," रोसा ने झुकते हुए उस आकृति की ओर इशारा करते हुए कहा।

"नहीं, अब ये तो बादल जैसा लग रहा है," फ्लाविया ने ध्यान से देखते हुए कहा।

हमेशा जोश में रहने वाला मार्को बोला, "नहीं, नहीं! ये तो हाथ है!"

"सच में, ये तो हाथ की छाप जैसी लग रही है," फ्लाविया ने आँखें मिचमिचाकर देखा।

"हाँ… एकदम हाथ का निशान," रोसा ने धीरे से कहा।

बच्चों ने एक-दूसरे की ओर चौंक कर देखा। वह हाथ जैसी आकृति कुछ ज़्यादा ही असली लग रही थी — मानो वह शीशे से बाहर निकलकर उन्हें छू सकती हो।

उसी पल झोपड़ी के भीतर की हवा अचानक ठंडी हो गई।

फ्लाविया ने लगभग फुसफुसाते हुए कहा, "मुझे यहाँ अच्छा नहीं लग रहा… चलो यहाँ से भागते हैं। बहुत देर हो रही है।"

"हाँ, मुझे लग रहा है कोई हमें देख रहा है," रोसा ने सहमते हुए कहा। वह घबराई नज़रों से धुँधली खिड़की की ओर देखने लगी। और तभी, मानो उनके डर ने ही उसे बुलाया हो, भाप से भरे शीशे पर धीरे-धीरे एक चेहरे की परछाईं उभरने लगी…

•13•

उबरना

आख़िरकार।

मैं पुनर्वास केंद्र से बाहर आ गया।

जिंदगी में कई मुश्किलें आईं, और मैं नशे का आदी बन गया। शुरू में यह सब बहुत अच्छा लगने लगा, लेकिन फिर सब कुछ बिखर गया। मेरी लत इतनी गहरी हो गई कि मुझे अपना घर तक बेचना पड़ा। आखिरकार, मैं ज़हरखुरानी से मरते-मरते बचा—अगर मेरा भाई माइकल न होता, तो शायद मैं अब तक ज़िंदा भी न होता। वही था जिसने मुझे पुनर्वास के लिए भेजा, और अब, छह महीने बाद, मैं आज़ाद हूँ।

इस समय मैं माइकल के घर पर रह रहा हूँ—उम्मीद है कि सिर्फ कुछ समय के लिए। मैं सुधरने की कोशिश कर रहा हूँ, और मुझे लगता है कि मैं इसमें कामयाब भी हो रहा हूँ। मगर एक बात अब भी परेशान करती है—आवाज़ें सुनाई देना (श्रवण भ्रम)।

ये वही आवाज़ें हैं जो मुझे नशे की हालत में सुनाई देती थीं, लेकिन अब ये और भी डरावनी लगती हैं—पहले से भी ज़्यादा असली और डरावनी।

मैं ये सब माइकल को बताए बिना सहने की कोशिश कर रहा हूँ। हम दोनों हमेशा से ही अलग रहे हैं। मुझसे छोटा होने के बावजूद वह हमेशा ज़िम्मेदार रहा है—बचपन से ही गंभीर स्वभाव वाला। और मैं... बस, हमेशा उल्टा रहा हूँ। कभी-कभी सोचता हूँ, मेरी वजह से उस पर कितना बोझ पड़ा होगा।

अब मैं उसी के घर में रह रहा हूँ। और अगर उसे पता चल गया कि मैं अब भी अजीब-अजीब आवाज़ें सुनता हूँ, तो शायद वह मुझ पर फिर से भरोसा नहीं कर पाएगा। और कौन जाने—वो मुझे फिर से उस जगह भेज दे, जिससे मुझे सख्त नफ़रत है।

सच कहूँ तो, मैं इन भ्रमों से निपटने की पूरी कोशिश करता हूँ। लेकिन अब यह पहले से कहीं ज़्यादा मुश्किल हो गया है। माइकल ज़्यादातर समय घर पर नहीं होता—और यह मेरे लिए अच्छा है, क्योंकि अगर वह होता, तो शायद मैं चुप न रह पाता जब ये आवाज़ें असहनीय हो जाती हैं।

क्या मुझे उसे सब कुछ बता देना चाहिए?

मैं और कितना छुपा सकता हूँ?

सुबह के लगभग आठ बजे हैं। माइकल अपने सीरियल में दूध डाल रहा है, और बैठने ही वाला है।

मैं हिम्मत जुटाता हूँ और कहता हूँ:

"माइकल, मुझे तुमसे कुछ कहना है।"

"उम्मीद है, कोई बुरी बात नहीं," वह जवाब देता है।

"पक्का नहीं कह सकता। कैसे कहूँ... मैं कसम खाता हूँ, मैंने पुनर्वास केंद्र से लौटने के बाद कोई नशा नहीं किया, लेकिन कभी-कभी... अब भी मुझे अजीब-अजीब आवाज़ें सुनाई देती हैं। जैसे अभी, मुझे किसी बच्चे की सिहराने वाली गुनगुनाहट सुनाई दे रही है, जैसे किसी हॉरर फिल्म से उठाई गई हो।"

मेरी बात सुनकर माइकल खाना छोड़ देता है, चुपचाप उठता है, और ऊपर सीढ़ियों की ओर चला जाता है।

"मैंने खुद ही सँभालने की बहुत कोशिश की, लेकिन अब नहीं हो रहा," मैं चिल्लाता हूँ, क्योंकि ऊपर से कोई जवाब नहीं आता।

कुछ ही मिनटों में वह नीचे लौटता है, हाथ में एक बड़ा सूटकेस और एक बैग लिए हुए। मैं खिड़की से देखता हूँ—वह बाहर जाता है और सारा सामान अपनी कार के डिक्की में रख देता है।

बिलकुल वही जो मैं सोच रहा था।

अब मुझे फिर से उसी सड़ी-गली जगह जाना पड़ेगा।

इस वक़्त हम दोनों कार में हैं—सुनसान, लंबी सड़कों पर खामोशी से चलते हुए।

हम मंज़िल के क़रीब पहुँच रहे हैं, लेकिन...

"सेंटर तो पीछे रह गया। तुम्हें वहाँ दाएँ मुड़ना था," मैं याद दिलाता हूँ।

माइकल बिना मेरी ओर देखे, सड़क पर आँखें टिकाए कहता है:

"हम सेंटर नहीं जा रहे। मैंने भी वही गाना सुना है।"

•14•

भटकते हुए

एक रात, चार दोस्त—पीटर, कैलहन, एर्नी और मार्टिन—ने एक शर्त लगाई। उन्हें एक कब्रिस्तान में जाकर किसी भी कब्र के साथ फोटो खींचनी थी, और जो पीछे हटेगा, वो हारेगा।

आधी रात के बाद का समय था जब चारों दोस्त, एक-दूसरे से ज़्यादा बहादुर दिखने की कोशिश करते हुए, पास के कब्रिस्तान के गेट से अंदर दाखिल हुए। चलते हुए वे खुद को हिम्मत बंधा रहे थे।

"ये तो बच्चों का खेल है।"

"भूत-वूत में कौन विश्वास करता है?"

"ये सब तो बेवकूफी लगती है।"

वे कब्रों के बीच कुछ देर तक भटकते रहे और फिर तय किया कि जब तक वे कब्रिस्तान के एकदम आख़िरी छोर तक न पहुँचें, बाहर निकलना कोई विकल्प नहीं है।

"मैं तो एर्नी पर दांव लगाता हूँ," पीटर ने मज़ाक उड़ाते हुए कहा। "ये सबसे पहले डर कर भागेगा।"

"अपने लिए बोल," एर्नी—जो ग्रुप का 'नॉलेजबॉय' था—ने पलटकर जवाब दिया। "तुम लोग जानते भी हो? लोग जो भूत देखते हैं, वो दरअसल सड़ते हुए शरीरों से निकलने वाले फॉस्फोरस की वजह से होता है। सब कुछ विज्ञान है।"

फ्लैशलाइट के लिए उन्होंने अपने फोन थाम रखे थे। कई पुरानी कब्रों के पास से गुज़रते हुए वे आखिरकार कब्रिस्तान की जंग लगी बाड़ तक पहुँच गए। सबसे आगे चल

रहे कैलहन ने एक कब्र के सामने रुक कर कहा,

"अरे, देखो—इस पर तो मेरा ही नाम लिखा है!"

बाकी सब उसके पास आ गए, उनके चेहरे मोबाइल की रोशनी में चमक रहे थे।

"वाह, क्या बात है," मार्टिन ने घबराहट छिपाने की कोशिश करते हुए कहा। उसने कब्र को ध्यान से देखा और चौंकते हुए बोला, "अरे, जन्म का साल भी तुम्हारे जैसा ही है!"

सब हँस पड़े। पीछे न रहने की चाह में पीटर भी एक कब्र के पास गया और बोला,

"ओहो, इस पर तो मेरा नाम है! और सरनेम भी वही!"

उनकी हँसी धीरे-धीरे हल्की-सी झिझक में बदलने लगी।

आधा मज़ाक करते हुए मार्टिन ने कहा,

"अगर अगली कब्र पर मेरा नाम निकला, तो मैं तो सच में घबरा जाऊँगा।"

वे कुछ और कदम बढ़े। ठंडी हवा में उनकी साँसें धुंध की तरह दिख रही थीं। तभी मार्टिन रुक गया। उसके फोन की रोशनी एक कब्र पर पड़ी और उसने धीमे से कहा,

"नहीं... इस पर तो मेरा नाम लिखा है।"

तीनों दोस्त हैरानी और उलझन में एक-दूसरे की ओर देखने लगे। और तभी हमेशा तार्किक रहने वाला एर्नी चुप्पी तोड़ते हुए बोला,

"अरे यारों, भूल गए क्या? हमें तो एक हफ़्ता पहले यहीं मारा गया था।"

•15•

मिठास भरी आवाज़

एंथनी राइट की उम्र उस समय 12 साल थी, जब यह अजीब घटना घटी। यह 2001 की गर्मियों की छुट्टियों की बात है। पहली बार, वह अपने माता-पिता के बिना अपनी दादी से मिलने एक दूरस्थ गाँव गया था। अकेले यात्रा करने का जो छोटा-सा आत्मनिर्भरता का एहसास उसे मिला, उसी ने उसे बार-बार पास के जंगल में अकेले घूमने के लिए प्रेरित किया, भले ही उसकी दादी ने सख़्त मना किया था।

वह जंगल एक पहाड़ी जैसी ऊँचाई को पार करता हुआ फैला था—हरियाली से भरा हुआ, पतली पगडंडियों और छोटी-छोटी जलधाराओं से सुसज्जित। एंथनी को यह जंगल बेहद पसंद आ गया था, और एक खास जगह थी जो उसे सबसे प्रिय थी—एक नाले के पार स्थित वह हरा-भरा कोना।

एक दिन, ऊब महसूस करते हुए, उसने नाले की उत्पत्ति खोजने का निर्णय लिया, जो बहुत अंदर स्थित थी। वह सँकरे, घुमावदार रास्ते पर चल रहा था, जब उसने किसी को उसका नाम पुकारते सुना।

"एंथनी! टोनी, इधर आओ!"—आवाज़ उसकी माँ जैसी लग रही थी।

उस जानी-पहचानी आवाज़ से आश्वस्त होकर, उसने बिना सोचे-समझे झाड़ियों के बीच से रास्ता बनाना शुरू कर दिया। उसे लगा शायद उसकी माँ गाँव में उससे मिलने जल्दी आ गई होगी। लेकिन जब वह आवाज़ के स्रोत तक पहुँचा, तब उसे एहसास हुआ कि वह कितनी बड़ी भूल कर बैठा है।

उसके सामने खड़ा था एक लंबा, दुबला-पतला आदमी, जिसकी आँखों में एक अजीब-सी खोखली नज़रत थी और जो सफेद कपड़े पहने हुए था।

"टोनी! टोनी, इधर आओ!"—उस आदमी ने एकदम उसकी माँ की आवाज़ में कहा।

यह दृश्य इतना भयानक था कि एंथनी घबरा गया और उल्टे पाँव दौड़ते हुए घर की ओर भागा। डर से काँपता हुआ वह अपने कमरे में घुसा, दरवाज़ा जोर से बंद किया और अंदर से कुंडी लगा दी।

"टोनी, क्या हुआ बेटा? सब ठीक है?"—दादी की आवाज़ बाहर से आई।

"नहीं दादी! मैंने जंगल में कुछ डरावना देखा!"

"अरे रे, क्या बस इसी बात पर दरवाज़ा बंद कर लिया?"

"हाँ, और आप भी सारे दरवाज़े बंद कर लीजिए! क्या पता वो मेरे पीछे-पीछे आ गया हो!"

"चिंता मत करो बेटा, यहाँ सब सुरक्षित है। कुछ नहीं होगा। चलो, मैंने पैनकेक बनाया है, आकर खा लो," दादी ने सांतवना दी।

"नहीं, मैं बाहर नहीं आऊँगा।"

"अच्छा चलो, कुकीज़ बना देती हूँ। या फिर गर्मागर्म कोको?"

"नहीं, मैं बाहर नहीं आऊँगा!"—एंथनी अडिग रहा।

थोड़ी ही देर में उसकी आँखें भारी होने लगीं, और वह थककर सो गया।

अगली सुबह, सूरज की पहली किरणों के साथ, एंथनी ने धीरे से दरवाज़ा खोला और सावधानी से बाहर निकला। वह देखता है कि उसकी दादी पुराने गानों की धुन पर गुनगुनाते हुए शेल्फ साफ़ कर रही हैं।

"गुड मॉर्निंग दादी! पैनकेक बचे हैं क्या?"—उसने आँखें मलते हुए पूछा।

"पैनकेक? कौन से पैनकेक?"—दादी ने आश्चर्य से पूछा। "बनाकर दूँ क्या?"

"आपको याद नहीं, आपने कल रात मुझे बुलाया था पैनकेक खाने के लिए?"

एंथनी की आवाज़ काँप उठी, "फिर आपने कुकीज़ और कोको भी कहा था..."

"बेटा, तुमने सपना देखा होगा। मैं तो कल आधी रात के बाद घर आई। तुम्हारी मौसी सारा से मिलने गई थी पास वाले गाँव। क्या करूँ, मेरा बच्चा भूखा रह गया। लगता है वो सूप कम पड़ गया था जो मैंने छोड़ा था। कोई बात नहीं, मैं अभी—"

दादी की बात एंथनी के कानों तक नहीं पहुँच पाई। उसका शरीर जड़ हो गया था, हर नस में एक ठंडी डर की लहर दौड़ गई थी।

उस दिन के बाद, जब तक वह गाँव में रहा, एंथनी एक पल के लिए भी चैन से नहीं सो सका। और जब वह आखिरकार शहर वापस लौटा, तो वर्षों बीत गए, पर वह फिर कभी उस रहस्यमयी गाँव की ओर लौटकर नहीं गया।

•16•

एक्शन से भरपूर फ़िल्म

सिनेमा हॉल में हाल ही में रिलीज़ हुई फिल्म "सर्किट" के प्रीमियर की घोषणा की गई थी। ओवेन, एक नौजवान जो अब अपने बीसवें दशक के आख़िरी वर्षों में था, एक और थकाऊ कामकाजी दिन के बाद घर लौट रहा था, जब एक नया पोस्टर उसकी नज़र में आया। ज़रा-सी राहत पाने के लिए, उसने ज़्यादा सोचे बिना फ्रंट सीट की आखिरी बची हुई टिकट खरीद ली।

ओवेन ने पॉपकॉर्न की एक बड़ी बाल्टी ली, आरामदायक सीट पर बैठा, और फिल्म देखना शुरू किया—जो पहले से ही शुरू हो चुकी थी। उसने खुद को कहानी में डुबोने की कोशिश की, लेकिन फिल्म उसकी पसंद के मुताबिक उबाऊ निकली, और उस पर काम की थकान ने हालात और बिगाड़ दिए।

जैसे ही वह आँखें खुली रखने के लिए संघर्ष कर रहा था, स्क्रीन झिलमिलाई, और अगला दृश्य एक काले-सफेद सर्कस का उभरा। सर्कस सुनसान था, दर्शक दीर्घा खाली, और एक अकेला यूनिसाइकिल धीमे-धीमे गोल-गोल घूम रहा था। कुछ ही देर में सर्कस टेंट की लाइटें टिमटिमाने लगीं—कभी जलतीं, कभी बुझतीं।

सिनेमा हॉल का माहौल भी धीरे-धीरे ठंडा और तनावपूर्ण होता गया। तभी, एक झटके में, थिएटर की स्क्रीन पूरी तरह काली हो गई। पूरा हॉल अंधेरे में डूब गया। ओवेन को उत्साह हुआ—उसे लगा कि ये फिल्म का ही हिस्सा है, शायद अब कुछ अजीब होने वाला है... लेकिन जब लाइटें वापस आईं, उसकी साँस अटक गई।

उसके सामने एक जोकर खड़ा था—खून से सना हुआ, हाथ में चाकू, चेहरे पर मरोड़ा हुआ डरावना मुस्कान, और आँखों में भयानक नफ़रत।

ओवेन ने खुद को समझाने की कोशिश की कि शायद यह कोई शो या मज़ाक है, लेकिन पल भर में ही जोकर ने चाकू से उस पर वार कर दिया। ओवेन चीखा जब उसने महसूस किया कि ठंडी स्टील उसकी छाती को चीर रही है। तीव्र पीड़ा के साथ उसकी दुनिया अंधेरे में डूब गई।

ओवेन हड़बड़ाकर जागा—पसीने से तरबतर, हाँफता हुआ। उसने खुद को टटोला—शरीर सही-सलामत था। राहत की साँस लेते हुए उसने खुद को शांत करने की कोशिश की। चारों ओर देखा—परिचित चेहरों और माहौल से उसे कुछ सुकून मिला। लेकिन जैसे ही उसने स्क्रीन की ओर देखा, वह फिर सिहर उठा—वहाँ वही दृश्य था—काला-सफेद सर्कस।

ओवेन के रगों में खून जम गया जब उसने देखा कि सर्कस की लाइटें दोबारा टिमटिमाने लगीं, और वही यूनिसाइकिल फिर से गोल-गोल घूम रहा था। वह कुछ सोच पाता, उससे पहले ही लाइटें फिर से गुल हो गईं। और जब वापस आईं, तो वही खौफनाक जोकर फिर सामने खड़ा था।

ओवेन का शरीर जैसे लकवाग्रस्त हो गया था—डर ने उसे पूरी तरह जकड़ लिया था। जोकर उसकी ओर बढ़ रहा था—वही डरावनी मुस्कान, वही चमकता हुआ चाकू। और जैसे पहले हुआ था, उसने फिर से वार किया। सब कुछ फिर काला पड़ गया।

इस बार ओवेन झटके से जागा—उसका शरीर भय से कांप रहा था। उस भयानक सपने की दहशत अब भी उसमें ज़िंदा थी। वह अपनी सीट पर बैठा रहा, चारों ओर देखने लगा, यह उम्मीद करते हुए कि अब सब कुछ सामान्य होगा।

लेकिन जैसे ही उसकी नज़र स्क्रीन पर गई—उसके सबसे बुरे डर ने फिर सिर उठा लिया।

वहाँ फिर से वही था—काले और सफेद रंग वाला सर्कस।

•17•

मकड़ी

एक प्राचीन और वीरान हवेली को बदनाम तरीके से "मकड़ियों का घर" कहा जाता था। इस जगह को लेकर कई कहानियाँ प्रचलित थीं—कहा जाता था कि वहाँ ऐसी मकड़ियाँ रहती हैं जिन्हें आज तक किसी इंसान ने नहीं देखा, जबकि उस इलाके में किसी असामान्य प्रजाति की जानकारी कभी नहीं मिली थी। हर बार जब कोई साहसी या जिज्ञासु व्यक्ति उस घर के बाहर लगे चेतावनी बोर्ड "सावधान। मकड़ियाँ!" को नज़रअंदाज़ करता, तो वह कुछ ही मिनटों में चीखता हुआ बाहर भागता और अपने साथ एक नई फोबिया—arachnophobia—लेकर लौटता।

जैसे-जैसे इस मकड़ी वाले घर की कहानियाँ फैलती गईं, जीवविज्ञान के चार छात्र—नोआ, वॉल्टर, फिलिपीना और हांस—जो खुद मकड़ी प्रेमी थे, इस रहस्य की तह तक जाने का निर्णय लेते हैं। उन्होंने नया उपकरण खरीदा और उस जर्जर इमारत की ओर निकल पड़े।

जैसे ही उन्होंने मुख्य दरवाज़ा धकेला, वह ज़ोर से चरमराया। अंदर धूल के कण हवा में तैर रहे थे, जिन पर टूटी खिड़कियों से आती मद्धम रोशनी पड़ रही थी।

"हम सब साथ रहें," हांस ने कहा और सबसे आगे बढ़ा।

शुरुआत में उन्हें आम टैरेंटुला मकड़ियाँ मिलीं। फिलिपीना ने कुछ को एक कंटेनर में पकड़ लिया, लेकिन उसके चेहरे पर निराशा झलक रही थी। "ये दिलचस्प हैं, लेकिन हम जो ढूंढ़ रहे हैं वो नहीं हैं।"

वे बिना रुके और गहराई में गए, जहाँ उन्हें एक छिपी हुई सीढ़ी मिली जो तहखाने की ओर जाती थी। वॉल्टर ने भारी दरवाज़ा खोला, जिसके पीछे घना अंधकार पसरा था।

जैसे-जैसे वे नीचे उतरते गए, उन्हें ठंडक बढ़ती महसूस हुई। नीचे पहुँचने पर, उनकी टॉर्च की रोशनी में एक चौड़ा, अंधेरा गलियारा दिखाई दिया। उन्होंने और शक्तिशाली लाइटें जलाईं और उनके सामने का दृश्य देखकर सबकी आँखें फटी रह गईं—दीवारों और फर्श पर बहुत बड़ी-बड़ी मकड़ियाँ रेंग रही थीं, जो ऊपर दिखी टैरेंटुलाओं से कहीं विशाल थीं।

वे खुशी से झूम उठे और इन अद्भुत जीवों की फुटेज रिकॉर्ड करने लगे। तभी फिलिपीना की टॉर्च की रोशनी ने एक कोने में कुछ बहुत बड़ा हिलता हुआ पकड़ लिया।

"उधर देखो!" उसने इशारा किया। सभी ने देखा कि एक विशालकाय मकड़ी बाकी सब से कहीं बड़ी थी, और वह तहखाने के पिछले हिस्से की ओर बढ़ रही थी।

"उसके पीछे चलो!" हांस ने चिल्लाया, और सब उसका पीछा करने लगे। वह मकड़ी एक टूटे हुए दरवाज़े में घुसी, और बिना समय गंवाए वे भी उसके पीछे अंदर चले गए।

वे जल्द ही एक बड़े कक्ष में पहुँच गए। वहां केवल उनकी सांसों की आवाज़ गूंज रही थी। अचानक, फिलिपीना वहीं रुक गई, उसकी टॉर्च ऊपर की ओर थी, और उसका चेहरा डर से सफेद पड़ गया।

"ऊपर मत देखो। हमें अभी यहां से निकलना होगा," उसने घबराते हुए कहा। लेकिन बहुत देर हो चुकी थी— बाकी सबने स्वाभाविक रूप से ऊपर देखा... और वहीं जड़ हो गए।

छत से एक शेर के आकार की मकड़ी लटकी हुई थी, जिसकी छह चमकदार आँखें भयावहता से टिमटिमा रही थीं—पर जो बात सबसे डरावनी थी, वह ये कि उन आँखों में इंसानी भाव और आकृति थी।

"भागो!" हांस चिल्लाया।

सब पागलों की तरह बाहर की ओर दौड़ पड़े। अफरातफरी में नोआ लड़खड़ा कर गिर पड़ा। वह जैसे-तैसे उठ ही रहा था कि वह विशाल मकड़ी तेजी से नीचे उतरी और उसके रास्ते को रोक खड़ी हुई।

"नोआ!" वॉल्टर ने पीछे मुड़कर देखा और चिल्लाया, लेकिन हांस ने उसका हाथ पकड़कर खींचा।

"कोई फायदा नहीं! हमें आगे बढ़ना होगा!"

जब तक बाकी तीन बाहर निकल चुके थे, नोआ ने खुद को लड़ाई के लिए तैयार किया, लेकिन तभी एक गहरी, इंसानों जैसी आवाज़ उस मकड़ी के मुंह से आई—

"आख़िरकार... आठ आँखें पूरी हो गईं।"

हांस, वॉल्टर और फिलिपीना डर से काँपते हुए भाग रहे थे, जब उन्हें नोआ की दर्दनाक चीखें मकड़ी के घर से बाहर तक सुनाई दीं। वे घर से बाहर निकलकर वॉल्टर की कार की ओर भागे, कांपते हाथों और भरे गले के साथ—अपने पीछे नोआ को छोड़कर। उन्होंने खुद को समझा लिया कि उनके पास और कोई चारा नहीं था... लेकिन उस दिन के बाद उन्होंने कभी उस शापित मकड़ियों के घर की ओर वापस देखने की भी हिम्मत नहीं की।

•18•

तस्वीरें समय को रोक देती हैं

उत्तर की ओर फैले बर्फीले जंगलों से घिरे एक शांत गाँव में, लिआने गर्मी की छुट्टियों के दौरान बोर हो रही थी। गाँव में हर कोई एक-दूसरे को जानता था, और लिआने अक्सर अपने पड़ोसियों के घर जाया करती थी। लेकिन उस दिन मूसलधार बारिश हो रही थी, और उसका मोबाइल फोन इंटरनेट से भी कनेक्ट नहीं हो पा रहा था, जिससे परेशान होकर उसने अपनी दादी से शिकायत की कि उसे कुछ करने को नहीं मिल रहा।

"सीढ़ियों के ऊपर फूलों वाली घड़ी के पास की अलमारी में कुछ फोटो एलबम रखे हैं," दादी ने सुझाव दिया। "अगर चाहो तो देख सकती हो।"

लिआने ने कंधे उचकाए और ऊपर वाले कमरे में चली गई, जहाँ सीलन की गंध फैली हुई थी। उसने व्यवस्थित रूप से रखे एलबमों पर नजर डाली और सबसे नीचे से मोटे भूरे कवर वाला एक एलबम खींच लिया। एक चरमराहट के साथ वह पुराने कपड़े वाली आरामकुर्सी पर बैठी, एलबम को गोद में रखा और धीरे से खोला।

पहली तस्वीर एक खूबसूरत शादी की फोटो थी, जो शायद 1900 के शुरुआती दौर की थी। एक जोड़ा सादे लेकिन सुरुचिपूर्ण कपड़ों में कैमरे के सामने खड़ा था। लिआने तस्वीरों में खो गई। अगले पन्नों पर वही जोड़ा एक शिशु के साथ दिखाई दिया। फिर कुछ और पन्नों पर उनके कई बच्चों के साथ तस्वीरें थीं—सभी पुराने समय के मटमैले सेपिया रंग में।

तभी लिआने का ध्यान परिवार की एक किशोरी बेटी पर गया, जो लगभग हर तस्वीर के बैकग्राउंड में नज़र आ रही थी। उसकी ठुड्डी के नीचे सिक्के के आकार का एक तिल था, लेकिन उसकी असल विचित्रता कुछ और थी—जबकि बाकी बच्चे बड़े हो रहे थे, वह किशोरी हर तस्वीर में वैसी की वैसी ही दिख रही थी। समय के साथ उसके चेहरे की रौनक गायब होती जा रही थी—उसकी आँखें फीकी और त्वचा बेहद पीली होती दिखी।

"शायद वह बीमार हो गई होगी," लिआने ने सोचा। "इसलिए वह बढ़ी नहीं। दादी से बाद में पूछूँगी।"

20वीं सदी के मध्य की तस्वीरों तक पहुँचते-पहुँचते वही लड़की लगभग भूत जैसी दिखने लगी थी—उसकी उपस्थिति परिवार के बाकी हँसते-खिलखिलाते चेहरों के बीच अस्वाभाविक और भयावह लग रही थी।

अब लिआने को बेचैनी होने लगी। उसने एलबम के बीच के पन्ने छोड़ दिए और आख़िरी हिस्से में पहुँच गई। वहाँ उसे अपनी बचपन की एक तस्वीर मिली। वह दिन गर्मियों का था, जब वह गाँव के आँगन में पुराने बरगद के पेड़ के पास खेल रही थी। पहले तो वह तस्वीर देखकर मुस्कराई, लेकिन उसकी हँसी तुरंत गायब हो गई—क्योंकि उसी पेड़ के पीछे वही भयानक किशोरी आधी छिपी हुई खड़ी थी, उसकी खोखली आँखें सीधे कैमरे की ओर देख रही थीं।

डर के मारे लिआने ने चीख़ते हुए एलबम बंद कर दिया और लड़खड़ाते हुए सीढ़ियों से नीचे भागी।

"दादी!" उसने काँपती आवाज़ में पुकारा। "तस्वीरें! उनमें कुछ गड़बड़ है!"

दादी चिंतित होकर उसकी ओर दौड़ीं। जब उन्होंने लिआने की टूटी-फूटी बातों से कुछ समझा, तो उन्होंने गंभीरता से सोचा।

"दादी, वो लड़की कौन थी?"

"क्या तुम उस लड़की की बात कर रही हो जिसके होठों के नीचे तिल था? लगता है वो मेरी बुआ थीं। लेकिन वो तो मेरे पैदा होने से पहले ही निमोनिया से मर गई थीं।"

यह सुनकर लिआने का डर और बढ़ गया। शायद ये जानकर कि वह सच में एक मृत व्यक्ति को देख रही थी।

"मैंने सच में उसे देखा, दादी। मेरी आँखों के सामने।"

दादी ऊपर से एलबम लेकर आईं और रसोई की मेज़ पर लिआने के पास बैठ गईं।

"देखो... ये रही मेरी बुआ। क्या ये वही है?" दादी ने एक तस्वीर की ओर इशारा किया।

लिआने ने सिर हिलाया, लेकिन डर के मारे दोबारा देखने की हिम्मत नहीं हुई।

"अब देखो, ये तस्वीर... यहाँ तो वो नहीं है, है ना?"

हैरान-परेशान लिआने ने एलबम खींच लिया और वह सारे पन्ने पलटे जिनमें उसने उस लड़की को देखा था—लेकिन अब वे तस्वीरें सामान्य थीं। खुशहाल पारिवारिक पलों को कैद किए हुए। कहीं कोई डरावनी किशोरी नहीं थी।

दिन, हफ्ते और महीने बीत गए। लिआने अपनी रोज़मर्रा की ज़िंदगी में फिर से सामान्य लगने लगी, लेकिन हर बार जब वह अकेली होती, तो उसके दिल में फिर वही अजीब सा डर कुलबुलाने लगता... मानो अंधेरे के किसी कोने से दो खोखली आँखें फिर उसे ताक रही हों।

•19•

अभ्यास

ग्रैंड कॉन्सर्ट हॉल ने गर्मियों के पहले दिन एक सिम्फनी कॉन्सर्ट का आयोजन किया था, और इस अवसर के लिए जोहान्स को एकल पियानोवादक के रूप में आमंत्रित किया गया था। यह कार्यक्रम उसके करियर के लिए बेहद अहम था। लेकिन उसके साधारण से अपार्टमेंट में चल रहे नवीनीकरण कार्य ने उसे एकाग्र होने से रोक रखा था।

यही सोचकर जोहान्स के मन में एक विचार आया—क्यों न ग्रैंड कॉन्सर्ट हॉल में ही अभ्यास की अनुमति माँगी जाए? उसने सोचा, "यह बेहतर रहेगा। वहाँ के पियानो, मंच और माहौल की आदत भी हो जाएगी।"

यह भव्य स्थल अपनी अद्भुत वास्तुकला और समृद्ध संगीत विरासत के लिए प्रसिद्ध था। यहाँ अनगिनत महान संगीतज्ञों ने प्रस्तुति दी थी—ऐसे लोग जिन्होंने अपना पूरा जीवन संगीत को समर्पित कर दिया था और श्रेष्ठ बनने की चाह में अपनी जान तक गँवा दी थी।

मौका मिलने पर जोहान्स ने पूरे समर्पण के साथ अभ्यास शुरू किया। दिन रात में बदले और रातें सुबह में, लेकिन वह रुका नहीं। उसने पूरी लगन से नई धुन को परिपूर्ण बनाने की कोशिश की। फिर भी धीरे-धीरे उसे लगने लगा कि उसकी तरक्की थम रही है। बल्कि ऐसा महसूस होने लगा कि वह पिछड़ रहा है। यह चिंता और निराशा उसे भीतर तक परेशान करने लगी, लेकिन हार मानना उसके लिए विकल्प नहीं था।

कॉन्सर्ट से ठीक एक रात पहले, जोहान्स ने तय किया कि वह खुद को और आगे धकेलेगा। वह आधी रात तक पियानो बजाता रहा। उसकी उंगलियाँ कीबोर्ड पर नृत्य कर रही थीं और आखिरकार, उसने वह रचना पूरी तरह से सिद्ध कर ली।

घड़ी ने ठीक बारह बजाए। उसने सोचा, "एक बार और बजा लूं, फिर निकलता हूँ।"

उसने जोशीली धुन से फिर से शुरुआत की, और कुछ पल के लिए सब कुछ बिल्कुल परफेक्ट लगा। लेकिन तभी, जैसे उंगलियों ने उसकी बात मानने से इनकार कर दिया हो, कई गलत सुर छेड़ गए। एक भयानक, बेसुरा स्वर पूरे हॉल में गूंज उठा।

उसी पल, हॉल की बत्तियाँ झिलमिलाईं और फिर पूरी तरह से बुझ गई। जैसे पूरी कायनात ही उसके ख़िलाफ़ हो गई हो। गुस्से और निराशा में जोहान्स उठ खड़ा हुआ और तेजी से बाहर की ओर बढ़ा, बड़बड़ाते हुए कि सब कुछ कैसे गलत हो गया।

लेकिन जैसे ही वह दरवाज़े तक पहुँचा, एक जाना-पहचाना बेसुरा सुर हवा में फिर से गूंजा—वही जो उसने कुछ पल पहले गलती से बजाया था। डर के मारे उसने पलटकर देखा...

...और उसकी रूह काँप उठी—पियानो अपने आप बज रहा था। कोई अदृश्य हाथ मानो उस पर एक डरावनी धुन छेड़ रहा हो।

•20•

कृतज्ञता

तलाक के तनाव से उबरने और खुद को कुछ सुकून देने के लिए जूडी एक छोटे से ट्रॉपिकल द्वीप — सोलेइरा — की यात्रा पर गई। उसने पहले इस जगह का नाम भी नहीं सुना था, लेकिन ट्रैवल एजेंसी के कर्मचारी ने इसके समंदर, अनोखी संस्कृति और सबसे बढ़कर इसके खास त्योहार की इतनी तारीफ़ की कि जूडी मना नहीं कर सकी।

द्वीप सच में बेहद सुंदर था — हरे-भरे जंगल, रंग-बिरंगे पक्षी, और शांत समुद्र तट। जूडी हर पल का आनंद ले रही थी। लेकिन एक बात उसे परेशान करने लगी — यहाँ कानून और व्यवस्था की स्थिति काफी ढीली थी।

एक दिन, जब वह एक बीच क्लब में कॉकटेल पी रही थी, उसकी नजर दो भारी-भरकम आदमियों पर पड़ी, जो एक दस साल के लड़के से बहस कर रहे थे।

जूडी न्यायप्रिय स्वभाव की थी। उसने पहले भी कई बार दूसरों के लिए आवाज़ उठाई थी, और यह नज़ारा देखकर उसका खून खौल गया। हिम्मत जुटाकर वह लड़के की मदद करने जा पहुँची।

दोनों आदमी अपनी भाषा में उस पर चिल्लाने लगे, जो जूडी को बिल्कुल समझ नहीं आई। तभी वह बच्चा, एकदम साफ अंग्रेज़ी में बोला,

"ये लोग कह रहे हैं कि मैंने और मेरी दादी ने मुर्गे चुराए हैं और ये मुझसे पैसे माँग रहे हैं।"

“एक बच्चे से लड़ाई? शर्म नहीं आती क्या?” जूडी ने गुस्से में कहा। फिर उसने लड़के से पूछा, “कितने पैसे चाहिए इन्हें?”

लड़के ने रकम बताई, और जूडी ने तुरंत पैसे निकालकर उन आदमियों को दे दिए।

"लो, ले लो और अब इसे तंग मत करना।"

आदमी पैसे लेकर चले गए, और लड़का "धन्यवाद!" कहकर वहां से भाग गया।

जूडी थोड़ी परेशान और उलझन में थी। वह टूरिस्ट मार्केट की तरफ निकल गई ताकि मन शांत हो सके। उसने कई फोटो खींचे, लोकल खाना चखा, और तभी उसकी नज़र एक छोटे, रंग-बिरंगे तंबू पर पड़ी:

"मैडम लैला — भविष्य बताने वाली"

कोई लाइन नहीं थी, तो वह सीधे बैठ गई। मैडम लैला, चमकीले कपड़ों में, एक क्रिस्टल बॉल के सामने बैठी थीं।

"मुझे दिख रहा है, तुम्हारे जीवन में जल्द ही प्यार आने वाला है," उसने रहस्यमयी आवाज़ में कहा।

जूडी ने संदेह से मुस्कुरा दिया।

"और हाँ," लैला ने जोड़ा, "मुझे टूटा हुआ दिल भी दिख रहा है। शायद यही वजह है कि तुम सोलेइरा आई हो।"

"हम्म... हाँ, अभी हाल ही में तलाक हुआ है," जूडी ने स्वीकार किया।

"देखा? मुझे सब दिखता है। चाहो तो तुम्हारे पैसों का भविष्य भी बता सकती हूँ—बस पाँच डॉलर और लगेंगे।"

"नहीं, रहने दो," जूडी ने निराश होकर कहा और उठने लगी।

तभी बीच का वही बच्चा तंबू में दाखिल हुआ।

"हैलो!" लड़के ने जूडी से कहा, फिर जाकर मैडम लैला के कान में कुछ फुसफुसाया।

जूडी जैसे ही बाहर निकलने लगी, लैला ने आवाज़ दी:

"रुको! मेरे पोते ने बताया कि तुमने उसकी मदद की थी। इसलिए मैं तुम्हें एक ज़रूरी बात बताऊँगी — ध्यान से सुनो: कल, चाहे कुछ भी हो जाए, शाम के पाँच बजे से पहले साउथ बीच के पास मत जाना।"

“लेकिन त्योहार तो वहीं होता है...”

"माना कि पहले जो कहा वो सब शायद बकवास था, लेकिन ये चेतावनी असली है।"

“ठीक है, ध्यान रखूँगी। धन्यवाद।”

रास्ते भर जूडी सोचती रही — क्या सच में उसे साउथ बीच से दूर रहना चाहिए? मैडम लैला का तंबू मुर्गे के पंखों से सजा हुआ था, जो शायद चोरी के थे। फिर भी, जूडी ने उसके पोते की मदद की थी, और शायद बदले में उसे सच में एक चेतावनी मिली हो।

“बचाव में ही भलाई है,” उसने खुद से कहा।

अगली सुबह जूडी ने बाज़ार में वक्त बिताया, खरीदारी की, लोकल स्नैक्स खाए, और वक्त का पता ही नहीं चला। शाम हो चुकी थी।

कुछ सोच नहीं पा रही थी, तो मन साफ़ करने के लिए बीच पर दौड़ने निकल पड़ी। कल जहाँ भीड़ थी, आज साउथ बीच एकदम सुनसान था। ये अजीब था, क्योंकि त्योहार तो शुरू हो चुका होना चाहिए था।

लेकिन मशालें अभी भी जल रही थीं। सूरज डूब रहा था, आसमान सुनहरा हो चला था। जूडी रुकी, दृश्य बहुत सुंदर था। उसने फ़ोन निकाला और समुद्र की एक फोटो खींचने लगी। ज़ूम करते ही... उसका दिल बैठ गया।

पानी में तैर रहे थे कटी गर्दनों वाले, नग्न शव — रंग-बिरंगे रंगों में पुते हुए। कुछ शव औंधे थे, जिनकी पीठ पर सोलेइरा की समुद्री देवी अलीएरा का चिन्ह जला हुआ था।

जूडी ने चीख को रोकने के लिए मुँह पर हाथ रखा। फ़ोन तुरंत जेब में डाला, और पीछे मुड़कर तेज़ी से अपने होटल की तरफ दौड़ पड़ी। किसी को कुछ बताए बिना उसने सामान पैक किया और उसी रात सोलेइरा से रवाना हो गई।

उसने कसम खाई—वो इस द्वीप को हमेशा के लिए अपनी यादों से मिटा देगी।

•21•

रात का डर

स्टेसी, एक मेहनती यूनिवर्सिटी की छात्रा, एक अजीब समस्या से जूझ रही थी। पिछले कई महीनों से, लगभग हर रात, वह आधी रात को अचानक घबरा कर उठ जाती थी — उसके मन और आत्मा को चिंता पूरी तरह जकड़ लेती थी। यह स्थिति उसके लिए काफी परेशानी भरी थी, क्योंकि स्टेसी हमेशा अपनी पढ़ाई को सबसे ज़्यादा प्राथमिकता देती थी, और अब जब उसके फाइनल एग्ज़ाम्स नज़दीक आ रहे थे, तो यह सब और भी तनावपूर्ण हो गया था।

एक आम रात, हमेशा की तरह, स्टेसी आधी रात को घबराकर जाग उठी। उसने खुद को समझाया कि यह बस उसकी चिंता का असर है। वह बिस्तर पर लेटी रही, कमरे में खिड़की से आती हल्की-सी रोशनी में उसकी नज़र कुर्सी पर रखे कपड़ों पर पड़ी। कपड़ों का वह ढेर एक डरावनी आकृति जैसा लगने लगा — मानो कोई इंसानी आकार ले चुका हो, जिसकी परछाईं दीवारों पर अजीब ढंग से नाच रही हो। स्टेसी ने कसकर अपनी आँखें बंद कर लीं, गहरी साँस ली, और एक से सौ तक गिनती करते हुए धीरे-धीरे नींद में चली गई।

सुबह जब वह उठी, तो उस "बहुत ही डरावने" कपड़ों के ढेर को देखकर उसे अपनी बेवकूफ़ी पर हँसी आ गई। उसने सिर हिलाया और अपने दिन में व्यस्त हो गई। सब कुछ ठीक था — जब तक कि फिर से रात नहीं आ गई, और आधी रात होते ही वह उसी जानी-पहचानी डर के साथ फिर से जाग उठी।

डरावनी रातें यूँ ही चलती रहीं, और हर बार स्टेसी खुद को मजबूर करती कि वह आँखें बंद करके वापस सो जाए। हर सुबह वह खुद को यही कहकर तसल्ली देती कि यह सब उसकी कल्पना का खेल था।

दिन बीतते गए, और स्टेसी इस असहज एहसास की कुछ हद तक आदी हो चुकी थी। लेकिन एक विशेष रूप से ठंडी रात, कुर्सी पर रखा कपड़ों का ढेर पहले से कहीं ज़्यादा डरावना लग रहा था। स्टेसी ने अपनी आँखें बंद कर लीं और खुद से कहा, "ये बस कपड़े हैं... बस कपड़े ही हैं।" उसका दिल धीरे-धीरे शांत हो ही रहा था, कि तभी उसे एक बात याद आई — वसंत आने वाली थी, और उसकी माँ ने सर्दी के सारे गर्म कपड़े पैक करके रख दिए थे। उस कुर्सी पर अब बस दो जींस की पैंट ही रखी होनी चाहिए थीं।

स्टेसी की आँखें झटके से खुलीं — और देखा कि वो कपड़ों का ढेर अब उस जगह पर था ही नहीं, जहाँ वह हर रात उसे देखती थी।

डरी हुई स्टेसी ने हिम्मत जुटाई, बिस्तर से बाहर निकली, और धीरे-धीरे कुर्सी की ओर बढ़ी। पास जाकर देखा — कुर्सी लगभग खाली थी, बस दो अनफोल्डेड पैंट रखी थीं।

"फिर से मेरी बेवकूफी भरी कल्पना रही होगी," स्टेसी ने सोचा, आँखें घुमाईं और सिर हिलाते हुए फिर से अपने बिस्तर में जा घुसी।

अब तो रात का डर उसे पूरी तरह से जगा चुका था। नींद वापस लाने की कोशिश में वह अपने फुलाए हुए कंबल के नीचे करवटें बदलती रही... जब तक कि उसे एक सर्द सच्चाई का एहसास नहीं हुआ — कि वह अपने बिस्तर में अकेली नहीं थी।

•22•

सावधानी में ही भलाई है

नाइट शिफ्ट में सिक्योरिटी गार्ड की नौकरी स्वीकार करना मेरी सबसे बड़ी गलतियों में से एक थी। मैं इसके लिए कभी बना ही नहीं था, लेकिन मजबूरी थी—मैं बेरोज़गार था और मेरे पास कोई और विकल्प नहीं था। कोई और मुझे काम पर रखने को तैयार नहीं था।

मैं 38 साल का, लंबा-चौड़ा आदमी हूँ जो नियमित रूप से वर्कआउट करता है, लेकिन फिर भी यह मानने में मुझे शर्म आती है कि मैं एकदम डरपोक हूँ। किसी से टकराव की स्थिति में मैं बेहद घबरा जाता हूँ, और जब बात गंभीर हो जाती है, तो मेरी हालत और भी बिगड़ जाती है।

अब मुझसे और सहा नहीं जाता, इसलिए मैं रोज़ नए नौकरी के विकल्प खोजता हूँ, इस उम्मीद में कि कुछ बेहतर मिल जाए। सारी रात अकेले जागना वैसे ही बुरा है, लेकिन तब तक सहने लायक होता है—जब तक बीती रात जैसी घटनाएँ दोबारा न हों। मैं अब भी उस पल को साफ़-साफ़ याद करता हूँ जब एक हथियारबंद लुटेरा इमारत में घुस आया था, और मुझे अपनी ड्यूटी निभाने की तैयारी करते हुए कैसा डर लगा था। शुक्र था कि अलार्म तुरंत बज गया और पुलिस समय पर पहुँच गई। मुझे खुद कुछ करने की ज़रूरत नहीं पड़ी, फिर भी वह रात बेहद तनावपूर्ण थी—खासकर तब जब मैंने देखा कि वह लुटेरा कोई और नहीं बल्कि माइक था, मेरा पुराना सहकर्मी।

अब, जब मैं अपनी कुर्सी पर बैठा जॉब लिस्टिंग्स देख रहा हूँ, मेरी नज़र अचानक सुरक्षा मॉनिटर्स पर जाती है—और मेरे रोंगटे खड़े हो जाते हैं। वही दृश्य दोहराया जा रहा है: एक आदमी बंदूक लिए इमारत में घुस रहा है।

मैं खुद को शांत रखने की कोशिश करता हूँ, यह सोचकर कि इस बार भी अलार्म बजेगा और पुलिस आ जाएगी। लेकिन मिनट बीतते जाते हैं... और इस बार अलार्म नहीं बजता। लगता है अब मुझे ही कुछ करना होगा।

मैं हिम्मत जुटाकर कमरे से बाहर निकलने ही वाला होता हूँ कि एक बार फिर मॉनिटर की तरफ़ देखता हूँ—और तभी मेरी नज़र उस लुटेरे की गर्दन पर पड़े एक धुंधले से टैटू पर जाती है।

मैं तुरंत पहचान लेता हूँ—वो माइक है।

और उसी पल मैं फैसला कर लेता हूँ।

मेरी ज़िंदगी बहुत कीमती है। मैं इसे दोबारा जोखिम में नहीं डाल सकता। खासकर अब, जब मुझे याद आता है कि माइक को तो कल ही पुलिस ने मौके पर गोली मार दी थी।

•23•

झाँकना

एक बार की बात है, मैंने एक पुराना विक्टोरियन घर बहुत ही सस्ते दाम में खरीदा। घर शानदार हालत में था—बेहतरीन प्लंबिंग, कीमती पुराना फर्नीचर, और मजबूत लकड़ी के फर्श। हाँ, लकड़ी की ज़मीन थोड़ी चिरचिराती थी, और वॉलपेपर पुराने ज़माने का लग रहा था, पर ये सब मामूली बातें थीं।

कुल मिलाकर, यह सौदा बेमिसाल था। मुझे खुद पर शक हुआ—कहीं इसमें कोई चाल तो नहीं? शायद यह घर भूतिया हो? पर मैंने तो हमेशा यही समझा था कि भूत-प्रेत की बातें बच्चों को डराने के लिए बनाई जाती हैं।

थोड़ी-बहुत व्यवस्था करने के बाद, मैं आराम से वहाँ बस गया। सब कुछ बिल्कुल सही लग रहा था। सबसे अच्छा था—खिड़की से दिखने वाला दृश्य। लेकिन फिर कुछ अजीब होने लगा।

हर रात, एक लगभग दस साल का लड़का मेरी लिविंग रूम की खिड़की से झाँकता। वह दुबला-पतला था, बाल बिखरे हुए, और उसकी बड़ी-बड़ी आँखें मुझे घूरती रहतीं। जैसे ही मैं उठकर उसे भगाने की कोशिश करता, वह फुर्ती से भाग जाता।

मैंने कई बार पुलिस को बुलाया, लेकिन वह नटखट लड़का कभी नहीं दिखा जब वे आए। मेरे पास परदे थे, लेकिन अगर मैं हमेशा उन्हें बंद रखता, तो उस सुंदर नज़ारे का क्या फायदा? तो मैंने तय किया कि फिलहाल उसे नजरअंदाज़ करना ही बेहतर होगा। आख़िर वह बच्चा मुझे डराने की कोशिश कर रहा था—शायद चाहता था कि मैं सोचूँ कि वह कोई भूत है, क्योंकि घर पुराना है और सबको पुराने घरों से डर लगता है।लेकिन मैं ऐसा बेवकूफ नहीं हूँ। इस महंगाई में कोई भूत-वूत नहीं होता!

एक दोपहर, जब मैं किराने की दुकान से लौट रहा था, एक बूढ़े आदमी ने मुझे रोका। उसने खुद को हैरोल्ड बताया—मेरा पड़ोसी। वह मेरे घर के बगल वाले कॉटेज में रहता था। मैंने सोचा, यह मौका अच्छा है—क्यों न इस खिड़की से झाँकने वाले लड़के के बारे में पूछ लिया जाए?

"अरे, वो छोटा शरारती?" हैरोल्ड बोला। "वो तो जॉर्ज होगा। अजीब सा बच्चा है, हमेशा ऐसा करता रहता है। चिंता मत करो, बस इतना ध्यान रखना कि वो घर के अंदर न आए।"

उसकी बात सुनकर मुझे राहत मिली। अगर हैरोल्ड को जॉर्ज के बारे में पता है, तो वह कोई असली बच्चा ही होगा, भूत नहीं।

दिन बीतते गए, और मैंने जॉर्ज पर ध्यान देना बंद कर दिया। धीरे-धीरे मैं उसके अजीब व्यवहार का भी आदी हो गया। पर एक रात कुछ अलग हुआ।

मैं हमेशा की तरह अपने आर्मचेयर पर बैठा था। मौसम बेहद खराब था—तेज़ हवा चल रही थी, इतनी कि कोई भी बाहर टिक नहीं सकता था। मैंने सोचा, आज तो जॉर्ज बिलकुल नहीं आएगा।

लेकिन तभी, आँखों के कोने में कुछ हलचल महसूस हुई। मैंने एक पन्ना पलटा, और पढ़ना शुरू करने से पहले खिड़की की ओर देखा।

मेरा दिल ज़ोर से धड़कने लगा।

वहाँ जॉर्ज था—पर इसमें नया क्या था?

नया यह था... वह अकेला नहीं था।

उसके बगल में, हवा में उल्टा लटकता हुआ एक और शख्स था। उसका चेहरा काँच से सटा हुआ था, और उसकी धँसी हुई आँखें मुझे घूर रही थीं। उसके होंठों पर एक टेढ़ी-मेढ़ी विकृत मुस्कान थी।

मैं उसे पहचानता था।

वह हैरोल्ड था।

•24•

लॉन्ग डिस्टेंस रिलेशनशिप

कई साल पहले, नाइजल की ज़िंदगी में एक अजीब घटना घटी थी। सर्दियों की एक ठंडी शाम को जब वह बेहद अकेला महसूस कर रहा था, तो उसने अपने ऑफिस में इकट्ठा किए गए स्थानीय अखबारों में छपे डेटिंग विज्ञापनों में फोन नंबर ढूंढकर अपना समय बिताना शुरू किया। मोटी तह में से आधे से ज़्यादा अखबार पलट चुकने के बाद वह लगभग हार मान ही गया था, जब उसकी नज़र एक परफेक्ट विज्ञापन पर पड़ी। महिला का नाम अन्ना था—32 वर्ष की शिक्षिका, जिसे खाना बनाना और किताबें पढ़ना पसंद था।

उत्सुकतावश, नाइजल ने तुरंत नंबर मिलाया। लेकिन कॉल के जवाब का इंतज़ार करते हुए उसने अख़बार की तारीख़ देखी—यह तीन महीने पुराना था। नाइजल ने निराशा में आकर फोन काटने ही वाला था कि तभी दूसरी ओर से एक आवाज़ आई।

"हैलो?"

"माफ कीजिए... मुझे ये पुराना डेटिंग विज्ञापन मिला और मैंने यूँ ही कॉल कर लिया। शायद अब तक आपको कोई मिल चुका होगा," नाइजल ने थोड़ी झिझकते हुए कहा।

"नहीं, मुझे अब तक कोई नहीं मिला," वह आवाज़ बोली।

अन्ना बेहद समझदार और दयालु महिला निकली, जिसमें ग़ज़ब का सेंस ऑफ ह्यूमर था। दोनों ने लगभग दो घंटे बातें कीं और फिर तय किया कि वे नियमित रूप से एक-दूसरे से बात करेंगे। समय के साथ नाइजल को अन्ना पसंद आने लगी, लेकिन एक समस्या थी—जब भी वह मिलने की बात करता, अन्ना टाल जाती।

"माफ करना, लेकिन मैं मिल नहीं सकती। ये बहाना लग सकता है, पर सच्चाई ये है कि मैं एक कमरे में बंद हूँ, जिसका कोई पता नहीं है, और मैं बाहर नहीं निकल सकती। अगर तुम मुझसे नाराज़ हो जाओ तो मैं समझ सकती हूँ... पर मैं वाकई कुछ नहीं कर सकती। अब देर हो गई है, कल बात करते हैं।"

नाइजल उलझन में पड़ गया। वह सोचने लगा कि शायद अन्ना किसी मुश्किल हालात में है—शायद किसी ज़बरदस्ती की शादी में फंसी है या फिर जेल में?

"या फिर... वो दिखने में बहुत भयानक है," उसके सहयोगी जोश ने कॉफी ब्रेक के दौरान मज़ाक उड़ाया।

"जो भी हो, मुझे पता लगाना ही होगा कि वह क्या छिपा रही है।"

नाइजल उसे जानने के लिए इतना उत्सुक था कि उसने खुद ही जाँच शुरू कर दी। अन्ना की कुछ जानकारियाँ—जैसे उसकी माँ की बुकस्टोर का पता—पता होने के कारण सच तक पहुँचना ज्यादा मुश्किल नहीं था। लेकिन जो सच्चाई सामने आई, वह चौंकाने वाली थी: दो महीने पहले, अन्ना की एक ट्रेन दुर्घटना में मृत्यु हो चुकी थी।

"कृपया छोड़ दीजिए। ये हमारे लिए बहुत बड़ा दुख है। मैं अपनी परी के ग़म से उबर नहीं पाई," अन्ना की माँ की आवाज़ भर्रा गई। "कृपया जाइए, मैं और कुछ नहीं सुन सकती।"

"माफ कीजिए, मैं आपके जख्म कुरेदना नहीं चाहता था। मुझे लगा कोई मेरी भावनाओं के साथ खेल रहा है, किसी ने आपकी बेटी का पुराना नंबर इस्तेमाल किया।"

"आप क्या कह रहे हैं? वो मुमकिन ही नहीं है। हमने अन्ना को उसके फोन के साथ ही दफनाया था। यही उसकी आखिरी इच्छा थी। अन्ना को जिंदा दफनाए जाने का डर था। उसकी ये आखिरी ख्वाहिश हम नकार नहीं सकते थे।"

"ओह... ऐसा है क्या? माफ कीजिए कि मैंने आपको परेशान किया। अब मैं चलता हूँ।"

यह सुनकर नाइजल स्तब्ध रह गया, लेकिन सच जानने का उसका संकल्प अभी भी अडिग था।

"किसी ने उसका फोन चुरा लिया होगा," जोश ने कहा, जब दोनों काम से निकलकर बार की ओर जा रहे थे।

"मैंने भी यही सोचा था, पर फिर मैंने उसकी माँ के सोशल मीडिया अकाउंट्स देखे। और... यार, ये पागल कर देने वाला है!" नाइजल उत्तेजना में बोला, "वीडियो में अन्ना की आवाज़ बिलकुल वैसी ही थी जैसी फोन पर सुनाई दी थी। अब मैं उलझ गया हूँ—क्या अन्ना सच में मर चुकी है? या मुझे बेवकूफ बनाया जा रहा है? मैं अब कुछ समझ नहीं पा रहा हूँ!"

"सच जानने का एक तरीका है... तुम उसकी कब्र का पता जानते हो, है ना? क्यों न जाकर खुद ही देख लें?" जोश ने सुझाव दिया।

"क्या तुम पागल हो गए हो?! ऐसा मत कहो—सोचना भी मत!"

"ठीक है," जोश ने कंधे उचकाए, और दोनों कुछ देर चुपचाप चलते रहे। तभी नाइजल रुक गया और बोला:

"क्या तुम सच में ऐसा सोचते हो?"

जोश ने उसकी आवाज़ में हिचकिचाहट और संभावित रोमांच की गंध सूंघ ली। वह मुस्कुराया और बोला, "चलो, फावड़े ले आओ।"

सुबह के चार बजे, दोनों उस कब्रिस्तान पहुँचे जो शहर के बाहरी इलाके में था। वहाँ कब्रें कम थीं, इसलिए अन्ना की कब्र ढूँढना ज़्यादा मुश्किल नहीं था।

"मुझे यकीन नहीं हो रहा," नाइजल बोला, लेकिन जोश पहले ही खुदाई शुरू कर चुका था।

लंबे समय की मेहनत के बाद, एक फावड़ा लकड़ी की किसी चीज़ से टकराया। मिट्टी और पानी ने उनके कपड़े गीले कर दिए थे। अब सच्चाई सामने लाने का समय आ गया था।

जैसे ही उन्होंने ताबूत खोला, सड़ी गली लाश की बदबू फैल गई। अन्ना सच में अंदर ही थी। लेकिन सबसे अजीब बात ये थी कि उसके शरीर की पोज़िशन बदली हुई लग रही थी। और उससे भी ज़्यादा चौंकाने वाली बात—उसका मोबाइल फोन उसके पास था... चालू हालत में, जिसकी स्क्रीन कब्र की खुदी हुई मिट्टी को रोशन कर रही थी।

काँपते हाथों से नाइजल ने वो फोन उठाया और कॉल हिस्ट्री चेक की:

"नाइजल: आउटगोइंग कॉल, आज सुबह 4:13 AM"

उसके गले में सिहरन-भरी चीख अटक गई। उसने जल्दी से अपने गीले, कीचड़ लगे जीन्स से अपना फोन निकाला और स्क्रीन ऑन की—

"अन्ना <3 : मिस्ड कॉल, आज सुबह 4:13 AM"

•25•

अंधेरे में इंतज़ार

आधी रात हो चुकी है, और मैं अपने पुराने, घिसे हुए सोफ़े पर लेटा हूँ। कमरे में पूरी तरह अंधेरा है, बस मेरे फ़ोन की स्क्रीन की हल्की रोशनी है जो थोड़ा उजाला फैला रही है। मैं पहले ही हर सोशल मीडिया ऐप खंगाल चुका हूँ, हर लेख पढ़ चुका हूँ, और भले ही मुझे नींद से बुरा हाल हो रहा है, फिर भी मैं फ़ोन नीचे नहीं रख पा रहा।

न केवल फ़ोन नहीं रख पा रहा, बल्कि अपनी नज़रें भी नहीं हटा पा रहा। क्योंकि मेरी नज़र के कोने से, मैं देख रहा हूँ—एक डरावना प्राणी, जो मेरे बेडरूम के आधे खुले दरवाज़े से मुझे घूर रहा है।

उस प्राणी की आंखें भयंकर हैं, शरीर हड्डियों-सा पतला, और भयानक। वो दरवाज़े के पीछे खड़ा है... इंतज़ार कर रहा है कि मैं उसकी मौजूदगी को स्वीकार करूँ। मेरे भीतर कहीं एक आवाज़ कह रही है—अगर मैंने अपना चेहरा स्क्रीन से हटाया, हल्की सी भी हरकत की, डर ज़ाहिर किया… या नींद में चला गया, तो मैं बहुत बड़े खतरे में पड़ जाऊँगा।

डर ने मुझे जकड़ लिया है। अब और सहन नहीं हो रहा। दीवार पर लगी घड़ी की टिक-टिक कानों में गूंज रही है—हर एक सेकंड जैसे सदियों जितना लंबा लग रहा है।

मैं क्या करूँ? सन्नाटा ऐसा है कि कानों में चीख जैसा महसूस होता है। कभी-कभी पुरानी लकड़ी की ज़मीन चरमराती है, या दरवाज़ा धीमे से खड़खड़ाता है। खिड़की की दरारों से हवा सीटी जैसी आवाज़ निकालती है, माहौल और भी डरावना बन गया है।

मुझे याद है, मकानमालकिन ने मुझे चेताया था कि यह घर भूतिया है—पर मैंने कभी विश्वास नहीं किया।

अब तक नहीं किया था।

अब मैं इस जीते-जागते भयानक सपने में फँसा हुआ महसूस कर रहा हूँ। हर बीतता हुआ पल मुझे उस अज्ञात डरावनी चीज़ के और करीब ले जा रहा है।

सवेरा होने में अभी बहुत वक्त बाकी है—और मेरा फ़ोन? सिर्फ़ 3% बैटरी बची है…

•26•

खोज

डेव एंडरसन, एक शरारती हाई स्कूल छात्र, स्कूल की खाली लाइब्रेरी की सफाई कर रहा था—सज़ा के तौर पर।

वो अनमने मन से विशाल कमरा झाड़ू लगाते हुए बड़बड़ाता रहा, शिकायत करता कि अगर उसका सबसे अच्छा दोस्त मार्क पिछले हफ्ते लापता न हुआ होता, तो यह सज़ा इतनी उबाऊ न लगती। आख़िरकार, वे दोनों हमेशा साथ ही शैतानियाँ करते थे।

डेव ने सफाई पर ज़्यादा ध्यान नहीं दिया। लगभग तीस मिनट बाद, बोरियत ने उसे पूरी तरह जकड़ लिया, और उसने झाड़ू को पास के कोने में फेंक दिया।

समय बिताने के लिए उसने कुछ मज़ेदार ढूँढ़ने का फैसला किया। किताबें पढ़ना तो उसके लिए नामुमकिन था, इसलिए वह एक टूटी हुई अलमारी की ओर बढ़ा, जो पुराने पज़ल्स, टूटे-फूटे खिलौनों, और बोर्ड गेम्स से भरी हुई थी।

कुछ मिनटों की तलाश के बाद, डेव की नज़र एक बड़ी काली-सफेद तस्वीर पर पड़ी जो सबसे नीचे रखी थी। यह एक असहज करने वाली तस्वीर थी, जिसमें भीड़भाड़ वाला कमरा दिखाया गया था। तस्वीर के नीचे एक लाइन लिखी थी:

“अतिरिक्त व्यक्ति को खोजो।”

उत्सुकता से भरकर डेव ने तस्वीर को ध्यान से देखना शुरू किया।

तस्वीर में दिखाया गया कमरा उसे उस लाइब्रेरी जैसा लग रहा था जिसमें वह खड़ा था—शायद वही लाइब्रेरी थी, नवीनीकरण से पहले की। जैसे-जैसे डेव ने तस्वीर को देखा, तस्वीर में मौजूद लोगों के चेहरे और हावभाव अजीब लगने लगे—डरावने भी।

फिर भी, डेव ने हार नहीं मानी और लगातार नज़रें गड़ाए तस्वीर को देखता रहा, "अतिरिक्त व्यक्ति" को ढूँढ़ने के लिए।

घंटों बीत जाने जैसे लगने के बाद, डेव की आँखें चौड़ी हो गईं। उसे आखिरकार मार्क दिखा—उसका लापता दोस्त—तस्वीर में एक खंभे के पीछे से झाँकता हुआ। मार्क का चेहरा बेहद पीला था, और उसकी आँखें गहरी धँसी हुई थीं।

डेव का दिल तेज़ी से धड़कने लगा। वह तस्वीर को और गहराई से देखने लगा—और तभी, एक और भयानक चीज़ देखी: वह खुद भी तस्वीर में खड़ा था—मार्क के बगल में—डरा हुआ चेहरा लिए हुए।

घबराकर डेव ने तस्वीर ज़मीन पर फेंक दी और दरवाज़े की ओर दौड़ा, लेकिन अजीब बात थी—वह कहीं जा ही नहीं पा रहा था। उसके पैर तो चल रहे थे, मगर ऐसा लग रहा था जैसे वह एक ट्रेडमिल पर फँसा हो—एक ही जगह दौड़ता हुआ। धीरे-धीरे उसकी ताकत ख़त्म होने लगी, और तभी पूरी लाइब्रेरी में एक दिल दहला देने वाली चीख गूंज उठी।

शाम को, स्कूल की सफाईकर्मी मिसेज़ लार्किन्स ने लाइब्रेरी का दरवाज़ा खोला ताकि डेव को घर भेजा जा सके, लेकिन कमरा खाली था। उन्हें लगा कि डेव नियम तोड़कर पहले ही चला गया होगा, तो उन्होंने कंधे उचका दिए और लाइब्रेरी बंद कर दी—ज़मीन पर पड़ी वही काली-सफेद तस्वीर छोड़ते हुए।

उस रात के बाद से, डेव भी अपने सबसे अच्छे दोस्त मार्क की तरह लापता हो गया। तुरंत एक जांच शुरू हुई, लेकिन महीनों की तलाश के बावजूद कुछ हाथ नहीं लगा, और धीरे-धीरे यह मामला भी अनसुलझी फाइलों में शामिल हो गया।

•27•

उइजा

उइजा बोर्ड कभी मत खेलना! कभी नहीं!

मैं जो कहानी सुनाने जा रहा हूँ, वो 1994 में बॉस्टन में घटी थी। उस समय मैं हाई स्कूल में था। मेरी चार क्लासमेट्स और मैं केमिस्ट्री क्लास में पढ़ाई के बजाय इधर-उधर की बातें कर रहे थे। तभी हमारे दोस्त जेसी ने उइजा बोर्ड का जिक्र किया। ये पहली बार था जब मैंने इस आध्यात्मिक खेल का नाम सुना था, और एक अनजान सत्रह साल के लड़के के लिए ये बेहद रोमांचक लगा।

मुझे ही नहीं, हम सभी को इसे खेलने की बड़ी उत्सुकता हुई। इसलिए हमने तुरंत फैसला किया कि स्कूल खत्म होने के बाद बोर्ड खरीदेंगे और स्कूल की सबसे ऊपरी मंज़िल पर जाकर खेलेंगे—जहां उस समय मरम्मत का काम चल रहा था और कोई नहीं जाता था।

बोर्ड खरीदने के बाद हम स्कूल पहुँचे। हमें चुपचाप अंदर घुसने का रास्ता पता था, क्योंकि हम पहले भी कई बार स्कूल से चुपचाप निकले थे। आख़िरकार, हम पांचों—मैं, जेसी, कायडन, एंजेला और बेक्का—ऊपरी मंज़िल के एक सुनसान कमरे में पहुँच गए।

हमने सूरज डूबने का इंतज़ार किया, ताकि माहौल थोड़ा डरावना हो जाए। फिर खेल शुरू हुआ। बेक्का ने मोमबत्तियाँ जलाईं। हम एक गोल घेरा बनाकर बैठे और बोर्ड पर अपनी-अपनी उंगलियाँ प्लैंचेट पर रखीं।

जेसी ने सवाल पूछना शुरू किया:

"कोई यहाँ है?"

प्लैंचेट "हाँ" की ओर सरक गया।

"क्या तुम हमें सुन सकते हो?"

"हाँ।"

"तुम्हारा नाम क्या है?"

"टेलर।"

"क्या तुम यहाँ स्कूल में पढ़ते थे?"

“नहीं।”

“तो फिर तुम कौन थे?”

“सफाईकर्मी।”

अब कायडन ने सवाल किया,

“तुम कब मरे?”

प्लैंचेट ने लिखा: “1967।”

हम सबने एक-दूसरे की ओर देखा।

माना कि कोई न कोई प्लैंचेट को घुमा रहा होगा, एंजेला ने मजाक में पूछ लिया:

“तुम्हारी मौत कैसे हुई?”

“हत्या।”

“अब मज़ा आ रहा है!” बेक्का हँसी और एंजेला भी साथ में हँसने लगी।

“रुको यारो, संभल के। ये खतरनाक हो सकता है,” मैंने डरते हुए कहा।

“हाँ, अगर आत्मा असली है तो?” जेसी ने भी मेरी हाँ में हाँ मिलाई।

“अरे, खेल का मज़ा खराब मत करो,” कायडन ने शिकायत की, फिर पूछा:

“तुम हमसे क्या चाहते हो?”

“शरीर।”

“क्या बात है!” एंजेला ने ताना मारा। “तो तुम हममें से किसी का शरीर चाहते हो?”

“हाँ।”

काफ़ी हँसी-मज़ाक और हिचकिचाहट के बाद हमने एक खेल खेला—कागज के टुकड़ों में नाम डालकर चुना कि किसका शरीर "दिया" जाएगा। दुर्भाग्य से नाम निकला: एंजेला।

“मैं तुम्हें अपने शरीर में प्रवेश की अनुमति देती हूँ,” एंजेला बोली। और फिर सन्नाटा छा गया।

हम सबने देखा कि उसका शरीर कुछ सेकंड्स के लिए कांपा। फिर वो उठी, बिना किसी भाव के, और कमरे में रखे पुराने ब्लैकबोर्ड की ओर बढ़ी।

“अरे वाह!” कायडन बोला, “इसका एक्टिंग टैलेंट ठीक-ठाक है। थोड़ी ट्रेनिंग की ज़रूरत है, पर मूवमेंट्स बढ़िया हैं। चेहरा थोड़ा बेवकूफ लग रहा है बस।”

हम सब हँसने लगे, मानो वह बस कोई मज़ाक कर रही हो। हमने कहा, "ठीक है, अब बंद करो ये नाटक।" लेकिन तभी एंजेला ने ब्लैकबोर्ड को दीवार से उखाड़कर ज़मीन पर पटक दिया। हम सब दंग रह गए।

उसने ब्लैकबोर्ड के पीछे छुपा एक छिपा हुआ हिस्सा खोला—और वहाँ से निकाला एक ज़ंग लगा कुल्हाड़ा।

“एंजेला, बस करो! ये मज़ाक नहीं है!” जेसी चिल्लाया और उसकी ओर भागा—लेकिन एंजेला ने कुल्हाड़े से उसकी गर्दन पर वार कर दिया।

मुझे आज भी वो खौफनाक मंजर याद है—लेकिन उसके बाद क्या हुआ, याद नहीं।

आखिरी याद बस इतनी है कि मैं स्कूल के सामने की सड़क पर बदहवास दौड़ रहा था—जब एक कार से हल्की टक्कर हो गई।

अगली सुबह, खबर फैल गई। चार छात्र—जेसी, कायडन, बेक्का और खुद एंजेला—स्कूल में मृत पाए गए। सभी के शरीर पर कुल्हाड़े के गहरे घाव थे।

मैं बच गया। लेकिन किस कीमत पर?

मैं एक से एक थेरेपी करता हूँ, लेकिन कोई असर नहीं होता। हर सेकंड, हर मिनट वो रात मेरे ज़हन में ज़िंदा रहती है। हर रात, डरावने सपनों में वही सफाईकर्मी—एक मध्यम उम्र का आदमी—खून से सनी कुल्हाड़ी लेकर मेरा पीछा करता है।

भगवान के लिए, उइजा बोर्ड कभी मत खेलो।

•28•

जंगल की खोज

करीब एक साल पहले, मैंने आखिरकार अपने दोस्तों के साथ उस जंगल में ट्रेकिंग पर जाने के लिए हाँ कर दी, जो मेरे गृहनगर के पास है—हालाँकि उन्हें मुझे मनाने में बहुत समय लग गया। मैं आमतौर पर जंगलों से दूर ही रहता हूँ, क्योंकि बचपन की एक अप्रिय और बेहद डरावनी याद आज भी मेरे मन में ज़िंदा है। लेकिन दोस्तों की योजना इतनी मज़ेदार लगी कि आख़िरकार मैं मना नहीं कर पाया।

हाइकिंग का दिन आ पहुँचा। मैं और मेरे तीन दोस्त एक पुराने रास्ते पर चल पड़े जो घने जंगल के बीच से होकर जाता था। जैसे-जैसे हम आगे बढ़े, रास्ता मुझे कुछ जाना-पहचाना सा लगने लगा। मुझे याद आया कि बचपन में मेरे माता-पिता मुझे अक्सर यहीं घुमाने लाते थे—हर हफ्ते—जब तक कि एक दिन ऐसा कुछ नहीं हुआ, जिसने सब कुछ हमेशा के लिए बदल दिया।

मुझे वह दिन अच्छी तरह याद है। हम हमेशा की तरह हरियाली से भरे जंगल में घूम रहे थे। मैं उत्सुकता में अपने पापा से थोड़ा आगे निकल गया, नए रास्तों की तलाश में। तभी मेरी नज़र एक अजीब-से पेड़ पर पड़ी। वह पेड़ एक चेहरे जैसा लग रहा था—एक डरावना चेहरा। उसकी दो चमकदार, गीली काली गाँठें आँखों जैसी थीं, जिनसे कुछ स्राव हो रहा था, मानो आँसू बह रहे हों, और बीच में एक दरार थी जो मुँह जैसी लग रही थी।

मैं पीछे मुड़ने ही वाला था कि तभी मुझे एक धीमी, कराहती सी आवाज़ सुनाई दी—जैसे कोई पीड़ा में हो। डर के बावजूद, मैं थोड़ा और पास गया, और फिर देखा—उस पेड़ का "मुँह" धीरे-धीरे हिल रहा था, बहुत हलके से, लेकिन साफ़ दिखाई दे रहा था।

सुनने में पागलपन लगता है, है ना? यही मेरे माता-पिता ने भी सोचा जब मैं भागता हुआ उनके पास पहुँचा—ऐसा लग रहा था जैसे मैं मीलों दौड़ आया हूँ। मेरी बहन ने तो बाद में मज़ाक में उस पेड़ की तुलना एक मशहूर एनिमेटेड फिल्म के किरदार से कर दी।

खैर, अब जब मैं अपने दोस्तों के साथ ट्रेक पर था, तो मैंने खुद को समझाया कि वो सब बस बचपन की कल्पना रही होगी। हम सब बहुत मस्ती कर रहे थे—प्रकृति का आनंद ले रहे थे, बोनफ़ायर जलाया, चुटकुले सुनाए। सब कुछ एकदम परफेक्ट था... जब तक कि मैंने फिर से वही आवाज़ नहीं सुनी—बिलकुल वैसी ही, जैसी उस पेड़ से आई थी।

मैं डर के मारे घबरा तो गया, लेकिन पागल या अजीब लगने के डर से चुप रहा। मैंने सोचा कि शायद किसी और को भी सुनाई दे... पर किसी ने कुछ नहीं कहा। लेकिन वो बेचैनी, वो डर का अहसास मेरे भीतर से जा ही नहीं रहा था। मुझे यकीन हो गया कि मुझे फिर से वहाँ जाना होगा... यह पता लगाने के लिए कि वो याद वाकई सच थी या नहीं।

मैंने अपने दोस्तों से कहा कि मुझे कुछ देर अकेले रहना है, और खुद अकेला जंगल के और अंदर चला गया।

चलते चलते मैंने खुद को समझाने की कोशिश की—"इस बार सब ठीक रहेगा। जो कुछ भी बचपन में देखा था, अब उसका कोई तार्किक जवाब मिल जाएगा।"

लेकिन मैं गलत था।

वो दृश्य आज भी मेरी रूह कंपा देता है—वही डरावना पेड़, जैसे वक्त ने उसे छुआ तक न हो। बस एक फर्क था—इस बार उसकी कराहती आवाज़ में साफ़ शब्द सुनाई दे रहे थे:

"मदद करो... दर्द हो रहा है... मदद करो..."

जैसे ही मैंने ये सुना, मैं वहाँ से दौड़ पड़ा, बिना पीछे देखे, बिना रुके, तब तक दौड़ता रहा जब तक जंगल से बाहर नहीं निकल आया। और उस वक्त मैं अपने पीछे तीन दोस्तों को छोड़ आया—उन्हें पूरी तरह भूल ही गया।

अब उस घटना को एक साल हो चुका है, लेकिन वह दिन आज भी हर रोज़ मेरे ज़ेहन में घूमता है। वो बात करता हुआ पेड़ डरावना था, हाँ... लेकिन क्या तुम जानते हो उससे भी बुरा क्या था?

मेरे तीनों दोस्त कभी जंगल से बाहर नहीं आए।

वे अब तक लापता हैं।

कोई नहीं जानता, वे कहाँ गए।

•29•

रोमांचक मुलाक़ात

लियाम और एमा, एक युवा जोड़ा, अपनी पहली डेट को लेकर बेहद उत्साहित थे। उन्होंने हाल ही में खुले मनोरंजन पार्क "पैराडाइज़ हिल्स" को चुना था। तरह-तरह की ज़बरदस्त राइड्स का मज़ा लेने और ढेर सारी कॉटन कैंडी खाने के बाद लियाम ने महसूस किया कि एमा का उत्साह थोड़ा कम हो रहा है। दिन को यादगार बनाने के इरादे से उसने सुझाव दिया कि वे पार्क के भूतिया घर में जाएँ—एक छोटा-सा भवन जो देखने में अधूरा और अजीब तरह से रंग-बिरंगा लग रहा था।

जैसे ही दोनों उस डरावने घर के अंदर दाखिल हुए, दरवाज़ा अचानक उनके पीछे बंद हो गया, और चारों ओर अंधेरा छा गया। हवा में एक अजीब-सी घुटन थी, और दूर-दूर तक फैली हुई डरावनी चीखें सुनाई दे रही थीं—जिनका मक़सद पर्यटकों को डराना था। सामने बहुत हल्की रोशनी झिलमिला रही थी, एमा ने डर के मारे लियाम का हाथ कसकर पकड़ लिया और दोनों ने अंधेरी गलियों में आगे बढ़ना शुरू किया।

अचानक, लाइटें टिमटिमाने लगीं—कभी जलतीं, कभी बुझतीं—और धूसर दीवारों पर डरावनी परछाइयाँ नाचने लगीं। सजावटें इतनी असली लग रही थीं कि उनमें भेद कर पाना मुश्किल था: कटे हुए अंग और चीर-फाड़ किए गए शव—कुछ ज़मीन पर बिखरे हुए, कुछ छत से झूलते हुए। एमा की चीख निकल गई जब उसने एक सिर-कटा शरीर देखा जो बेहद भयानक लग रहा था।

डर के बावजूद दोनों गलियों से गुज़रते गए, जल्द से जल्द बाहर निकलने की कोशिश करते हुए। कुछ मिनटों की दौड़ के बाद, वे एक विशाल आदमी के सामने आ गए, जो खून से सने एप्रन और चेहरे पर लाल मास्क पहने खड़ा था। उसके हाथ में एक विशाल चाकू था, और होंठों पर एक दहशत फैलाने वाली मुस्कान। दोनों ने एक साथ चीख मारी और अलग-अलग दिशाओं में भाग निकले।

एमा एक संकरी लेकिन ज़्यादा रोशन रास्ते की ओर भागी, उसका दिल ज़ोरों से धड़क रहा था। उसे लियाम की आवाज़ सुनाई दे रही थी जो उसका नाम पुकार रहा था, मगर डर के मारे वह जवाब नहीं दे सकी। दूसरी ओर, लियाम अंधेरे गलियारों की भूलभुलैया में उलझ गया। वह चाहे जिस भी रास्ते पर जाता, हर बार उसी जगह वापस आ जाता।

कई मिनटों के बाद, लियाम को एक दरवाज़ा दिखाई दिया, जिसके ऊपर "EXIT" की चमकती हुई नेमप्लेट लगी थी। राहत की सांस लेते हुए वह दरवाज़े की ओर दौड़ा। जैसे ही वह हैंडल तक पहुँचने ही वाला था,

ऊपर से कोई भारी चीज़ उसके सामने गिर गई। वह घबरा कर ऊपर देखता है—और उसे जो दिखा, उसने उसकी रूह कंपा दी।

एमा की लाश एक रस्सी से झूल रही थी—बिलकुल निश्चल, धीरे-धीरे हिलती हुई।

लियाम ने बेतहाशा कोशिश की कि किसी तरह उसे बचा सके, लेकिन बहुत देर हो चुकी थी—एमा अब इस दुनिया में नहीं थी। उसकी आँखों से आँसू बहने लगे, और दिल चीख उठा, जब उसने अपनी प्रेमिका की दर्दनाक मौत को समझा।

बिना कोई चारा बचे, लियाम ने एमा के शव को वहीं छोड़ दिया और EXIT दरवाज़े की ओर बढ़ गया। जैसे ही उसने दरवाज़ा खोला, यह सोचते हुए कि अब वह सुरक्षित होगा, सामने का दृश्य उसे जड़ कर गया।

उस कमरे में, जो बमुश्किल रोशन था, वही विशाल, नकाबपोश दरिंदा उसका इंतज़ार कर रहा था।

उस राक्षस जैसे आदमी की खौफ़नाक हँसी कमरे में गूंजने लगी। उसने अपनी बड़ी छुरी ऊपर उठाई, और अगली आवाज़ थी—लियाम की अंतिम चीख, जो एक ही वार में हमेशा के लिए ख़ामोश हो गई।

•30•

बूगीमैन

एक परिवार में एक ज़िद्दी बच्चा रहता था, फ्रैंकी। उसकी माँ ने उसे अनुशासित करने के लिए कई तरकीबें आज़माईं, लेकिन अंत में एक साधारण सी कहानी ही सबसे असरदार साबित हुई — बूगीमैन की कहानी। इसी वजह से उसके माता-पिता अकसर बूगीमैन का डर दिखाया करते थे।

"सब्ज़ियाँ खा लो, फ्रैंकी, नहीं तो बूगीमैन आ जाएगा," उसकी माँ रात के खाने के वक़्त चेतावनी देती। कभी-कभी उसके पिता भी जोड़ते, "सोने जाओ, फ्रैंकी, वरना बूगीमैन तुम्हें ले जाएगा।"

शुरुआत में ये चेतावनियाँ जादू की तरह काम करती थीं। बूगीमैन से डरे हुए फ्रैंकी बिना किसी बहस के चुपचाप खाना खा लेता और सीधे सोने चला जाता। अपने पसंदीदा टेडी बियर को कसकर पकड़कर वह बिस्तर में एकदम शांत लेटा रहता, इस उम्मीद में कि बूगीमैन नहीं आएगा।

लेकिन वक़्त के साथ-साथ फ्रैंकी और ज़्यादा हठी होता गया। एक शाम, जब उसे फिर से कहा गया, "खाना खत्म करो, नहीं तो बूगीमैन आ जाएगा," तो उसने ऊपर देखा और बेरुख़ी से कहा, "नहीं।"

"ओह? क्यों नहीं? क्या तुम चाहते हो कि बूगीमैन तुम्हें लेने आ जाए?" उसकी माँ ने पूछा।

"कोई फ़र्क नहीं पड़ता, मम्मी। मैंने आप और पापा की सारी बातें मानीं, लेकिन फिर भी बूगीमैन आता है... और वो कहीं नहीं जाता।"

उसकी माँ पहले तो हैरान हुई, फिर थोड़ा हँसते हुए बोली, "सच में? बूगीमैन कहाँ है, बेटा?"

फ्रैंकी ने एकदम शांत आवाज़ में इशारा करते हुए कहा, "वो तो अभी आपके ठीक पीछे खड़ा है।"

उसकी माँ मुस्कराई, यह सोचकर कि यह भी फ्रैंकी की कल्पनाओं में से एक है। लेकिन जैसे ही उसने सिर घुमाया, उसका चेहरा पीला पड़ गया। दीवार पर उसकी अपनी परछाईं के बगल में एक और परछाईं थी— एक लंबी, भारी-भरकम परछाईं।

•31•

बस एक मज़ाक

दो सबसे अच्छे दोस्त, कार्लोस और एडी, नविला नामक गाँव में घूमने आए थे। वहाँ पहुँचते ही वे कार्लोस की दादी के पुराने घर में ठहरे। उसी शाम उनके पड़ोसी राउल मिलने आया। बातचीत के दौरान उसने जो कहानी सुनाई, उसने दोनों दोस्तों की दिलचस्पी बढ़ा दी।

राउल ने गाँव के एक सुनसान घर की बात की, जहाँ उसने एक भूत को देखने का दावा किया—एक ऐसा भूत जिसकी त्वचा कागज़ की तरह सफेद थी, आँखें गहरी काली, और हाथ में एक बड़ी दरांती।

"वाह राउल, लगता है तूने कुछ ज़्यादा ही गांजा पी लिया है। अगली बार हमें भी बताना, कहाँ से मिला," कार्लोस ने मज़ाक किया, लेकिन उसकी दादी ने तुरंत उसकी गर्दन पर एक थप्पड़ जड़ दिया।

जैसे ही दादी कमरे से बाहर गईं, एडी उत्साह से बोला,

"क्यों न हम उस घर को खुद जाकर देखें?"

"वो ख़तरनाक है," राउल ने हिचकिचाते हुए कहा।

"अरे यार, हम तीन लोग हैं, जो भी होगा, मिलकर निपट लेंगे," एडी ने ज़ोर देकर कहा।

"ठीक है, कल शाम चलते हैं," कार्लोस भी मान गया। आखिरकार, वे राउल को भी मनाने में कामयाब हो गए।

अगली शाम जब सूरज अब भी आकाश में ऊँचा था, तीनों नविला के उस सुनसान घर के आँगन में पहुँचे। राउल को छोड़कर बाकी दोनों में कोई डर नहीं था। असल में, कार्लोस और एडी ने पहले ही एक शरारत की योजना बना रखी थी ताकि राउल को डरा सकें। कार्लोस अपने बैग में अपनी दादी की काली ओढ़नी और कुछ सफेद मेकअप पाउडर लाया था। उसका इरादा था भूत बनकर राउल को डराना।

पुराने, धूल-भरे, मकड़ी के जालों से भरे उस घर में कदम रखते ही तीनों अलग-अलग कमरों में घूमने लगे। हर बार जब फर्श चरमराता या टूटी खिड़कियों से हवा की आवाज़ आती, राउल जाहिर तौर पर घबरा जाता। पहले तो एडी और कार्लोस उसका मज़ाक उड़ाते रहे,

"अरे, ये तो चूहे होंगे या फिर हवा,"

लेकिन फिर उन्होंने आपस में फुसफुसाते हुए योजना बनाई और दिखावा किया कि वे भी डर गए हैं।

"हाँ यार, शायद सच में कोई आत्मा है। चलो, हम तीनों अलग-अलग होकर ढूंढते हैं," उन्होंने कहा।

फिर वही किया गया। कार्लोस जल्दी से ऊपर की एक छोटी सी कमरे में भागा ताकि भूत की वेशभूषा पहन सके। वह टूटी हुई दरारों वाले आईने में अपने चेहरे पर पाउडर लगा ही रहा था कि तभी एक भयानक चीख सुनाई दी।

कार्लोस फौरन नीचे की ओर भागा, सोचते हुए कि शायद एडी ने शरारत शुरू कर दी है।

जैसे ही वह नीचे पहुँचा, उसने देखा कि एडी सीढ़ियों के पास खड़ा हँसी से लोटपोट हो रहा है।

"क्या बात है यार! तूने तो सच में उसे डरा दिया!" एडी बोला।

"मैंने? मैं तो अभी तक अपना मेकअप भी पूरा नहीं कर पाया," कार्लोस ने उलझन में जवाब दिया।

"अरे, तू ही तो था जो भागता हुआ मेरे पास से गुज़रा और राउल के पीछे गया!"

"नहीं..." कार्लोस ने कहा। कमरे की हवा एकदम ठंडी हो गई।

तभी उन्हें एहसास हुआ कि कुछ बहुत गड़बड़ है। उन्होंने वह दिशा पकड़ी जहाँ से राउल भागा था। ऊपर दूसरी मंज़िल पर, एक अंधेरे गलियारे में उन्हें जो मिला, उसने उनके होश उड़ा दिए—राउल का शव, बुरी तरह से कटा हुआ, लहूलुहान हालत में पड़ा था।

दोनों दोस्त घबरा गए और भागने लगे, लेकिन तभी एडी फिसल गया। जैसे ही वह उठने ही वाला था, उसने देखा कि कोई उसके पास आ रहा है। पहले तो वह राहत महसूस कर रहा था, यह सोचकर कि कार्लोस होगा।

लेकिन जब उसने ऊपर देखा, उसका दिल दहल गया।

वो कार्लोस नहीं था।

वो वही था जिसका ज़िक्र राउल ने किया था—सफेद चमड़ी वाला, काली आँखों वाला, और एक विशाल दरांती लिए खड़ा भयानक भूत।

एडी की चीख पूरे घर में गूंज उठी।

कार्लोस, जो पहले ही आँगन तक पहुँच चुका था, पीछे मुड़ा और एक झलक में सब कुछ देखकर, अपनी ज़िंदगी की सबसे तेज़ दौड़ लगाकर वहाँ से भाग निकला।

•32•

देर रात की सोच

एक महिला रात के सन्नाटे में शांत सड़क पर टहल रही है। उसकी सोचें रात के अंधेरे में भटकती फिर रही हैं:

"करीब एक घंटा हो गया है, मैं यहाँ भटक रही हूँ, और फिर भी मुझे उसके पास आने का एहसास हो रहा है। वह मेरा पीछा कर रहा है। हमारे अलावा सड़क पर और कोई नहीं है—सिर्फ चाँद की हल्की रोशनी है। थोड़ी ही दूर पर एक अंधेरी गली आने वाली है, लेकिन मैं अपनी चाल तेज नहीं कर रही। मेरे चेहरे पर ज़रा भी डर नहीं झलकता।

शायद मुझे उसे बता देना चाहिए कि पेड़ों के पास छिपना बेकार है—मैं उसे देख सकती हूँ। लेकिन नहीं, कोई बात नहीं। जल्दी ही हम उस गली में पहुँचेंगे... और फिर मैं उसे दिखाऊँगी कि मरे हुए का पीछा करना कितनी बड़ी मूर्खता है।"

•33•

मेहमान

एलन एक सामान्य बच्चा था जिसे अपने छोटे से शहर ऑर्सबर्न के खेल मैदान में समय बिताना बहुत पसंद था। एक खूबसूरत दोपहर, वह दौड़ता हुआ घर आया और अपनी माँ मारिया से उत्साह से बोला,

"माँ, मैंने एक नया दोस्त बनाया है। उसका नाम सैम है!"

मारिया, जो हाल ही में शहर की लाइब्रेरी में फुल-टाइम काम करने लगी थी, मुस्कराकर बोली,

"बहुत अच्छा एलन! अब मैं काम करूँगी और तुम आँगन में मज़े से खेल पाओगे।"

सबकुछ ठीक लग रहा था। हर रात, मारिया एलन को सैम के बारे में बातें करते सुनती थी, और उसे राहत मिलती थी कि उसके बेटे को अकेलेपन का सामना नहीं करना पड़ रहा।

"हम दोनों को एक जैसे कॉमिक्स पसंद हैं। सैम को फुटबॉल भी पसंद है। वो बहुत अच्छा गोलकीपर है," एलन अकसर कहता।

एक दिन, जिज्ञासावश मारिया ने पूछा, "तुम दोनों क्या करते हो ज़्यादातर? फुटबॉल खेलते हो?"

"नहीं, हम छुपन-छुपाई खेलते हैं।"

मारिया, जो हमेशा एक सतर्क माँ थी, बोली, "ध्यान रखना बेटा, कहीं खो मत जाना या चोट मत लगवा लेना।"

"चिंता मत करो, माँ," एलन ने आश्वस्त किया। "सैम की एक आँख चली गई थी एक हादसे में, इसलिए वो बहुत संभलकर रहता है।"

"ओह, बेचारा..." मारिया ने सहानुभूति जताई।

अगले दिन, मारिया अपने काम पर थी। उसने रोज़ की तरह लोकल अख़बार उठाया और पन्ने पलटते हुए एक भयानक हेडलाइन पर नज़र पड़ी: "एक आँख वाला सीरियल किलर सैमुअल मनोरोग अस्पताल से भागा, ऑर्सबर्न के गॉर्डन प्लेग्राउंड के पास देखा गया।"

उसका दिल धड़कना बंद कर गया। एलन का "दोस्त" शायद कोई बच्चा नहीं बल्कि एक बेहद ख़तरनाक अधेड़ उम्र का आदमी था।

डरी हुई मारिया ने तुरंत पुलिस को कॉल किया और घर की ओर दौड़ी। वह घर पहुँची तो देखा कि एलन लिविंग रूम में बैठा था और अपने पसंदीदा कार्टून देख रहा था।

"माँ, क्या हुआ?" एलन ने पूछा, उसकी माँ के चेहरे की घबराहट देखकर।

कुछ ही देर में पुलिस घर पहुँच गई।

मारिया एलन के पास झुकी और नरमी से बोली, "बेटा, ये बताओ, सैम कैसा दिखता है?"

एलन ने मासूमियत से बताया, "उसके बाल बिखरे हुए हैं, कुछ दाँत सुनहरे हैं। सैम हमेशा हरे रंग की हुडी पहनता है और उसकी जीन्स फटी हुई होती है। और हाँ, वो आँख पर पट्टी बाँधता है—जैसे समुद्री डाकू!"

मारिया ने काँपती आवाज़ में पूछा, "सैम... तुम्हें क्या लगता है, उसकी उम्र कितनी होगी?"

"मालूम नहीं... बड़ों जैसा है। शायद 40 साल का होगा।"

मारिया का दिल बैठ गया। ये बिलकुल वही हुलिया था जो अख़बार में छपे भगोड़े अपराधी का था।

उसे खुद पर ग़ुस्सा आया कि उसने पहले कभी अपने बेटे से इस "दोस्त" के बारे में विस्तार से क्यों नहीं पूछा।

पुलिस ने तुरंत घर की तलाशी ली और फिर पूरे मोहल्ले में खोज अभियान शुरू किया। घंटों बाद, मारिया को एक कॉल आया—उन्होंने अपराधी को पकड़ लिया था।

मारया ने चैन की साँस ली।

उसी शाम, जब वह एलन को सुला रही थी, तो उसने फुसफुसाकर कहा, "अब तुम सैम के साथ नहीं खेल सकते।"

"क्या पुलिस उसे ले गई?" एलन ने उदासी से पूछा।

मारिया ने सिर हिलाया।

"पर माँ, ये कैसे हो सकता है? सैम तो बहुत अच्छा है छुपन-छुपाई में।"

उसी पल, मारिया का फ़ोन फिर से बजा। कॉल पुलिस से थी। उन्होंने ग़लत आदमी को पकड़ा था। असली अपराधी अब भी आज़ाद था।

डर के मारे मारिया का पेट मरोड़ने लगा। उसने कांपती आवाज़ में एलन से कहा, “बेटा, यहीं रुको। मैं बस सारे दरवाज़े-खिड़कियाँ बंद करके आती हूँ।”

“क्यों माँ?” एलन ने भोलेपन से पूछा।

“ताकि तुम्हारा दोस्त सैम अंदर न आ सके,” मारिया ने अपने डर को छिपाते हुए कहा।

“पर माँ...” एलन ने फुसफुसाकर कहा, “वो तो पहले से ही अंदर है—मेरे पलंग के नीचे।”

•34•

खोया हुआ

छोटा टॉम बस स्टेशन पर अपनी माँ से बिछड़ गया था। वह इधर-उधर भटकता रहा, माँ को ढूँढता रहा, लेकिन कोई फायदा नहीं हुआ। डर ने उसके दिल को घेर लिया, खासकर क्योंकि वे अपने मामा से मिलने किसी दूसरे शहर आए थे। लेकिन एक बात ने उसे थोड़ी राहत दी—उसे याद था कि अपने शहर वापस जाने के लिए कौन-सी बस पकड़नी है।

कुछ ही देर में वह बस आ गई, और टॉम चढ़ गया।

उसे ज़्यादा सोचने की ज़रूरत नहीं थी, क्योंकि बच्चों के लिए सफर मुफ्त होता है। बस में एक ही खाली सीट थी, जहाँ जाकर वह चुपचाप बैठ गया और खिड़की से बाहर देखने लगा। वह शांत रहने की कोशिश कर रहा था, लेकिन जैसे ही बस एक पुल के करीब पहुँची, उसका दिल ज़ोर-ज़ोर से धड़कने लगा।

टॉम को पुलों से डर लगता था, इसलिए जैसे ही बस ने पुल पर चढ़ना शुरू किया, उसने आँखें बंद कर लीं—यह उसकी पुरानी आदत थी जिससे उसका डर थोड़ा कम हो जाता।

बस पुल के बीच में पहुँचते ही एक जोरदार झटका लगा, जिससे टॉम का डर और बढ़ गया।

अंततः, उसे लगा जैसे काफी समय बीत गया हो, और जब बस पुल पार कर गई, तब जाकर उसने धीरे-धीरे आँखें खोलीं।

लेकिन सामने का नज़ारा देखकर वह हैरान रह गया—बस एक अजीब-से शहर में प्रवेश कर चुकी थी। वहाँ की नीची ईंटों की इमारतें किसी पुराने ज़माने की फ़िल्म या किताब से निकली लग रही थीं।

बस जब गाँव के बीचों-बीच से गुज़री, टॉम ने देखा कि एक पुरानी चक्की के सामने कुछ बच्चे खड़े थे। वे सब एकटक बस की तरफ देख रहे थे, उनकी नज़रें बेहद अजीब थीं—जैसे आँखों से ही अंदर तक झाँक लेना चाहती हों।

टॉम को बेचैनी हुई। उसे यह सब अच्छा नहीं लगा। उसने गुस्से में बाहर खड़े बच्चों की ओर मुँह बनाकर जीभ निकाल दी।

बस गाँव में और आगे बढ़ी। टॉम ने देखा—हर कोई, बूढ़े, औरतें, बच्चे—सब दरवाज़ों में, खिड़कियों से, गलियों में खड़े होकर बस को उसी डरावनी, निष्कंप नज़र से देख रहे थे।

अब टॉम पूरी तरह घबरा गया था। उसने फिर से अपनी आँखें बंद कर लीं, खुद को दिलासा देने के लिए।

लेकिन जिज्ञासा हावी हो गई। उसने अपनी आँखें खोलीं और पास में बैठी एक युवती से पूछा:

"ये लोग ऐसे क्यों देख रहे हैं?" टॉम की आवाज़ डर से काँप रही थी।

लड़की उसकी ओर मुड़ी... और टॉम सन्न रह गया—वो भी उसी तरह की जमी हुई, गहरी नज़र से उसे घूर रही थी।

टॉम का दिल ज़ोरों से धड़कने लगा। वह सीट पर खड़ा हुआ और सामने देखा—बस का हर यात्री, यहाँ तक कि ड्राइवर भी, अब उसकी तरफ देख रहा था—बिल्कुल जमे हुए चेहरों और खाली आँखों के साथ।

डर से काँपता हुआ टॉम खिड़की से बाहर देखने लगा। लेकिन उसके रोंगटे तब खड़े हो गए जब उसने देखा कि बस ने एक चक्कर पूरा कर लिया था और अब फिर से उसी पुल के पास पहुँच गई थी, जिससे वे पहले इस अजीब शहर में दाखिल हुए थे।

टॉम, जिसे पुलों से डर लगता था, अब बस चाहता था कि वे पुल को पार करके बाहर निकल जाएँ—लेकिन ऐसा नहीं हुआ।

बस फिर मुड़ गई, और उसी पुरानी चक्की के सामने पहुँच गई—बिलकुल वहीं जहाँ पहले वे बच्चे खड़े थे। वे अब भी वहीं थे, वैसे ही खड़े, जैसे कभी हिले ही न हों।

टॉम अपनी सीट पर चुपचाप बैठा रहा, अब उसे लग रहा था कि जैसे वह किसी डरावने, रुक चुके समय के बुरे सपने में फँस गया हो। उसने आँखें फिर से कसकर बंद कर लीं, और मन ही मन प्रार्थना करने लगा—काश जब अगली बार आँख खोलूँ, सब ठीक हो जाए।

उसे क्या पता था कि वह कितना ग़लत सोच रहा था।

***

अस्पताल के वार्ड में सिर्फ मशीनों की धीमी बीप की आवाज़ गूंज रही थी। तभी दरवाज़ा खुला और एक डॉक्टर और नर्स अंदर आए।

"मरीज की हालत कैसी है?" डॉक्टर ने चिंतित स्वर में पूछा।

"अब भी कोमा में है," नर्स ने उदासी से जवाब दिया।

"हमें डर है कि वह जल्द नहीं जागेगा। बेचारा बच्चा... दस साल से ज़्यादा का नहीं लगता। पूरे बस हादसे में वही इकलौता ज़िंदा बचा था—पूरी बस पुल से गिर गई थी। एक चमत्कार ही था कि ये बच गया, लेकिन अब पता नहीं कितने समय तक ऐसी ही हालत में रहेगा।"

"अब तक कोई रिश्तेदार आया?"

"नहीं," नर्स ने सिर हिलाया। "हमें तो बस उसका एक कंगन मिला है, जिस पर 'टॉम' लिखा है। शायद उसका नाम है।"

"ठीक है, कोई बदलाव हो तो मुझे तुरंत बताना," डॉक्टर ने कहा, और दोनों वार्ड से बाहर निकल गए, पीछे छोड़ते हुए टॉम को उस धुंधले, चुप्प भरे कमरे में।

किसी को नहीं पता था—क्या वह कभी जागेगा भी?

•35•
कब्र के लुटेरे

साल 1884 की एक ठंडी रात में, साधारण दंपति जैक और एलिज़ाबेथ ने शहर की सीमा पर स्थित एक पुराने, सुनसान कब्रिस्तान की ओर रुख किया। हाथों में फावड़े लिए, वे चुपचाप धुंध से ढके मैदानों से गुज़रे, जबकि चाँद आसमान में पूरी चमक के साथ टंगा हुआ था।

एक कब्र को ध्यान से चुनकर, उन्होंने बिना देर किए खुदाई शुरू कर दी। सख़्त और जमी हुई मिट्टी में फावड़े चलाना आसान नहीं था, लेकिन कई घंटों की मेहनत के बाद, जैक का फावड़ा किसी ठोस चीज़ से टकराया।

दिल की धड़कनों के साथ तेज़ होती उत्सुकता के बीच, उन्होंने मिट्टी हटाई और एक पुराना लकड़ी का ताबूत बाहर निकाला। जब उन्होंने उसे खोला, तो उसमें एक नहीं, बल्कि दो कंकाल थे—फटे-पुराने कपड़ों में लिपटे, एक-दूसरे के पास लेटे हुए।

लेकिन उनके नीचे, चाँदनी में चमकती हुई सोने की ज्वेलरी और सिक्कों की एक बड़ी ढेर थी। लालच से भरी नज़रों के साथ उन्होंने जल्दी-जल्दी वो खज़ाना समेटना शुरू कर दिया, हड्डियों की डरावनी हालत को पूरी तरह नज़रअंदाज़ करते हुए।

इसी बीच, ऊपर से कोई आवाज़ आई। जैक ने चौंककर सिर उठाया और तुरंत एलिज़ाबेथ का हाथ पकड़ते हुए फुसफुसाया,

"हमें अभी निकलना होगा।"

एलिज़ाबेथ, जो अब भी मुट्ठियों में सोने के सिक्के दबाए थी, उलझन में बोली,

"क्यों? कोई है क्या? तो मार देते हैं उसे! मैं ये सब किसी और को नहीं दूँगी। ये सोना हमारा है! देखो, ये कितने अच्छे कपड़े पहने हुए थे... क्या उनके ये सुंदर जूते भी ले लूं?"

जैक ने उसकी बात अनसुनी करते हुए चारों ओर इशारा किया,

"देखो, एलिज़ाबेथ... ये धुंध कितनी घनी हो गई है।"

एलिज़ाबेथ ने अनमने भाव से इधर-उधर देखा,

"तो क्या हुआ? और भी अच्छा है। कोई हमें देख ही नहीं पाएगा। कोई मुझे नहीं रोक सकता। मैंने कहा ना—ये सोना अब हमारा है!"

वह फिर से ताबूत की ओर मुड़ी, लेकिन यह देखकर ठिठक गई कि ताबूत अब खाली था—दोनों शव गायब थे।

जैक और एलिज़ाबेथ ने एक-दूसरे की ओर डर से देखा और कब्र से बाहर निकलने की कोशिश में हाथ-पैर मारने लगे। लेकिन जैसे ही उन्होंने ऊपर देखा, उन्होंने वही जूते देखे—जिन्हें एलिज़ाबेथ कुछ देर पहले लेना चाहती थी—ताबूत के ऊपर रखे थे।

धीरे-धीरे उन्होंने सिर ऊपर उठाया... और देखा कि वही दो आकृतियाँ—जिन्हें वे अभी-अभी कब्र से निकाल चुके थे—अब हवा में मंडरा रही थीं, उनके ठीक ऊपर।

उनमें से एक ने खरखराती आवाज़ में कहा,

"हाँ... ये सोना अब तुम्हारा है..."

दूसरे ने जोड़ा,

"...और ये कब्र अब तुम्हारा घर है।"

और फिर उस वीरान कब्रिस्तान में जैक और एलिज़ाबेथ की दहशत भरी चीखें गूंज उठीं।

उस रात के बाद, किसी ने भी उस जोड़े को दोबारा नहीं देखा। कुछ लोगों का मानना था कि वे चुपचाप किसी दूर देश भाग गए, जबकि दूसरों का मानना था कि उन्होंने अपनी लालच की कीमत जान देकर चुकाई।

लेकिन सच क्या था और झूठ क्या—यह कोई नहीं जानता।

•36•

डॉपेलगैंगर

एक दोपहर, ब्रेआना स्कूल से घर लौट रही थी। जैसे ही वह भीड़भाड़ वाली सड़क पार करने ही वाली थी, उसकी नजर एक लड़की पर पड़ी—जो बिल्कुल उसी की तरह दिखती थी। लंबे भूरे बाल, हेज़ल रंग की आंखें, धनुषाकार भौंहें, टेढ़ी नाक... वह लड़की ना सिर्फ हूबहू ब्रेआना जैसी लग रही थी, बल्कि उसने वही गहरे रंग की जीन्स, बेज रंग की स्वेटर, एक जैसे जूते और एक्सेसरीज़ भी पहन रखी थीं।

उलझन में, ब्रेआना ठिठक गई। समझ नहीं आया कि कैसे प्रतिक्रिया दे। और जब तक वह कुछ सोचती, वह लड़की भीड़ में कहीं गायब हो चुकी थी।

घर पहुंचते ही, ब्रेआना सीधे अपने कमरे में गई, बैग ज़मीन पर फेंका और कंप्यूटर चालू कर दिया। उसने पहला शब्द जो दिमाग में आया टाइप किया—"डॉपेलगैंगर"।

सैकड़ों लेखों में ज़्यादातर उसे बेहद अजीब या अतिरंजित लगे, लेकिन एक ने उसका ध्यान खींचा:

"अगर आपको कोई ऐसा इंसान दिखे जो बिल्कुल आप जैसा दिखता हो, जिसे डॉपेलगैंगर कहते हैं, तो यह बुरा शकुन हो सकता है। कुछ मान्यताओं के अनुसार, डॉपेलगैंगर आपको ढूंढ़ रहा होता है—लेकिन अच्छे इरादों से नहीं। कहा जाता है कि जब किसी दूसरे आयाम का 'आप' मरने वाला होता है, तो वह आपको खोजने निकलता है... ताकि आपकी जगह ले सके।"

"बस अब बहुत हो गया इंटरनेट," ब्रेआना ने सोचा और कंप्यूटर बंद कर दिया। वह थककर बिस्तर पर गिर गई और थोड़ी देर झपकी ले ली।

कुछ देर बाद वह उठी, अंगड़ाई ली और आईने में खुद को देखा।

"कितनी बेवकूफी थी ये सब! अब जब सोचती हूं तो वो लड़की मुझसे कम खूबसूरत थी। उसकी नाक और कान बड़े थे, और उसके बाल भी हल्के रंग के और छोटे थे," ब्रेआना खुद से बड़बड़ाई।

तभी उसकी मां कमरे में आई।

"मैं तुम्हें कब से बुला रही हूं। सुनाई नहीं देता क्या?" मां ने चिड़चिड़ाकर पूछा।

अभी भी पूरी तरह जागी नहीं ब्रेआना झल्लाई, "मम्मी, आपको पता है ना कि मुझे बिना नॉक किए कमरे में आना पसंद नहीं है!"

मां ने थकी हुई आवाज़ में कहा, “ठीक है-ठीक है,” और बाहर चली गई।

लेकिन कुछ ही मिनटों बाद वे वापस लौटीं—इस बार चेहरे पर उलझन थी।

“तुम खाली फ्रेम की तरफ घूर रही हो? आईना मिस कर रही हो क्या? तुमने ही तो कभी तोड़ दिया था, है ना? वैसे, टूटा हुआ शीशा दुर्भाग्य लाता है—ये तो पता ही होगा?”

ब्रेआना धीरे-धीरे पलटी, और तब उसे एहसास हुआ—वह अब तक आईने की जगह लगी खाली दीवार को ही घूर रही थी।

उसकी रीढ़ में एक सिहरन सी दौड़ गई। वह समझ नहीं पा रही थी कि क्या हो रहा है।

“मैं... खाली दीवार को क्यों देख रही थी? मैं... मुझे नहीं पता,” वह बुदबुदाई, उलझन और घबराहट में डूबी हुई।

•37•

छाता

कल रात, जब मूसलधार बारिश हो रही थी, मैं नींद नहीं ले पा रहा था। मेरा मन भटक रहा था। मैं अपने कमरे में लेटा हुआ था, खिड़की से टकराते बारिश की बूंदों की लयबद्ध आवाज़ सुन रहा था।

मैं काँच पर बहती बूंदों को देखता रहा, और तभी बचपन में सुनी एक पुरानी कथा याद आ गई।

मुझे याद है, किसी ने कहा था कि अगर बरसात की रात नींद नहीं आती, तो इसका मतलब है कि कोई अनजान अस्तित्व—हाथ में छाता लिए—आपसे मिलने आने वाला है।

कहा जाता था कि यह प्राणी खिड़की के पीछे छाता लहराता है। और उस छाते का रंग महत्वपूर्ण होता है।

लाल छाता—प्रेम के आगमन का संकेत।

सोने जैसा सुनहरा छाता—निकट भविष्य में धन की प्राप्ति।

हरा छाता—मित्रों से मधुर संबंधों की भविष्यवाणी।

मैं अपने मुलायम कंबल में सिमटकर, बारिश की आवाज़ में खोया रहा, और उन्हीं बचपन की बातों में उलझा हुआ था कि... अचानक मैंने उसे देखा—बारिश से भीगी खिड़की के पीछे एक अजनबी हाथ, जो एक छाता थामे हुए था।

अब मैं सोच रहा हूँ—काले रंग का क्या मतलब था?

•38•

पृष्ठभूमि की आवाज़

एक गर्मी की छुट्टी में, जेरेड ने शहर की भागदौड़ से दूर जाने का फैसला किया और अपने परिवार की पहाड़ियों में स्थित एकांत झोपड़ी में रहने चला गया। यह झोपड़ी घने देवदार के पेड़ों से घिरी हुई थी और नीचे घाटी का मनमोहक दृश्य प्रस्तुत करती थी।

शुरुआत में जेरेड ने अकेलेपन का आनंद लिया। उसे पहाड़ों की शांति बेहद भा रही थी। लेकिन कुछ ही दिनों में अकेले रहने की खुशी फीकी पड़ने लगी और वह ऊबने लगा।

एक रात, जब बाहर तेज़ हवा चल रही थी और तापमान तेजी से गिर रहा था, जेरेड ने समय बिताने के लिए इंटरनेट ब्राउज़ करना शुरू किया। पहले उसने ब्रह्मांड के रहस्यों से जुड़ी कुछ वीडियो देखीं, लेकिन धीरे-धीरे उसका रुझान डरावने विषयों की ओर बढ़ने लगा।

वह भूत-प्रेत और परामानवीय घटनाओं से जुड़ी कहानियाँ देखने लगा और कब आधी रात बीत गई, उसे पता ही नहीं चला—वह घंटों से डरावनी बातों में डूबा हुआ था।

सोने से पहले एक आखिरी चीज़ देखने के लिए, जेरेड ने एक पॉडकास्ट चला दिया जो सुनसान जगहों की खोज पर आधारित था। होस्ट ने हाल ही की एक यात्रा का ज़िक्र शुरू किया—एक पुरानी, उजाड़ हवेली का, जहाँ उसे किसी आध्यात्मिक उपस्थिति का अहसास हुआ था।

शुरुआत में पॉडकास्ट दिलचस्प लगा—छूटे हुए मकानों की यात्राएँ, रहस्यमय माहौल... लेकिन थोड़ी देर बाद वह बातें बकवास लगने लगीं।

"कोई बात नहीं, वैसे भी करने को कुछ नहीं है," जेरेड ने सोचा और सुनता रहा। लेकिन कुछ मिनट बाद उसे बैकग्राउंड में कुछ अजीब सुनाई देने लगा—एक बच्चे की आवाज़, जो डरावने, सपाट लहजे में लैटिन में कुछ बोल रहा था।

ऐसा लग रहा था जैसे कोई जादू-टोना या मंत्र पढ़ा जा रहा हो। और जितना ज़्यादा जेरेड सुनता गया, उतना ही बेचैन होता गया।

आख़िरकार, उससे और सहन नहीं हुआ। उसने पॉडकास्ट बंद कर दिया, फ़ोन सोफ़े पर फेंका और सोने की कोशिश की। लेकिन वह सो नहीं सका—क्योंकि उसे एहसास हुआ कि वह अजीब सी बच्चे की आवाज़ उसके फ़ोन से नहीं, बल्कि झोपड़ी के अंदर कहीं से आ रही थी।

•39•

सौंदर्य, ओ सौंदर्य

यूरोप के पश्चिमी हिस्से के एक शांत ग्रामीण इलाके में, एक उदास दोपहर, किशोरों का एक समूह—हेलेन, मारिसा, सैली और ट्रेवर—कस्बे की कुख्यात भूतिया हवेली मॉर्गन मेंशन की ओर निकल पड़ा। यह हवेली कभी लिलियन मॉर्गन की थी, जो सेबास्टियन मॉर्गन की विधवा थीं—कस्बे के सबसे अमीर व्यक्ति। लिलियन अपनी सुंदरता के लिए मशहूर थीं, और उनकी मृत्यु को लेकर कई तरह की अफवाहें फैली थीं। कहा जाता था कि उम्र बढ़ने के साथ, जैसे-जैसे उनका सौंदर्य मुरझाया, वे युवा और सुंदर दिखने के जुनून में लोगों की हँसी का पात्र बन गई थीं।

जिज्ञासु किशोर बिना किसी रोक-टोक के उजड़ी हवेली में घुस गए। वे खंडहर होती दीवारों और जाले से ढंकी छतों के बीच घूमते रहे। तभी सैली को एक जंग लगे दागों से भरा लेकिन खूबसूरती से नक्काशीदार धूल से ढका दर्पण मिला, जो एक जाले से भरे कमरे में था—संभवतः कभी लिलियन का शयनकक्ष रहा होगा।

सैली उस आकर्षक आईने की ओर खिंचती चली गई।

"कुछ मिला क्या?" बाहर से हेलेन की आवाज़ आई।

"नहीं, बस एक आईना है," सैली ने जवाब दिया।

"आईना? कहाँ?" मारिसा उत्साहित होकर चिल्लाई और कमरे में घुसते ही सैली को एक ओर धकेल दिया।

"क्या कर रही हो?" सैली ने नाराज़ होकर पूछा।

"अरे, सुना नहीं? आईनों के बारे में डरावनी बातें होती हैं। ये भूतिया हवेली है, शायद कुछ रोमांचक दिख जाए!" मारिसा ने अपने बैग से मोमबत्ती निकाली और उसे जला कर आईने के सामने रख दिया।

दोनों लड़कियाँ चुपचाप खड़ी रहीं, जैसे कुछ अलौकिक घटने की प्रतीक्षा कर रही हों। पर कुछ नहीं हुआ।

"क्या बेकार था!" मारिसा ने कहा, मोमबत्ती सैली की ओर फेंकी और कमरे से निकल गई।

सैली भी जाने वाली थी, लेकिन आईने में अपना प्रतिबिंब देखकर ठिठक गई। वह कुछ देर निर्विकार खड़ी, अपने चेहरे की सुंदरता को निहारती रही, जैसे पहली बार उसने खुद को सही से देखा हो।

"चलो, यहाँ कीड़े ही कीड़े हैं!" ट्रेवर ने पुकारा।

सैली ने कोई प्रतिक्रिया नहीं दी—वो जैसे सम्मोहित सी थी। अंततः ट्रेवर ने उसे ज़बरदस्ती हॉलवे की ओर खींचा।

"पर... मैं और रुकना चाहती हूँ!" सैली ने विरोध किया।

"हमें भूख लगी है और ये जगह बदबूदार है। हमें इंतज़ार मत करवाओ।"

चारों दोस्त हवेली से बाहर निकल गए।

उनकी छोटी सी रोमांचक यात्रा सुरक्षित बीती। लेकिन सैली आईने को नहीं भूल सकी। अगले ही दिन, वह अकेले वहाँ लौट आई।

घंटों बीत गए, और सैली उसी कमरे में मोमबत्ती की हल्की रोशनी में बैठी रही—अपने प्रतिबिंब में पूरी तरह खोई हुई। वह इतनी मोहित थी कि जब तक सूरज ढला, वह अपनी जगह से हिली तक नहीं।

वह ज़्यादा रुकना चाहती थी, पर उसे अपने माता-पिता की डाँट का डर था। फिर भी, उसने अगली सुबह लौटने का संकल्प लिया और घर चली गई।

रात भर वह सो नहीं सकी। उसके मन में सिर्फ वही पुराना दर्पण घूमता रहा। जैसे ही सुबह की रोशनी फूटी, उसने स्कूल बंक किया और सीधा हवेली पहुँची।

आईने के पास पहुँचकर, उसने मोमबत्ती जलाई और फिर वही किया—खुद को निहारती रही। अब उसे लिलियन से एक अजीब लेकिन गहरा जुड़ाव महसूस हो रहा था।

समय बीतता गया, मोमबत्ती कांपने लगी, पर सैली को कुछ भी महसूस नहीं हुआ।

फिर अचानक, मोमबत्ती बुझ गई, कमरा अंधेरे में डूब गया, और अगले ही पल, आईने में उसे एक भयावह, विकृत चेहरा दिखाई दिया।

सैली ने चीख मारी, पर उसकी आवाज़ हवेली की चुप्पी में खो गई।

दो दिन बीत चुके थे, और सैली अब भी लापता थी। तब हेलेन को सैली की लोकेशन का शक हुआ, और वह मारिसा और ट्रेवर के साथ वापस मॉर्गन मेंशन पहुँची।

तलाशी लंबी नहीं चली। सबसे पहला कमरा, जिसका उन्हें शक था—वही मिला। वहाँ सैली मृत अवस्था में पड़ी थी, उसका शरीर भयानक रूप से मरोड़ा हुआ था, और उसका चेहरा वैसा ही भय और विकृति से भरा हुआ था, जैसा उसने अंतिम क्षणों में आईने में देखा होगा।

"बाकी पुलिस को देखने दो," ट्रेवर बोला और आंसुओं से भरी आँखों के साथ हेलेन के साथ बाहर निकल गया।

"मारिसा, चलो।"

"हाँ... बस एक मिनट।" मारिसा ने कहा, अपने गालों से आंसू पोंछते हुए, आईने में खुद को निहारते हुए—हैरान कि वह रोते हुए भी कितनी सुंदर लग रही थी।

•40•

उल्लू

जब मैं बच्चा था, तो अक्सर सुनता था कि उल्लू दिखना एक अशुभ संकेत होता है—मौत से जुड़ा हुआ। और मैंने इस बात पर यक़ीन कर लिया था। इसलिए जब भी मैं अपने सबसे अच्छे दोस्त के गाँव से घर लौटता, तो कभी भी वह शॉर्टकट नहीं लेता—वो संकरा रास्ता जो चारों तरफ़ से जंगलों से घिरा हुआ था।

जब भी मैं उस रास्ते से गया और उल्लू को देखा, उसके बाद किसी न किसी की मौत की ख़बर ज़रूर मिली। ऐसा हर बार हुआ। आख़िरकार, मैंने कसम खा ली कि अब कभी उस रास्ते से नहीं जाऊँगा—क्योंकि मैं फिर से उल्लू से सामना नहीं करना चाहता था।

लेकिन एक दिन, मैं अपने सबसे क़रीबी दोस्त के घर देर तक रुक गया। उसकी बहन विदेश से लौटी थी, और उसी की ख़ुशी में एक छोटा-सा जश्न था। उस समय कोई वाहन उपलब्ध नहीं था, और मूर्खता से मैंने उसकी माँ की लिफ्ट लेने से मना कर दिया। वह एक सर्द रात थी, और मैं ठंड से कांप रहा था। आख़िरकार, मैंने पैदल ही घर जाने का फ़ैसला किया।

जंगल से गुज़रते हुए, मैं खुद को उस मज़ेदार शाम की यादों में उलझाए रखने की कोशिश करता रहा। थोड़ी ही देर में मैं उल्लुओं वाली बात भूल ही गया। चांदनी रात में पेड़ों की परछाइयाँ और पत्तों की सरसराहट, सब कुछ सुंदर लगने लगा।

लेकिन तभी, मुझे उल्लू की एक भयानक आवाज़ सुनाई दी।

पहले तो मैंने उसे अनदेखा करने की कोशिश की—ज़मीन पर नज़रें गड़ाए, खुद को समझाते हुए कि ये सब सिर्फ अंधविश्वास है। लेकिन फिर एक दूसरा उल्लू बोल पड़ा… फिर तीसरा… और थोड़ी ही देर में उनकी आवाज़ें पूरे जंगल में गूंजने लगीं, जैसे हर दिशा से आ रही हों।

अब वो शोर असहनीय होता जा रहा था। अंततः मैं सिर उठाकर देखने पर मजबूर हुआ… और जो देखा, वह मेरी ज़िंदगी के सबसे डरावने दृश्यों में से एक था—सौ से भी ज़्यादा चमकती हुई आँखें मुझे अंधेरे जंगल से घूर रही थीं।

मैं जितनी तेज़ दौड़ सकता था, दौड़ा—दिल ज़ोर-ज़ोर से धड़क रहा था—और आख़िरकार अपने गाँव के प्रवेश द्वार तक पहुँच गया।

मैंने राहत की साँस ली। लेकिन जैसे ही मैं और आगे बढ़ा—जहाँ आमतौर पर रोशनी और रौनक होती थी—मुझे अजीब-सी ख़ामोशी ने घेर लिया।

गाँव के एक भी घर में रोशनी नहीं थी।

•41•

ग्रैफिटी

जॉन रिप्ले रोज़ सुबह अपने ऑफिस जाते समय एक पुराने, वीरान गोदाम के पास से गुज़रता था। उस गोदाम की दीवार पर बनी एक ग्रैफिटी—एक इंसानी छाया जैसी आकृति—हमेशा उसकी नज़र खींच लेती थी। यह रहस्यमय चित्र उसे बेहद दिलचस्प लगता, और वह हर बार वहाँ से गुज़रते हुए उसे देखना नहीं भूलता था।

एक दिन, जब सुबह की धूप में जॉन अपने ऑफिस की ओर जा रहा था, तो उसने हमेशा की तरह गोदाम की तरफ देखा। लेकिन इस बार, वह आकृति दीवार पर नहीं थी।

"शायद किसी ने उसे साफ कर दिया है," उसने मन ही मन सोचा और आगे बढ़ गया। लेकिन जैसे ही वह थोड़ा और चला, उसके मन में एक अजीब सी हूक उठी, और उसने पलटकर दोबारा देखा—तो पाया कि वह ग्रैफिटी वापस दीवार पर थी, जैसे वह अचानक फिर से प्रकट हो गई हो।

जॉन ने कई बार पलकें झपकाईं, और एक पल को उसे पूरा यक़ीन हो गया कि उसने उस आकृति को हिलते हुए देखा था।

सबसे अजीब बात यह थी कि वह गोदाम एक सुनसान जगह पर स्थित था, और उसके चारों ओर सिर्फ़ एक बड़ा, खाली मैदान था—जहाँ दूर-दूर तक कोई इंसान नज़र नहीं आ रहा था।

•42•

और देखो

जब भी हार्वी को अनिद्रा होती, वह अपना समय मोबाइल पर वीडियो स्क्रॉल करके बिताता। एक रात, वह इंटरनेट पर डरावने वीडियो देखने लगा।

स्क्रॉल करते-करते, हार्वी की नज़र एक वीडियो पर पड़ी जिसने उसका ध्यान खींचा। यह वीडियो एक युवा व्यक्ति द्वारा अपलोड किया गया था, जिसका यूज़रनेम था Jion3। वह एक नया फ़िल्टर आज़मा रहा था, जिसके बारे में दावा था कि यह कैमरे के ज़रिए भूतों को दिखाता है। वीडियो में Jion3 ने बताया कि यह फ़िल्टर इंटरनेट पर वायरल हो गया था क्योंकि बहुत से लोगों का मानना था कि यह सच में काम करता है। फिर उसने फ़िल्टर चालू किया, लेकिन कुछ नहीं हुआ। Jion3 ने हँसते हुए कंधे उचकाए और वीडियो वहीं खत्म कर दिया।

हालाँकि, कॉमेंट सेक्शन में लोगों की टिप्पणियाँ कुछ और ही कह रही थीं—"वो दिखा! वो सच में दिखा!" जैसी प्रतिक्रियाएँ आम थीं। यह देख हार्वी की जिज्ञासा और भी बढ़ गई।

रुचि के चलते, हार्वी ने और भी वीडियो देखने शुरू किए, जिनमें अलग-अलग लोग वही भूत-फ़िल्टर इस्तेमाल कर रहे थे। कुछ वीडियो में डरावने आकृतियाँ दिखाई देतीं, तो कुछ में कुछ भी नहीं दिखता।

आख़िरकार, हार्वी ने तय किया कि वह खुद इस फ़िल्टर को आज़माएगा।

उसने कमरे के पर्दे बंद किए, माहौल को रहस्यमय बनाया और फ़िल्टर चालू किया। शुरू में कुछ भी नहीं हुआ, और हार्वी को खुद पर हँसी आई—उसे लगा कि यह भी बस एक और बेवकूफी भरा इंटरनेट ट्रेंड है।

लेकिन तभी... उसने कुछ देखा।

उसका खून जम गया, जब उसने देखा कि कैमरे में एक फीका, लगभग पारदर्शी आकृति हवा में लटकी हुई थी—एक सूट पहने व्यक्ति, जिसकी निगाहें बेहद क्रूर और डरावनी थीं।

कोई भूत कैमरे में देखना हार्वी के लिए खुद में इतना डरावना नहीं था। लेकिन जो बात वास्तव में डरावनी थी, वो यह थी कि वो आदमी उसे पहचान में आया।

वो उसका मर चुका चाचा था, एंड्रयू।

•43•

मंत्र

एक गर्मी की रात, तीन किशोर लड़कियाँ—कैटलीन, रूबी और निकोल, जो सभी तंत्र-मंत्र और रहस्यमय विद्या की शौकीन थीं—रूबी के कमरे में इकट्ठा हुईं। वे ठंडी लकड़ी की फर्श पर बनाए गए अजीबोगरीब चक्र में बैठी थीं, जिसके नीचे कुछ प्रतीक चिन्ह बनाए गए थे।

कैटलीन की गोद में एक भारी, लगभग सड़ी हुई सी पुरानी किताब थी, जिसे उसने राज्य की लाइब्रेरी से उधार लिया था। वह उसके पन्ने पलटती जा रही थी, ऐसे मंत्र की तलाश में जो एक राक्षस को बुला सके—यही तीनों की योजना थी।

आख़िरकार, जब कैटलीन को वह मंत्र मिल गया, तो उसने निकोल को लाल मोमबत्तियाँ जलाने का इशारा किया। जैसे ही कमरे में एक रहस्यमयी माहौल बना, कैटलीन ने अनजानी लैटिन भाषा में मंत्र पढ़ना शुरू किया:

"Ex umbris venite, daemonia terribilia."

ये शब्द कमरे में गूंज उठे, लेकिन कुछ खास नहीं हुआ। बाहर गर्म हवा पहले की तरह चल रही थी, और मोमबत्तियों की लौ भी सामान्य रूप से [illegible] रही थी।

"शायद तुमने कुछ गलत पढ़ा," रूबी ने धीरे से कहा, ताकि अनुष्ठान में विघ्न न पड़े।

"नहीं," कैटलीन ने सिर हिलाते हुए कहा, "मैंने एक-एक शब्द सही पढ़ा है।"

तीनों कुछ देर खामोश बैठीं, कमरे का वातावरण निराशा और असहजता से भरा हुआ था।

कैटलीन ने एक गहरी साँस ली और फिर से किताब के पन्नों में कुछ खोजने लगी। "यहाँ एक और मंत्र है," उसने उम्मीद भरे स्वर में कहा, और पढ़ना शुरू किया:

"Venire spiritus malus, ex tenebris surgete."

अब भी कोई प्रतिक्रिया नहीं हुई, और झुंझलाहट बढ़ने लगी थी।

"यह बेकार है," निकोल ने बड़बड़ाते हुए कहा।

"रुको," कैटलीन ने खुद को संयमित करते हुए कहा, "मैं फिर से पढ़ती हूँ—Venire spiritus malus, ex tenebris surgete."

एक बार फिर, कोई असर नहीं हुआ।

लेकिन तभी…

"Surgite... Surgete नहीं," एक गहरी, गुर्राती हुई आवाज़ ने उन्हें सुधारा—यह आवाज़ कमरे में मौजूद किसी भी लड़की की नहीं थी।

•44•

पैरालिसिस

छह महीने पहले, मैं एक सड़क दुर्घटना का शिकार हुआ था। मैं साइकिल चला रहा था और जैसे ही सड़क पार करने वाला था, एक तेज़ रफ्तार कार ने मुझे टक्कर मार दी। वो एक छोटी स्पोर्ट्स कार थी, लेकिन आकार के बावजूद, टक्कर इतनी ज़बरदस्त थी कि मेरी गर्दन से नीचे का पूरा शरीर लकवाग्रस्त हो गया।

अपंग होना कोई मज़ाक नहीं है। मुझे लगता है जैसे मैं एक पिंजरे में कैद हूं, पूरी तरह से बेबस। मेरे दोस्त और परिवार मुझे पूरा सहयोग देने की कोशिश करते हैं। वो बार-बार यही कहते हैं कि "ये अंत नहीं है", लेकिन सच कहूं तो उनके चेहरों पर दया साफ़ झलकती है। मैं जानता हूं कि वो मुझसे प्यार करते हैं, लेकिन अब मैं सिर्फ एक बोझ बन गया हूं।

दो हफ्ते पहले, मैंने दया-मृत्यु की मांग की—मुझे लगा यही मेरे दुख से मुक्ति का एकमात्र रास्ता है। जवाब में मुझे एक मनोवैज्ञानिक के पास ले जाया गया, मानो उससे कुछ फर्क पड़ने वाला था। कोई भी थेरेपी इस यातना को कम नहीं कर सकती थी, न ही जीवन के प्रति मेरा नज़रिया बदल सकती थी। कोई रास्ता नहीं था।

फिर भी, मुझे थेरेपी में जाना पड़ा। थेरेपी सेशन न केवल बेकार लगे, बल्कि वो मूर्ख-सा मनोवैज्ञानिक तो मुझे ये तक कह गया—"इस हालात में कुछ सकारात्मक ढूंढ़ो।" क्या मज़ाक है ये? इसमें भला क्या अच्छा हो सकता है? लेकिन शायद... कुछ था।

दुर्घटना से पहले भी मुझे लगभग हर रात स्लीप पैरालिसिस होता था। अब गलत मत समझिए—वो आज भी होता है, लेकिन अब जब मैं पहले से ही असल ज़िंदगी में लकवाग्रस्त हूं, तो जब वो डरावने भ्रम आते हैं, मुझे जल्दी समझ आ जाता है कि वो वास्तविक नहीं हैं। पहले जो दहशत होती थी कि वो स्लीप पैरालिसिस डेमन मुझे नुक़सान पहुंचा देगा—अब वो डर नहीं रहा। मैं पहले से ही जड़ हो चुका हूं। मेरे शरीर का निचला हिस्सा तो मुझे महसूस ही नहीं होता। अब वो साया कर भी क्या सकता है? इससे ज़्यादा और क्या हो सकता है?

ये सोचकर मुझे थोड़ी राहत मिलने लगी, और मैंने उस स्लीप पैरालिसिस साये पर ज़्यादा ध्यान देना बंद कर दिया—क्योंकि मुझे पूरा यकीन था कि वो मुझे कोई नुकसान नहीं पहुंचा सकता।

लेकिन फिर एक रात, वो साया पास आया—और मैंने अपनी बाईं टांग पर उसका ठंडा स्पर्श महसूस किया।

•45•
लाल रोशनी

1974 में हुए एक भयानक आतंकवादी हमले के बाद, लॉयड ने खुद को एक भीड़-भाड़ वाले अस्पताल में पाया। सभी वार्ड पूरी तरह से भर चुके थे, और आख़िरी विकल्प के तौर पर अस्पताल स्टाफ़ ने उसे मुर्दाघर के ठीक बगल में स्थित एक छोटी, बिना खिड़की वाली, अंधेरी और सीलनभरी कोठरी में रख दिया। कमरा इतना अंधेरा था कि लॉयड को अपना बिस्तर ढूँढने में भी परेशानी हो रही थी। माहौल इतना डरावना था कि चोटों के बावजूद वह अस्पताल छोड़ने की सोचने लगा—लेकिन स्टाफ़ ने उसे अनुमति नहीं दी।

अंधेरे में उसे बस एक ही चीज़ थोड़ी राहत देती थी—कमरे के कोने में चमकती दो लाल बिंदियाँ।

लॉयड जानता था कि ठीक होने के लिए उसे चलना ज़रूरी है, इसलिए उसने डर पर काबू पाते हुए धीरे-धीरे अस्पताल की अधबुझी गलियों में टहलना शुरू किया। इन्हीं में से एक टहल के दौरान, उसकी जिज्ञासा उसे मुर्दाघर की ओर ले गई। अंदर झाँकते ही उसने एक सुंदर महिला को देखा, जो शायद मोर्टीशियन (शवसज्जा कर्मी) थी।

अकेला और उसकी सुंदरता से आकर्षित होकर, लॉयड ने हिम्मत करके अंदर कदम रखा और झिझकते हुए पूछा, "क्या आपको यहाँ डर नहीं लगता?"

महिला ने शालीन मुस्कान के साथ जवाब दिया, "क्यों डर लगेगा? जो मर गए हैं, वो तो हिलते भी नहीं और किसी को नुकसान भी नहीं पहुँचाते।"

वह बहुत ध्यान से शवों को किसी विशेष क्रम में सजा रही थी।

थोड़ा सहज महसूस करते हुए लॉयड ने पूछा, "आप क्या कर रही हैं?"

महिला ने उत्तर दिया, "मैं शवों को डॉक्टर जोसेफ के निर्देशानुसार रख रही हूँ। कुछ को विशेष देखभाल की ज़रूरत है।"

लॉयड ने सिर हिलाया, और भले ही वह बातचीत को आगे बढ़ाना चाहता था, लेकिन माहौल कुछ ज़्यादा ही डरावना लग रहा था, इसलिए वह अपने कमरे लौट गया। उसने रोशनी बुझाने से पहले कमरे के फर्नीचर की स्थिति को याद करने की कोशिश की, ताकि अंधेरे में किसी चीज़ से टकराए नहीं। उसने उन चमकती

लाल बिंदियों का स्रोत भी ढूँढने की कोशिश की, लेकिन कुछ नहीं मिला। जब कुछ नहीं मिला, तो उसने अनदेखा कर दिया और सोने की तैयारी करने लगा।

उस रात, वह बिस्तर पर लेटा रहा और उन लाल बिंदियों को घूरते हुए खुद को दिलासा देता रहा, "बस एक दिन और... मैं सह लूँगा। मोर्टीशियन तो प्यारी थी, लेकिन ये जगह बहुत अजीब है। कल उसका नंबर माँग लूँगा।"

अगली सुबह, लॉयड एक बार फिर मुर्दाघर पहुँचा, इस उम्मीद में कि वह महिला फिर मिलेगी। वहाँ पहुँचकर उसकी नज़र एक शव पर पड़ी, जिसे वह कल भी देख चुका था। भ्रमित होकर उसने पूछा, "क्या ये शव सड़ने नहीं लगा है?"

महिला ने अपने काम में व्यस्त रहते हुए उत्तर दिया, "कोई और उपाय नहीं था। डॉक्टर जोसेफ बहुत व्यस्त हैं। उन्होंने कल ही इसकी आँखें निकालनी थीं, लेकिन समय नहीं मिला।"

लॉयड की जिज्ञासा और बढ़ी। "आँखें क्यों?"

मोर्टीशियन ने उसकी ओर देखा और कहा, "डॉक्टर जोसेफ ने कहा था कि उन्होंने पहले कभी लाल रंग की चमकती हुई आँखें नहीं देखीं। ऐसी आँखें बहुत दुर्लभ होती हैं।"

लॉयड कुछ और पूछने ही वाला था कि अचानक उसे कुछ याद आया—और वह सन्न रह गया। उसका चेहरा पीला पड़ गया, जैसे दिमाग़ ने अभी-अभी टुकड़े जोड़ कर पूरी सच्चाई समझ ली हो।

"उ-उम... क्या ये शव बहुत पहले से यहाँ है?"

"नहीं, जिस दिन आतंकवादी हमला हुआ था—उसी दिन से।"

•46•

रात्रि गश्त

कैलफ्रान संग्रहालय में कुल 32 मूर्तियाँ रखी गई थीं।

हाल ही में संग्रहालय ने एक नए नाइट गार्ड की भर्ती के लिए विज्ञापन दिया। ज़ैक नामक एक व्यक्ति, जो हाल ही में शहर में आया था, इस पद के लिए आवेदन करने पहुँचा। एक संक्षिप्त इंटरव्यू के बाद ज़ैक ने मानव संसाधन प्रबंधक से हाथ मिलाया और उसे तुरंत कार्यस्थल का दौरा करवाया गया।

पूरा संग्रहालय घुमाने और उसकी जिम्मेदारियाँ समझाने के बाद, ज़ैक को उसकी यूनिफ़ॉर्म सौंपी गई। वहाँ से निकलते वक्त, पुराने सिक्योरिटी गार्ड ने उसे एक चेतावनी दी:

"शुरुआत करने से पहले एक जरूरी बात सुन लो। जब रात ग्यारह बजे अपनी गश्त शुरू करो, तो सब कुछ ध्यान से जांचना। लेकिन आधी रात के बाद, दाहिने प्रवेश द्वार के सामने वाले हॉल के कोने की तरफ—कभी मत देखना।"

"मूर्तियों की तरफ? लेकिन क्यों?" ज़ैक ने हैरानी से पूछा।

"मालूम नहीं। मैंने खुद कभी नहीं देखा। यह बस नियम है।"

"बहुत अजीब है," ज़ैक ने सोचा। फिर बोला, "लेकिन अगर वहाँ कोई चोर हो तो?"

"ठीक है, नए हो तुम। बस जो कहा गया है, वो करो।"

ज़ैक ने सिर हिलाया, लेकिन उसके मन में संदेह बना रहा।

पहली रात, ज़ैक समय से थोड़ा पहले पहुँचा ताकि वह संग्रहालय की बनावट को समझ सके और प्रदर्शनियों को देख सके। जैसे ही आधी रात करीब आई, उसने सुनिश्चित किया कि सारे दरवाज़े बंद हैं और सब कुछ सुरक्षित है। फिर हॉल की लकड़ी की घड़ी ने बारह बार घंटी बजाई—आधी रात का संकेत।

ज़ैक अपनी कुर्सी पर बैठ गया, अर्थशास्त्र की एक किताब खोली और टेबल लैंप की मद्धम रौशनी में पढ़ने लगा।

कई घंटे शांति से बीत गए। संग्रहालय एकदम शांत था। गर्दन को हल्का मोड़ते हुए, ज़ैक की नजर लगभग उस मना किए गए कोने की ओर चली गई—लेकिन वह समय रहते रुक गया। जिज्ञासा धीरे-धीरे उसे भीतर से कुरेदने लगी।

उसी वक्त, उसे सुनाई दी कुछ धीमी पदचापें—ठीक उसी कोने से। ज़ैक सतर्क हो गया, लेकिन फिर उसे उस चेतावनी की याद आई और उसने अनसुना करने की कोशिश की।

इसके बाद, एक धीमी खटखटाहट सुनाई दी—जैसे कोई एक मूर्ति को थपथपा रहा हो। ज़ैक ने अपनी किताब को कसकर पकड़ लिया, खुद को देखने से रोकने की कोशिश करता रहा।

मगर खटखटाहट तेज़ होती गई—हर बार ज़्यादा ज़ोर से, ज़्यादा तेजी से। अब ये आवाज़ जैसे उसके धैर्य की परीक्षा ले रही थी।

ज़ैक का दिमाग उलझनों से भर गया। अगर कोई मूर्तियाँ तोड़ रहा हो तो? अगर कुछ गड़बड़ हो गई हो तो?

आख़िरकार, उसकी हिम्मत जवाब दे गई। उसने अपना सिर धीरे-से घुमाया और उस दाहिने कोने की ओर देखा।

कैलफ्रान संग्रहालय में अब 33 मूर्तियाँ हैं।

•47•

अद्भुत जीवन

मुझे ज़िंदगी से बेहद लगाव है, और मैं मानता हूँ कि हमें अपने बचे हुए समय को अपनों के साथ प्यार से बिताना चाहिए। पहले मुझे मौत से डर लगता था, लेकिन समय के साथ समझ आ गया कि वह तो निश्चित है—हमें बस जीते जाना है। इसलिए, जब तक संभव हो, हर किसी के साथ गर्मजोशी से पेश आना चाहिए।

जब भी मैं काम से घर लौटता हूँ, मैं थकान को एक ओर रखकर पूरी कोशिश करता हूँ कि अपनी प्यारी पत्नी के साथ ज़्यादा से ज़्यादा वक्त बिता सकूँ। चाहे दिन कितना भी थकाऊ क्यों न हो, उसकी मौन मौजूदगी में समय बिताना मेरे लिए सबसे सुखद अनुभव होता है।

अपनी पत्नी से बेइंतहा मोहब्बत के चलते मैंने एक प्यारी-सी आदत बना ली है—हर रोज़, काम पर निकलने से पहले या रात को सोने से पहले मैं उसके माथे पर एक प्यार भरा चुंबन देता हूँ। यह छोटा-सा इशारा ही मेरे दिन का सबसे सुंदर अंत होता है।

बस, यही मेरी ज़िंदगी है।

मैं ज़िंदगी की क्षणभंगुरता को समझ चुका हूँ, और इसलिए मैं हर अवसर का लाभ उठाकर अपनी पत्नी को स्नेह जताता हूँ... जब तक कि उसके कटे हुए सिर में सड़न इतनी न बढ़ जाए कि मुझे कोई नई पत्नी लानी पड़े।

•48•

किताब

एलेना ने अपने नीरस जीवन से एक छोटा सा ब्रेक लेने का फैसला किया और अपने दोस्त द्वारा सुझाए गए एक हिल स्टेशन रिसॉर्ट टाउन की ओर निकल पड़ी। वहाँ की हरियाली और ठंडी, ताज़ी हवा उसके लिए किसी जादुई राहत से कम नहीं थी।

दिनभर वह नई-नई पगडंडियों पर घूमती, शहर की गलियों को खोजती और नए दोस्त बनाती रही। लेकिन जब बरसात के दिन आ गए, तो उसे अधिकांश समय कमरे में बंद रहना पड़ा। वह कुछ किताबें साथ लाई थी, लेकिन उन्हें वह जल्दी ही पढ़ चुकी थी। कुछ नया पढ़ने की चाह में वह स्थानीय पुस्तकालय पहुँच गई।

पुस्तकालय में प्रवेश करते ही उसने देखा कि लाइब्रेरियन अपने डेस्क के पीछे बैठा था, बड़े हेडफोन पहने, संगीत में खोया हुआ। वह शायद ही किसी आगंतुक पर ध्यान देता—हर बार बस चुपचाप एक किताब बढ़ा देता, बिना कोई सवाल किए।

शेल्फ़ पर नज़र दौड़ाते हुए एलेना की नजर एक काले रंग की किताब पर पड़ी। उत्सुकता से वह उसे लेकर लाइब्रेरियन के पास गई। किताब देखकर लाइब्रेरियन तुरंत सावधान मुद्रा में आ गया और गंभीर स्वर में बोला:

"यह किताब आप नहीं ले जा सकतीं।"

"क्यों नहीं?" एलेना ने चौंक कर पूछा।

थोड़ी देर चुप रहने के बाद वह बोला, "यह किताब यहाँ की नहीं है। कृपया इसे वापस रख दें।"

लेकिन एलेना ठान चुकी थी कि वह किताब जरूर पढ़ेगी। उसने दिखावा किया कि वह किताब वापस रख रही है, लेकिन जब लाइब्रेरियन का ध्यान नहीं था, उसने चुपचाप उसे अपने बैग में डाल लिया।

जब वह बाहर निकल रही थी, तो लाइब्रेरियन ने पुकारा:

"ठीक है, अगर तुम इतनी ज़िद कर रही हो, तो पढ़ लो। लेकिन एक चेतावनी है: जैसे ही तुम किताब खत्म करोगी, ठीक एक महीने बाद, तुम्हें एक काली पोशाक में डरावने चेहरे वाली औरत दिखाई देगी। अब तक जिसने भी यह किताब पढ़ी है और मुझसे बात की है, उसने यही बताया है। इसलिए मेरा सुझाव है कि

किताब खत्म करने के एक महीने बाद उस दिन भीड़ वाली जगह में रहना, क्योंकि अगर तुम अकेली हुई... मुझे नहीं पता क्या होगा।"

एलेना को यह सब बकवास लगा।

"शायद नशे में है ये," उसने सोचा और लौट गई।

उस रात, उसने किताब पढ़ना शुरू किया। यह डरावनी कहानियों का संग्रह था, जो उसे खास पसंद नहीं थीं—उसे तो रोमांटिक उपन्यास पढ़ने का शौक था—लेकिन समय बिताने के लिए वह पढ़ती रही।

रात के आखिरी पहर, उसने अंतिम पंक्ति पढ़ी:

"सावधान रहना, और शुभकामनाएँ।"

उसने किताब बंद की और कुछ ही समय बाद उसे भूल गई।

अगले दिन बारिश बंद हो गई, और उसका शेष अवकाश मज़ेदार रहा—घूमना, तस्वीरें खींचना, नई जगहों का आनंद लेना।

अपने आखिरी दिन पर, उसे किताब की याद आई और वह उसे लौटाने के लिए पुस्तकालय गई। इस बार लाइब्रेरियन वहाँ नहीं था, इसलिए उसने किताब डेस्क पर रख दी और चेक-आउट की तारीख पर नज़र डाली।

"अरे, कल ही तो एक महीना पूरा हुआ था किताब खत्म किए हुए... कोई औरत नहीं दिखी," वह मुस्कुराई और ट्रेन पकड़ कर शहर लौट आई।

घर पहुँच कर, थकी-मांदी एलेना जल्दी सोने चली गई। लेकिन चाहे जितनी भी थकावट हो, उसे नींद नहीं आई। लेटे-लेटे उसका मन भटकने लगा, और अचानक उसे याद आया—उसने किताब आधी रात के बाद खत्म की थी, मतलब असली एक महीना अभी पूरा नहीं हुआ—आज रात को ही पूरा होगा।

उसका दिल तेज़ धड़कने लगा। वह करवटें बदलती रही, घड़ी की सुइयों को बढ़ते हुए देखती रही।

जब घड़ी में बारह बजे, उसने चैन की साँस ली और करवट बदलकर सोने ही वाली थी कि तभी कमरे का दरवाज़ा धीरे-धीरे चरमराता हुआ खुला। उसका दिल जोर-जोर से धड़कने लगा। उसने आईने की ओर देखा, और वहाँ एक सफेद चेहरे वाली, काले कपड़ों में लिपटी औरत खड़ी थी।

सन्नाटा टूटा जब औरत ने कर्कश, भयावह आवाज़ में कहा:

"तुम्हारी घड़ी... ठीक नहीं चल रही है।"

•49•

धुंधली यादें

काम से थका-हारा जेवियर ऑफिस में ही घर की चाबी भूल गया था। एक लंबे और कठिन दिन के बाद, जब वह अपने पहले माले के अपार्टमेंट पहुँचा, तो उसे एहसास हुआ कि अब वह अंदर नहीं जा सकता।

जेवियर ने दरवाज़ा खटखटाया, लेकिन कोई जवाब नहीं मिला। उसे लगा शायद उसकी पत्नी सो रही है, या फिर उसकी किशोर बेटी हेडफ़ोन लगाए ज़ोरदार संगीत सुन रही है और दरवाज़े की आवाज़ नहीं सुन पाई।

अंदर जाने को बेताब होकर जेवियर ने लिविंग रूम की खिड़की से झाँकने की सोची, जहाँ परदा थोड़ा सा खिसका हुआ था। उसे उम्मीद थी कि वह अपने परिवार को डिनर के बाद आराम करते हुए देखेगा।

शुरुआत में वहाँ कुछ नहीं दिखा—सिर्फ़ खाली कमरा और बंद टीवी। वह लगभग पीछे हटने ही वाला था कि उसकी नज़र एक आकृति पर पड़ी जो बुकशेल्फ़ की ओर बढ़ रही थी। वह उसकी दादी थीं—धीरे-धीरे चलती हुईं, शेल्फ़ पर रखी चीज़ों को देखती हुईं।

कुछ पल के लिए जेवियर की थकान राहत में बदल गई—आख़िर कोई तो था जो उसे अंदर आने दे सकता था। ज़रूर, उनकी सुनने की समस्या और डिमेंशिया के कारण यह तय नहीं था कि वह खटखटाने की आवाज़ सुन पाएंगी, लेकिन कोशिश करने में क्या हर्ज था?

बिना कुछ सोचे, जेवियर ने खिड़की पर दस्तक देना शुरू कर दिया, उम्मीद थी कि दादी उसे देख लेंगी और दरवाज़ा खोल देंगी। उसने लगभग पाँच बार खटखटाया... और तभी एक सिहरन भरा अहसास उसके ज़हन में कौंधा।

वह इतनी थकान में था कि भूल ही गया था—उसकी दादी तो एक महीने पहले ही गुजर चुकी थीं। वह वहाँ कैसे हो सकती थीं?

जेवियर वहीं जड़ हो गया, हाथ अब भी खिड़की पर टिका हुआ था। इससे पहले कि वह आकृति मुड़कर उसका चेहरा देखती, वह उल्टे पाँव ऐसे भागा मानो उसकी जान पर बन आई हो।

•50•

तमाशा

यह गर्मी का मौसम था—छुट्टियों का समय। ह्यू और उसकी पत्नी एमी विदेश में अपनी छुट्टियाँ मना रहे थे। ऐतिहासिक स्थलों की सैर करने, स्थानीय रेस्तरां में तरह-तरह के स्वाद चखने और रंग-बिरंगी दुकानों में घूमने के बाद, अब वे समझ नहीं पा रहे थे कि आगे क्या करें।

इधर-उधर टहलते हुए, उनकी नज़र एक पुराने से थिएटर बोर्ड पर पड़ी, जिस पर लिखा था—"स्वर्ग की कीमत"। ऐसा लगा मानो उनकी बोरियत का दिव्य समाधान उन्हें मिल गया हो।

उन्हें नाम जाना-पहचाना सा लगा। यह वही शो था जिसके बारे में निकोलस ने बताया था—वह दोस्त जो कल ही एक रेस्तरां में मिले थे। वाइन की चुस्कियों के बीच, उसने इस शो की खूब तारीफ़ की थी और कहा था कि वह रात को इसे देखने जा रहा है।

"क्यों न उसे कॉल करके पूछ लें कि शो कैसा था?" एमी ने सुझाव दिया।

"क्यों? हमारे पास तो वैसे भी कुछ करने को नहीं है," ह्यू ने जवाब दिया।

अंततः उन्होंने तय किया कि शो देख ही लिया जाए।

थिएटर के अंदर हल्की मोमबत्तियों की रोशनी और दर्शकों की धीमी-धीमी सरगोशियाँ माहौल को रहस्यमय बना रही थीं। शो शुरू हुआ, और जल्द ही उन्हें महसूस हुआ कि यह कोई सामान्य नाटक नहीं, बल्कि किसी प्राचीन अनुष्ठान की तरह था—भयानक संगीत और मंच पर बने गहरे, रहस्यमयी चिन्ह इसकी गवाही दे रहे थे।

जैसे-जैसे शो आगे बढ़ा, एमी बेचैन होने लगी।

"मुझे ये जगह पसंद नहीं... चलो यहाँ से चलते हैं," उसने फुसफुसाकर कहा।

लेकिन ह्यू मंच पर मुग्ध था।

"अरे देखो तो, कितनी खूबसूरती से सब कुछ तैयार किया है! कितना मेहनत लगी होगी इस सब में!"

एमी ने न चाहते हुए भी हामी भर दी, और दोनों वहीं बैठे रहे।

कहानी धीरे-धीरे बेतुकी होती चली गई, और करीब एक घंटे बाद, नाटक अपने चरम पर पहुँच गया।

अंतिम दृश्य में, मानव जैसी आकृतियाँ—जो देखने में पुतलों जैसी थीं—छत से लटकती रस्सियों के सहारे मंच पर उतारी गईं। उनके गले में फंदे लगे थे।

दर्शकों ने चौंक कर देखा, फिर तालियाँ बजाईं। ह्यू और एमी भी शुरुआत में तालियाँ बजा रहे थे, लेकिन जल्द ही उनके चेहरे पर डर छा गया—क्योंकि उनमें से एक "पुतला" कोई और नहीं, निकोलस था।

पहले उन्हें लगा कि यह शो का कोई चौंकाने वाला मोड़ है। लेकिन जैसे-जैसे समय बीतता गया और वे आकृतियाँ हिलीं नहीं, हकीकत सामने आने लगी।

थिएटर में चीख-पुकार मच गई। लोग बाहर भागने लगे, लेकिन सारे दरवाज़े बंद थे।

अगले दिन सुबह, थिएटर के दरवाज़े फिर खुले। एक नई भीड़ "स्वर्ग की कीमत" देखने के लिए भीतर आई। और एक अजीब मोड़ में, ह्यू और एमी ने यह नाटक फिर देखा—लेकिन इस बार दर्शक नहीं, बल्कि अंतिम दृश्य की सजावट के रूप में।

•51•

पंजे

गैरी नाम का एक युवक एक एकांत पहाड़ी गाँव में रहता था। उसके आसपास के घने जंगलों में भालुओं की संख्या काफी अधिक थी, इसलिए गैरी न केवल एक कुशल शिकारी था, बल्कि खतरों को लेकर बेहद सतर्क भी रहता था अपने साधारण लकड़ी के केबिन को जंगली जानवरों से सुरक्षित रखने के लिए उसने दरवाज़ों पर मज़बूत ज़ंजीरें और भारी धातु के ताले लगाए थे। गैरी कभी भी अपनी भरोसेमंद राइफल के बिना नहीं दिखता था—वही राइफल जिसने कई बार उसकी जान बचाई थी।

कई वर्षों तक गैरी ने जंगल और जीवन के बीच संतुलन बनाए रखा। लेकिन पिछले साल कुछ असामान्य घटनाएँ होने लगीं। उसे अक्सर अपने घर की दीवारों और फर्नीचर पर गहरे नाखूनों के निशान मिलते। शायद भूख या दुस्साहस के चलते भालू अब इंसानी घरों तक आने लगे थे। यह कोई अनोखी बात नहीं थी।

मगर सबसे चौंकाने वाली बात यह थी कि गैरी ने कभी किसी जानवर को घर के अंदर नहीं देखा। सिर्फ वे भयंकर पंजों के निशान जो हर सुबह यह एहसास दिलाते कि वह अब भी खतरे में है।

एक भयंकर सर्दी के मौसम में, गैरी ने तय कर लिया कि अब बहुत हो चुका। हर रात डर के साए में जागना और यह सोचते रहना कि कहीं किसी रात कोई भालू घर के अंदर न हो जाए—यह सब अब असहनीय हो गया था। आख़िरकार, उसने गाँव छोड़ने का फ़ैसला किया।

गैरी ने अपना प्यारा केबिन बेच दिया, अपनी सारी बचत जोड़ी, और एक ऐसे शहर का रुख किया जो जंगलों से कोसों दूर था। यह एक कठिन निर्णय था, मगर सुरक्षा और एक नई शुरुआत की उम्मीद ने उसके पुराने जीवन के मोह को पीछे छोड़ दिया।

शहर पहुँचते ही उसने एक छोटा लेकिन आरामदायक फ्लैट किराए पर ले लिया, जो एक आधुनिक इलाक़े में स्थित था। अगली सुबह, पहाड़ों की शांत सुबह के विपरीत, शहर की चहल-पहल के बीच उठना उसे अच्छा लगा।

नया जीवन उसे उत्साह और राहत से भर गया था।

लेकिन उसी शाम, जब वह टहलने के बाद अपने नए घर लौटा, तो उसका दिल बैठ गया।

डाइनिंग टेबल और सोफ़े के किनारों पर ताज़ा खरोंचों के निशान थे।

भय से कांपते हुए उसने घर के बाकी हिस्सों की तलाशी ली—बेडसाइड टेबल और बुकशेल्फ पर भी वही खुरचने के निशान मौजूद थे।

गैरी का दिमाग हज़ारों सवालों से भर गया। यह फिर कैसे हो रहा है? भालू तो अब बहुत पीछे छूट चुके थे। तो क्या यह कुछ और है? या फिर... कोई है?

•52•

सवारी

वेस और ग्विनेट, एक नवविवाहित जोड़ा, अपने शहर से बाहर आयोजित एक भव्य मेले में शामिल हुए। वहाँ उन्होंने इतनी ज़्यादा खरीदारी कर डाली कि दिन के अंत तक उनके पास एक पैसा भी नहीं बचा। इसका मतलब था कि वे घर वापस जाने के लिए किसी भी तरह की सवारी नहीं ले सकते थे।

सड़क किनारे खड़े होकर वे इंतज़ार करते रहे, उम्मीद थी कि कोई उन्हें लिफ्ट दे देगा। शुरुआत में उन्होंने पैदल चलने का विचार किया—घर करीब 15 किलोमीटर दूर था। मगर रास्ता स्टेनबर्न नाम के बदनाम गाँव से होकर जाता था, जहाँ अपराध और रहस्यमय गुमशुदगियों के किस्से आम थे। वे उस रास्ते से जाने का जोखिम नहीं लेना चाहते थे।

कई घंटे बीत गए और कोई नहीं रुका। थक-हारकर वे पैदल चलने ही वाले थे कि दूर से एक धूलभरी पुरानी कार दिखाई दी। कार धीरे हुई, और ड्राइवर—जो दिखने में वेस और ग्विनेट की उम्र का ही लग रहा था—ने खिड़की नीचे कर पूछा, "लिफ्ट चाहिए क्या?" जोड़ा राहत से भर उठा और तुरंत कार में बैठ गया। वेस आगे की सीट पर बैठा, जबकि ग्विनेट पीछे।

पीछे की सीट पर पहले से ही एक महिला सो रही थी, जो एक हल्के कंबल से ढकी थी। ड्राइवर, जिसका नाम जॉन था, ने बताया कि वह उसकी पत्नी बर्था है और उसे रातों में नींद नहीं आती, इसलिए दिन में सोती है। उसने उनसे अनुरोध किया कि वे उसे न जगाएँ।

"अच्छा है कि वो सो रही है," जॉन बोला। "स्टेनबर्न से गुजरते हुए वो परेशान नहीं होगी।"

वेस ने बात आगे बढ़ाते हुए कहा, "ओह, तो हम ही नहीं डरते उस जगह से?"

जॉन ने सिर हिलाया, "बिलकुल नहीं। वो जगह खतरनाक है—डकैतों और हत्यारों से भरी हुई है। जैसे ही स्टेनबर्न का साइन दिखता है, वहाँ की हवा भी भारी लगने लगती है।"

घुमावदार पहाड़ी रास्तों से गुजरते हुए कार अचानक एक गड्ढे में जा लगी। पीछे की सीट पर बैठी बर्था लगभग गिर ही पड़ी, लेकिन ग्विनेट ने समय रहते उसे थाम लिया।

"उफ़्फ़, वो तो लगभग जाग ही गई थी," ग्विनेट ने धीरे से कहा।

जॉन का चेहरा तन गया। वह बुदबुदाया, "मुझे हमेशा डर रहता है कि इस जगह में कार खराब न हो जाए।"

कुछ देर बाद उन्हें सामने एक छोटा सा पेट्रोल पंप दिखा। तभी ग्विनेट ने शिकायत की कि उसे टॉयलेट जाना है। वेस ने कहा कि थोड़ा और सह ले, लेकिन वह ज़िद पर अड़ गई।

“अगर सह सकती तो करती। चलो मेरे साथ। बैग थामना पड़ेगा… लड़की वाली बातें हैं,” उसने हँसते हुए कहा। “माफ करना जॉन, ज़रा देर लग सकती है।”

“कोई बात नहीं,” जॉन ने सिर हिलाया।

वेस और ग्विनेट पंप के पीछे बने टॉयलेट की ओर बढ़े। लेकिन जैसे ही वे कार से थोड़ा दूर पहुँचे, ग्विनेट ने वेस का हाथ कसकर पकड़ा और उसे एक कोने में ले गई।

वहाँ पहुँचकर उसने हाँफते हुए कहा, “हमें अभी भागना होगा।”

वेस हक्का-बक्का रह गया। “क्यों? हुआ क्या?”

ग्विनेट ने इधर-उधर देखा, गहरी साँस ली और कहा,

“बर्था सो नहीं रही है—वो मर चुकी है। नहीं, उसका क़त्ल किया गया है।”

•53•

पूर्वाभास

लीया का पति, ऐडन, अक्सर काम के सिलसिले में बाहर सफ़र पर रहता था। एक ठंडी सुबह, जब लीया खिड़की के पास बैठकर एक रोमांटिक उपन्यास में डूबी हुई थी, उसे मुख्य दरवाज़े की चरमराहट सुनाई दी। उसकी हैरानी और खुशी का ठिकाना न रहा जब उसने देखा कि ऐडन घर के भीतर आ रहा था। उसकी मौजूदगी से जैसे पूरा कमरा एक पल में गर्म हो गया।

"ऐडन, तुम आ गए!" लीया ने किताब एक तरफ रखते हुए खुशी से पुकारा और दौड़कर उसे गले लगा लिया।

"मैं ज़्यादा देर नहीं रुक पाऊँगा," ऐडन ने धीरे से मुस्कुराते हुए कहा, उसे अपनी बाहों में भींचते हुए। "मुझे फिर से जाना होगा।"

लीया का चेहरा उतर गया।

"कल रात मुझे एक बहुत ही डरावना सपना आया," उसने काँपती आवाज़ में कहा। "इस बार मत जाओ... यहीं रहो मेरे साथ।"

ऐडन ने कोई जवाब नहीं दिया। उसने बस लीया के माथे पर एक कोमल चुंबन दिया और दरवाज़े से बाहर चला गया।

करीब एक घंटे बाद, जब लीया खुद को घर के कामों में व्यस्त रखने की कोशिश कर रही थी, दरवाज़े पर दस्तक हुई। उसने दरवाज़ा खोला, तो सामने एक गंभीर चेहरा लिए पुलिस अधिकारी खड़ा था।

"मिसेज मैथ्यूज़?" उसने पूछा, आवाज़ में गहराई और संजीदगी थी।

"जी... मैं ही हूँ," लीया ने जवाब दिया। उसका दिल तेजी से धड़कने लगा।

"मुझे खेद है, लेकिन आपके लिए एक बुरी ख़बर है," अधिकारी ने कहा। "आपके पति, ऐडन मैथ्यूज़, एक कार दुर्घटना में शामिल थे। अफ़सोस की बात है कि उनकी मौत हो गई।"

लीया की टाँगें लड़खड़ा गईं। वह दरवाज़े की चौखट को पकड़कर रोने लगी।

“मैंने उसे मना किया था... आज सुबह मैंने उसे मना किया था, कहा था मत जाओ...” उसकी आवाज़ टूट गई।

पुलिस अधिकारी ने हैरानी से उसकी ओर देखा।

“मिसेज मैथ्यूज़… दुर्घटना कल हुई थी। आपके पति की मौत बीती रात हो चुकी थी।”

•54•

नींद में भटकाव

यह घटना 1997 की है। लिंडन परिवार—जॉन, मैरी और उनका सात साल का बेटा ब्रूस—शहर से करीब छह मिनट की दूरी पर स्थित एक पुराने लकड़ी के घर में आकर रहने लगे। यह घर 1910 के दशक में बना था। हालत तो ठीक-ठाक थी, लेकिन जॉन को पता था कि इस घर के कई मालिक बदले जा चुके थे। फिर भी, उसमें कुछ भी संदिग्ध नहीं लगा। घर बहुत आलीशान नहीं था, और जॉन का इरादा था कि जैसे ही उसकी आर्थिक स्थिति सुधरेगी, वह कहीं और चला जाएगा।

शुरुआत में सब कुछ सामान्य था, लेकिन एक रात मैरी ने सुना कि ब्रूस नींद में कुछ बोल रहा है। वह शब्दों को साफ़ नहीं समझ सकी, लेकिन उसे चिंता ज़रूर हुई। उसने अगली सुबह जॉन को बताया, मगर जॉन ने बात को हल्के में लेते हुए कहा,

"बच्चों के लिए नई जगह अपनाना आसान नहीं होता। वे कभी-कभी अजीब बातें करते हैं। चिंता की कोई बात नहीं है।"

लेकिन समय के साथ ब्रूस की नींद में बड़बड़ाहट और बढ़ने लगी। परेशान मैरी अक्सर उसके कमरे के दरवाज़े के पास खड़ी हो जाती और कान लगाकर सुनती। उसे कभी-कभी ऐसे वाक्य सुनाई देते—"मुझे अकेला छोड़ दो", या "मैं तुम्हें यहाँ नहीं चाहता।"

एक रात उसने साफ़ सुना,

"मॉरिस अकेला रहना चाहता है।"

मैरी ने ज़ोर देकर जॉन को समझाया कि उन्हें मदद लेनी चाहिए। वे ब्रूस को शहर के एक प्रसिद्ध बाल मनोचिकित्सक के पास ले गए। कई सत्रों के बाद डॉक्टर ने उन्हें आश्वस्त किया कि यह केवल नई जगह की वजह से उत्पन्न तनाव का असर है, जो समय के साथ ठीक हो जाएगा।

कुछ दिन तक ऐसा ही लगा कि ब्रूस में सुधार हो रहा है—लेकिन फिर सब कुछ और भी बुरा हो गया।

एक रात मैरी की नींद खुली तो ब्रूस बिस्तर पर नहीं था। घबराकर दोनों ने घर में ढूंढना शुरू किया। ब्रूस घर के गलियारों में टहलता मिला—सोते हुए, हाथ में रसोई का चाकू, और उसी डरावनी बड़बड़ाहट के साथ।

डरे हुए माता-पिता ने उसे नुकसान से बचाने के लिए रात में उसे बिस्तर से बाँधने का फ़ैसला किया।

लेकिन ब्रूस ने किसी तरह खुद को फिर से आज़ाद कर लिया। इस बार उसने वही चाकू पकड़ा हुआ था और बर्फ़-सी ठंडी, सपाट आवाज़ में कहा:

"मॉरिस अकेला रहना चाहता है।"

थक-हारकर, उन्होंने स्थानीय पादरी फादर मार्कोस को बुलाया, जो आत्मा-शुद्धिकरण और भूत-प्रेत मामलों में जाना जाता था। उन्होंने पूरे घर में प्रार्थना और आशीर्वाद दिया।

कुछ दिन तक सब सामान्य रहा, जैसे घर में शांति लौट आई हो।

लेकिन तीसरी रात, जॉन और मैरी ब्रूस की ठंडी, डरावनी हँसी से जाग उठे। वे तुरंत उसके कमरे की ओर दौड़े, मगर आवाज़ रसोई से आ रही थी।

रसोई में ब्रूस दीवार के पास खड़ा था, और परिवार के कुत्ते गाबू को मार चुका था। उसने गाबू के खून से दीवार पर लिखा था:

"मॉरिस अकेला रहना चाहता है।"

दहशत में डूबे जॉन और मैरी ने घर के इतिहास की तह तक जाने का निश्चय किया। उन्हें पता चला कि मॉरिस थॉम्पसन नामक एक व्यक्ति ने यही घर 1910 के दशक में बनवाया था और यहीं रहता था, लेकिन उसकी रहस्यमय हालात में हत्या हो गई थी।

संदेह था कि उसका करीबी दोस्त कैमरन बॉयस ही हत्यारा था, जिसने मॉरिस की मौत के कुछ ही दिनों बाद यह घर बहुत सस्ते में खरीद लिया था। लेकिन एक महीने के भीतर, कैमरन और उसके पूरे परिवार की निर्मम हत्या कर दी गई।

इसके बाद इस घर में जो भी परिवार रहा, हर किसी की भयानक मौत हुई।

इतिहास जानने के बाद लिंडन परिवार को यकीन हो गया कि यह घर श्रापित है। अगली ही सुबह उन्होंने सारा सामान बाँधा और वहाँ से हमेशा के लिए चले गए, इस उम्मीद में कि दूर कहीं उन्हें फिर से शांति और सुरक्षा मिलेगी।

•55•

आधी रात की खलल

एक रात, सुबह के तीन बजे डोरबेल की आवाज़ ने मेरी नींद तोड़ दी। मैंने जल्दी से गाउन पहना, आँखें मसलते हुए दरवाज़े तक पहुँचा और झाँकने का छेद से बाहर झाँका—लेकिन वहाँ कोई नहीं था। हॉलवे की लाइटें, जो मोशन सेंसर से जलती थीं, अब भी जल रही थीं—पर सामने कोई नहीं खड़ा था।

मैं थोड़ा हैरान हुआ, लेकिन सोचा शायद किसी ने गलती से बेल बजा दी होगी। कंधे उचकाकर मैं वापस बिस्तर पर चला गया और दोबारा सोने की कोशिश करने लगा। लेकिन जैसे ही नींद आने लगी, डोरबेल फिर बज उठी।

झुंझलाकर मैं दोबारा उठा, इस बार तेज़ी से दरवाज़े तक गया। झाँकने का छेद से देखा—लेकिन इस बार भी वहाँ कोई नहीं था।

अब मुझे यक़ीन हो गया कि कोई मज़ाक कर रहा है। मैंने तय किया कि इस बार उसे रंगे हाथों पकड़ूंगा। सोने वापस जाने के बजाय मैं दरवाज़े के पीछे खड़ा हो गया और झाँकने का छेद से बाहर एकटक देखने लगा।

सेकंड बीते... फिर मिनट... लेकिन हॉलवे पूरी तरह खाली और शांत रहा।

मैं लौटने ही वाला था कि अचानक सेंसर लाइटें फिर से जल उठीं... और डोरबेल फिर बज गई। मैं फौरन झाँकने का छेद से झाँका—लेकिन इस बार भी वहाँ कोई नहीं था।

बाहर का पूरा दृश्य साफ़ दिख रहा था—डोरबेल का बटन भी नज़र आ रहा था—लेकिन उसे दबाते हुए कोई नज़र नहीं आया।

उस रात जो डर मैंने महसूस किया, उसे मैं कभी नहीं भूल सकता। और तभी से मैंने खुद से एक कसम खा ली है—अब चाहे कुछ भी हो जाए, चाहे दरवाज़ा ही क्यों न टूट जाए—मैं आधी रात को उस दरवाज़े के पास कभी नहीं जाऊँगा।

•56•

सुबह की दौड़

सुबह की दौड़ जैसी ताजगी भरी शुरुआत शायद ही कुछ और हो सकती है—स्वास्थ्य और मूड दोनों के लिए फायदेमंद।

सैन्ड्रा हर सुबह पास के शांत पार्क में दौड़ने जाया करती थी। एक ठंडी, सुनहरी पतझड़ की सुबह, जब वह अपनी जानी-पहचानी पगडंडियों पर दौड़ रही थी, तो उसे हवा में बसी चीड़ के पेड़ों की खुशबू और चिड़ियों की चहचहाहट का आनंद मिल रहा था।

चूंकि उस दिन रविवार था और उसके पास ज़्यादा समय था, सैन्ड्रा ने सोचा क्यों न एक संकरी पगडंडी पर जाया जाए जो मुख्य ट्रैक से अलग थी। यह रास्ता कम परिचित और कुछ हद तक सुनसान था।

जैसे ही वह उस पगडंडी में थोड़ा और आगे बढ़ी, उसने जो देखा वह हिला देने वाला था।

गिरी हुई सूखी पत्तियों के बीच एक लाश पड़ी थी, और उसके चारों ओर मक्खियाँ भिनभिना रही थीं।

सैन्ड्रा सन्न रह गई। वह डर से कांपने लगी और एक झटके में अपनी नज़रें मोड़ लीं, ताकि वह भयावह दृश्य फिर न देखे।

कंपते हाथों से, उसने अपना फोन निकाला और पुलिस को कॉल किया, उसकी आवाज़ भय से थरथरा रही थी—

"हैलो? जंगल में एक लाश है!"

ऑपरेटर ने उसे आश्वासन दिया कि मदद रास्ते में है।

हिम्मत जुटाकर, सैन्ड्रा वापस उसी जगह पहुंची—लेकिन अब वहां कुछ भी नहीं था।

लाश गायब हो चुकी थी, मानो कभी वहां थी ही नहीं।

पहले तो सैन्ड्रा को शक हुआ कि शायद उसे भ्रम हुआ, या शायद वह गलत जगह देख रही थी... लेकिन ये दोनों ही बातें गलत थीं—क्योंकि जमीन पर खून के धब्बे अब भी मौजूद थे।

"यह कहां गया?" उसने घबराकर सोचा। उसके दिमाग में सिर्फ दो संभावनाएं थीं—या तो वह मरा हुआ इंसान उठकर खुद कहीं छिप गया, या फिर हत्यारा उसे उठा ले गया।

दोनों ही संभावनाएं डरावनी थीं... लेकिन सच्चाई क्या थी?

सच्चाई जानने में सैन्ड्रा को ज्यादा वक्त नहीं लगा—असल में, उसे उसी पल पता चल गया...

जब उसने पीछे मुड़कर देखा, तो वहां एक लंबा आदमी खड़ा था, जिसने चेहरे पर मास्क पहन रखा था, और वह पूरी ताकत से चाकू को उसकी ओर घुमा रहा था।

•57•
गेम शो

निकोलस अपनी अंधेरी और सुनसान बैठक में अकेला बैठा था, टीवी पर एक कम-प्रसिद्ध चैनल पर आने वाले गेम शो में पूरी तरह डूबा हुआ। इसका कॉन्सेप्ट बेहद साधारण था—जब संगीत बजे, प्रतिभागियों को पूरी तरह स्थिर रहना होता, और अगर कोई हिलता, तो काले कपड़े पहने एक डरावनी शक्ल वाला प्राणी प्रकट होकर उसे उठा लेता।

निकोलस को किसी चीज़ का जुनून जल्दी हो जाता था, इसलिए यह हैरानी की बात नहीं थी कि उसने इस शो का हर एपिसोड देखा था। उसे नियम ज़बानी याद थे, और वह इस बात पर गर्व करता था कि उसने एक बार भी खुद को हिलने नहीं दिया जब वह शो के साथ घर पर खेलता।

"मैं ये कर सकता हूँ," वह अक्सर खुद से कहता। "मैं असली कंटेस्टेंट्स से भी बेहतर हूँ।"

उसके सबसे करीबी दोस्त, जॉन और मार्टिन, अक्सर उसके इस जुनून की मज़ाक उड़ाते, लेकिन निकोलस को उनकी बातों से कोई फर्क नहीं पड़ता।

एक शाम, शो हमेशा की तरह शुरू हुआ। वही डरावना संगीत बजने लगा, और प्रतिभागी एक-एक करके जड़वत हो गए। निकोलस भी अपने पुराने फटे सोफ़े पर सांस रोके बैठा रहा, मानो वह भी उसी खेल का हिस्सा हो।

कुछ मिनट गुज़रे और तनाव बढ़ता गया। निकोलस पूरी तरह स्थिर रहा, टेलीविज़न की स्क्रीन पर टकटकी लगाए। लेकिन फिर उसके शरीर में एक बेचैनी सी उठी। काफी देर तक न हिलने से उसकी मांसपेशियाँ अकड़ने लगी थीं।

"बस हल्का सा खिंचाव," उसने सोचा। "मैं फिर भी जीत जाऊँगा।"

संगीत अब भी चल रहा था, और जैसे ही उसने सिर हल्का सा मोड़ा, वह जड़वत रह गया।

उसकी आँख के कोने से, उसे कुछ दिखाई दिया—वही भयानक प्राणी, जो शो में प्रतिभागियों को उठाकर ले जाता था, अब उसके पास खड़ा था, काले कपड़ों में, लंबा और डरावना।

निकोलस की रूह काँप गई। उसे अब एहसास हुआ कि इस गेम शो की डरावनी बात सिर्फ टीवी तक सीमित नहीं थी—जैसे वह अब यथार्थ बन रही हो।

वह भय और अविश्वास से भर गया। यह कैसे संभव था? क्या वह सपना देख रहा था? क्या फिक्शन और रियलिटी के बीच की रेखा मिट चुकी थी?

अगली सुबह, जॉन और मार्टिन, जो निकोलस से संपर्क न हो पाने के कारण चिंतित थे, उसके अपार्टमेंट पहुंचे। दरवाज़ा खटखटाया, नाम पुकारा, लेकिन कोई जवाब नहीं आया। चिंता बढ़ने पर, वे दरवाज़ा तोड़कर अंदर घुसे।

टीवी अब भी चालू था—लेकिन निकोलस वहाँ नहीं था।

पुलिस को बुलाया गया, और एक जांच शुरू हुई। लेकिन मामला जल्द ही ठंडा पड़ गया, क्योंकि निकोलस के गायब होने का कोई सुराग नहीं मिला—ना खून, ना संघर्ष, ना कोई निशान।

•58•

अंतिम संस्कार में आया मेहमान

यह छोटा ल्यूक का पहला अंतिम संस्कार था। उसने उस मरने वाले को कभी नहीं देखा था। वह तो बस अपनी माँ के साथ चला आया था।

दिन ग़मगीन माहौल के लिए कुछ ज़्यादा ही उजला था—बादलों के बीच से तेज़ धूप निकल रही थी और अपनी किरने पूरे समूह पर बरसा रही थी। ल्यूक और उसकी माँ देर से पहुँचे, क्योंकि ल्यूक ज़िद कर रहा था, और अब दोनों भीड़ में शामिल होने के लिए जल्दी-जल्दी चल रहे थे।

चलते हुए, ल्यूक ने आसपास के लोगों की फुसफुसाहटें सुनीं। मरने वाले के बारे में लोग श्रद्धा से बात कर रहे थे। "उसका कोई भाई-बहन नहीं था," एक महिला ज़ोर से बोली, "पर उसने हमेशा सबका ख़्याल अपने परिवार की तरह रखा। जिस किसी को ज़रूरत थी, मदद करता था। मैं कभी नहीं भूलूंगी कि उसने मेरे लिए क्या-क्या किया।"

गंभीर माहौल से ऊबकर, ल्यूक इधर-उधर देखने लगा।

“मम्मी! देखो उस दादी की नाक कितनी बड़ी है!” ल्यूक ने धीमे से कहा।

“चुप! कितना बदतमीज़ी है ये!” उसकी माँ ने डांटा।

ल्यूक चुपचाप चलता रहा, पर उसकी आँखें अब भी जिज्ञासा से घूम रही थीं। थोड़ी ही देर में उसकी नजर एक आदमी पर पड़ी—एक गहरे रंग का सूट पहने, लम्बी सफेद दाढ़ी वाला व्यक्ति, जो उनके पीछे-पीछे चल रहा था। उसका चेहरा बहुत पीला था, और उसकी नजरें क्षितिज पर जमी थीं—बिल्कुल हिली नहीं।

ल्यूक फिर से चुप न रह सका। उसने माँ की आस्तीन खींची और फुसफुसाया, “मम्मी! वो दाढ़ी वाला अंकल अजीब लग रहा है। उसका चेहरा ऐसा क्यों है?”

“ल्यूक! ये आख़िरी चेतावनी है। अगर किसी की शक्ल पर टिप्पणी की, तो तुम्हें वो रोबोट खिलौना नहीं मिलेगा!”

“ठीक है...” ल्यूक बड़बड़ाया।

“अंतिम संस्कार में कोई अच्छा नहीं दिखता, इसलिए लोगों को घूरना बंद करो,” माँ ने सख्ती से कहा और उसे छोटे से चर्च के अंदर ले गई, जहाँ गहरी शांति छाई हुई थी।

चैपल सफेद फूलों और हल्की झिलमिलाती मोमबत्तियों से सजा था—वातावरण शोक में डूबा हुआ था, लेकिन शांति से भरा भी। सबके बैठते ही पूजा शुरू हुई।

पूजा शांति से चल रही थी, तभी अचानक ल्यूक ज़ोर-ज़ोर से रोने लगा, जिससे पूरे हाल का ध्यान उसकी ओर चला गया।

माँ हड़बड़ा गई और उसे चुप कराने की कोशिश करने लगी।

“क्या हुआ? क्या बात है तुम्हें?”

“मम्मी! वो फोटो वाला बूढ़ा अंकल...”

ल्यूक रोते हुए ताबूत के पास रखी बड़ी तस्वीर की ओर इशारा करने लगा,

“वही तो हमारे पीछे चल रहा था, लंबी सफेद दाढ़ी वाला अंकल!”

माँ हकबका गई।

उसने कई बार पलकें झपकाईं, फिर ल्यूक को शांत करने लगी,

“अरे नहीं बेटा, तुमने किसी और को देखा होगा। वो यहीं कहीं बैठा होगा। चलो ढूंढ़ते हैं।”

पर ल्यूक चुप नहीं हुआ।

आख़िरकार माँ ने खुद भी चारों ओर देखा—पर कमरे में लंबी सफेद दाढ़ी वाला एक ही व्यक्ति मौजूद था...

तस्वीर में।

•59•

मज़ा आ रहा है

रविवार की रातों की सैर मेरी सबसे पसंदीदा होती हैं—हर बार मुझे ज़बरदस्त मज़ा आता है।

पिछले रविवार मैंने हाल ही में खुला एक नया कैसीनो देखने का फैसला किया, जो मेरे घर से सिर्फ़ पाँच मील दूर था। हालाँकि ज़रूरत नहीं थी, फिर भी मैंने अपना सबसे अच्छा सूट पहना, बालों में जेल लगाया और पूरी तरह से मौज करने के मूड में निकल पड़ा।

भले ही मैं उस चमचमाते कैसीनो को लेकर बहुत उत्साहित था, लेकिन मेरा वहाँ देर तक रुकने का कोई इरादा नहीं था। मुझे पता है कि कब रुकना है, और मैं जानता हूँ कि अगर ज़रूरत से ज़्यादा समय वहाँ बिताया, तो वही मौज-मस्ती मुसीबत बन सकती है।

जब मुझे लगा कि बस अब बहुत हो गया, तो मैंने समझदारी से वहाँ से निकलने का फैसला किया। मैं लिफ़्ट का शौकीन नहीं हूँ, इसलिए मैंने 11वीं मंज़िल से सीढ़ियों से नीचे जाने का विकल्प चुना।

मैं शांति से उतर रहा था, तभी एक औरत चमचमाती पोशाक में मेरे पास से दौड़ती हुई गुज़री। उसका चेहरा एकदम सफेद था, जैसे किसी कागज़ की तरह।

मैंने शिष्टाचारवश पूछा, "क्या हुआ?"

उसने घबराई हुई आवाज़ में जवाब दिया, "इस बिल्डिंग में कोई हत्यारा है!"

यह सुनकर मेरी सांसें थम-सी गईं। मैंने उसे शांत करने के लिए कहा, "क्या तुम पूरी तरह से पक्की हो? गहरी साँस लो और मुझे ठीक से बताओ कि तुमने क्या देखा।"

"मैं तो शॉक में थी, ज़्यादा कुछ साफ़-साफ़ नहीं देख पाई। पर मैंने हत्यारे को पीछे से देखा था, और उसकी कलाई पर एक टैटू देखा—एक तारे के अंदर एक आँख।"

"तारे में आँख? ऐसा?" मैंने मुस्कुराते हुए अपनी कलाई पर बना टैटू दिखाया।

जैसे ही उसकी आँखें डर से फैल गईं, मैंने हल्की-सी हँसी हँसी और अपनी बाएँ जेब से एक चमकदार चाकू निकाला। उसका चेहरा देखकर जो सिहरन मेरे शरीर में दौड़ी—वाह, वही तो असली मज़ा है।

हाँ, डर से भरे चेहरे देखना... यही तो मेरी रविवार की रातों का सबसे मनोरंजक हिस्सा है।

•60•

एक अतिरिक्त बच्ची

यह एक बिलकुल सामान्य रविवार था। डीन अपने लिविंग रूम में बैठा, बड़े मनोयोग से कागज़ पर क्रेयॉन से चित्र बना रहा था। उसकी माँ, जेसिका, जो अभी-अभी एक होम डेकोर मैगज़ीन पढ़ चुकी थी, बेटे के कंधे के पास झुककर पूछी:

"क्या बना रहे हो?"

डीन ने चमकती आँखों से ऊपर देखा और गर्व से जवाब दिया,

"मैं हमारा घर बना रहा हूँ, मम्मी।"

जेसिका ने उसके चित्र पर नज़र डाली। डीन ने उसमें अपने परिवार को चित्रित किया था—खुद को, अपनी माँ को और अपने पापा को। लेकिन उनके साथ एक और लड़की का चित्र भी था।

जेसिका ने भौंहें चढ़ाते हुए पूछा,

"ये कौन है? क्या ये तुम्हारी गर्लफ्रेंड है?"

डीन ने सिर हिलाया।

"नहीं मम्मी, ये मेरी दोस्त है—लूसी।"

जेसिका ने कंधे उचकाए और कहा,

"ठीक है।"

वह डीन के बगल में बैठ गई और उसे लूसी को उनके घर में खेलते हुए चित्रित करते देखती रही।

यह एक नियमित आदत बन गई। हर बार जब जेसिका डीन के चित्र देखती, तो चिढ़ाते हुए पूछती,

"लूसी तुम्हारी गर्लफ्रेंड है क्या?"

हर बार डीन दृढ़ता से कहता,

"नहीं मम्मी!"

एक शाम खाने के दौरान, जेसिका ने अंततः पूछा:

"डीन, तुम हर बार लूसी को हमारे घर क्यों बनाते हो?"

डीन ने थाली से ऊपर देखा और जवाब दिया:

"क्योंकि वो यहीं रहती है।"

जेसिका चौंकी।

"नहीं बेटा, लूसी का भी कोई घर होगा। वो यहाँ नहीं रहती।"

डीन ने ज़ोर देते हुए कहा:

"नहीं मम्मी, वो यहीं रहती है।"

जेसिका ने गहराई से पूछना शुरू किया:

"ठीक है, तो अभी वो कहाँ है?"

"वो सो रही है।"

"कहाँ सो रही है?"

डीन ने बहुत सहजता से अपनी पीठ के पीछे दीवार की ओर इशारा करते हुए कहा:

"उस दीवार के अंदर।"

जेसिका और भी उलझ गई।

"दीवार के अंदर क्या कर रही है?"

डीन ने एक कौर चबाते हुए जवाब दिया:

"उसकी सौतेली माँ ने उसे मार डाला और वहाँ छुपा दिया।"

जेसिका स्तब्ध रह गई। उसे यह अजीब कल्पना लगी, लेकिन मन में हल्का डर भी बैठ गया।

बाद में जब डीन फिर से चित्र बनाने बैठा, तो जेसिका ने उसके क्रेयॉन ले लिए और कहा:

"आज के लिए बस! अब और नहीं। जाओ, टीवी पर कार्टून देखो, वरना तुम सचमुच ऐसी बातें मानने लगोगे।"

डीन ने धीरे से कहा:

"लूसी दुखी है। उसे लगा कि आप नाराज़ हैं क्योंकि उसने आपको हैलो नहीं कहा। पर उसने कहा कि कोई बात नहीं, वो आपको सपने में हेलो कहेगी।"

"बस बेटा, अब जाओ और कार्टून देखो," जेसिका ने कहा, डर को नज़रअंदाज़ करने की कोशिश करते हुए।

उस रात, जेसिका झटके से जाग गई, पसीने में भीगी हुई। उसने एक सपना देखा था—एक कमज़ोर सी लड़की, जो दीवार से बाहर निकल रही थी, और कह रही थी,

"हाय, मैं लूसी हूँ।"

वो सपना इतना असली लगा कि लाख कोशिश के बावजूद, जेसिका उस भावना से नहीं उबर पाई कि ये कोई संकेत था, शायद कुछ अलौकिक।

नींद रहित रात बिताने के बाद, उसने अपने पति से कहा कि उन्हें दीवार तोड़नी चाहिए।

"थोड़ी और जगह चाहिए"—ऐसा बहाना बनाकर उसने बात मनवाई।

उसी दिन, उन्होंने दीवार तोड़नी शुरू की—और जैसे ही वे आधे रास्ते पहुँचे, उन्होंने एक चौंका देने वाली खोज की:

एक छोटी बच्ची के कंकाल के अवशेष वहाँ छुपाए हुए थे।

•61•

अकेले घर में

सरीना फिलिप्स, ओक्लाहोमा की 15 वर्षीय लड़की, कभी भी घर में अकेले रहना पसंद नहीं करती थी। कुछ घंटों के लिए भी अगर वह अकेली रह जाती, तो डर से उसका बुरा हाल हो जाता। और अब उसे कुछ दिनों के लिए अकेले रहना था, क्योंकि उसके माता-पिता को मैसाचुसेट्स में एक व्यवसायिक यात्रा पर जाना था।

सरीना ने पहले तो साफ़ मना कर दिया, लेकिन और कोई विकल्प न देखकर, उसके माता-पिता ने उसे समझा-बुझाकर मना लिया।

"सब कुछ ठीक रहेगा। सभी दरवाज़े और खिड़कियाँ बंद करके रखना, और ज़रूरत हो तो हमें फ़ोन करना," उसकी माँ ने उसे आश्वस्त करते हुए कहा।

सरीना का डर यूँ ही नहीं था। कुछ साल पहले तक वह भी आराम से घर में अकेली रह लेती थी। 9 साल की उम्र में, जब वह पहली बार अकेले घर में रह रही थी, उसे बहुत रोमांच हो रहा था। लेकिन वह उत्साह जल्द ही भयावह अनुभव में बदल गया, जब उसने अपने बिस्तर के नीचे एक अधेड़ उम्र के अनजान आदमी को छुपे हुए पाया।

सौभाग्यवश, पड़ोस की एक बुज़ुर्ग महिला उसे देखने आ गई। सरीना की चीख सुनकर उन्होंने तुरंत पुलिस को बुलाया, और वह आदमी पकड़ा गया।

अब, वर्षों बाद, एक बार फिर वह घर में अकेली थी—और डर से जूझ रही थी। डर को भुलाने के लिए, सरीना ने अपना पसंदीदा टीवी ड्रामा लगा लिया। वह पूरी तरह उसमें डूब गई थी कि तभी टीवी स्क्रीन पर अचानक ब्रेकिंग न्यूज़ फ्लैश हुई:

"ब्रेकिंग न्यूज़! एक खतरनाक क़ैदी जेल से फरार हो गया है। आठ लोगों की हत्या का दोषी यह अपराधी फिलहाल फरार है। उसका नाम है वेन मॉर्टन, उम्र 52, उपनाम 'साइलेंट गेस्ट।'"

टीवी पर उसकी मगशॉट (कैदी की तस्वीर) दिखी—सरीना की सांसें थम गई। यह वही आदमी था जो सालों पहले उसके बिस्तर के नीचे छुपा था।

"यदि आप ओक्लाहोमा में रहते हैं, तो सावधानी बरतें। इस व्यक्ति को देखकर तुरंत पुलिस को सूचित करें," न्यूज़ एंकर ने कहा।

सरीना का दिल ज़ोर-ज़ोर से धड़कने लगा। अब हर परछाईं, हर आवाज़ उसे उसी हत्यारे की आहट लगने लगी। डर से कांपती हुई उसने पूरे घर की खिड़कियाँ और दरवाज़े बंद कर दिए, और कुछ के सामने तो फर्नीचर तक खिसकादिया। बाथरूम में, उसने नहाने वाले टब के ऊपर लगे छोटे से झरोखे को भी अच्छी तरह बंद कर दिया।

अगले दिन, वह स्कूल नहीं जा पाई। पूरा दिन वह घर में परेशान और चौकन्नी होकर टहलती रही, हर आवाज़ पर चौंकती रही।

डर बढ़ता गया, और उसने अपने माता-पिता को फ़ोन करके रोते हुए वापस लौटने की गुहार लगाई।

"हम कोशिश करेंगे कि कल शाम तक घर आ जाएँ," उसके पिता ने भरोसा दिलाया।

उसी शाम, जब वह शावर लेने गई, और पर्दा हटाकर पानी में कदम रखा, उसे ऐसा महसूस हुआ मानो कोई झरोखे से उसे घूर रहा हो।

घबराकर उसने गीला तौलिया उठाया और झरोखे को ढँक दिया।

"अब मैं पूरी तरह सुरक्षित हूँ," उसने खुद से फुसफुसाते हुए कहा और नहाना जारी रखा।

लेकिन तभी, एक भारी और खुरदुरी आवाज़ ने उसकी रीढ़ में सिहरन दौड़ा दी:

"मैं अभी भी तुम्हें देख सकता हूँ।"

अगले दिन दोपहर को मिस्टर और मिसेज़ फिलिप्स घर लौटे। सरीना का फ़ोन सोफ़े पर पड़ा था, और दरवाज़ों के आगे अब भी फर्नीचर अड़ा हुआ था। उन्होंने बेटी को आवाज़ दी, लेकिन कोई उत्तर नहीं मिला।

घर की तलाशी लेने के बाद, उन्हें सरीना बाथरूम में मृत पड़ी मिली—उसके शरीर पर कई चाकू के निशान थे और उसके चेहरे पर जम चुका आतंक।

झरोखा अब खुला हुआ था, और तौलिया नीचे फर्श पर पड़ा था।

•62•

यह कौन है?

जिस कहानी को मैं आपको बताने जा रहा हूँ, वह मेरे जन्मदिन पर घटी थी। उस साल मैंने अपनी गर्मियों की छुट्टियाँ अपने दादा के गाँव में बिताने का फैसला किया था। जैसे ही मैं वहाँ पहुँचा, दादाजी ने ज़िद पकड़ ली कि उन्हें एक पुरानी ब्रांड की शराब चाहिए।

तो, मेरे जन्मदिन के दिन, हम वह खास बोतल खोजने के लिए बाजारों की ओर निकल पड़े। पर कई स्थानीय बाजारों में खोजने के बावजूद, हमें वह पेय नहीं मिला।

आख़िरकार, हम एक आस-पास के बड़े गाँव के बाजार में पहुँच गए, यह सोचकर कि शायद वहाँ किस्मत साथ दे दे। वहाँ पहुंचकर देखा कि हर काउंटर पर भीड़ लंबी-लंबी कतारों में खड़ी थी। दादाजी ने मुझसे कहा कि मैं बाहर ही इंतज़ार करूँ, और वो अंदर जाकर शराब ढूंढेंगे।

मैं बाहर धूप में खड़ा होकर इंतज़ार करता रहा, पर दादाजी काफी देर तक नहीं लौटे। सूरज ढलने लगा था, जब आख़िरकार वो बाहर आए।

उनके चेहरे पर काले रंग का नया चश्मा था और रंग कुछ असामान्य रूप से फीका लग रहा था। मैंने तुरंत गौर किया और पूछा, "मिली क्या बोतल?"

दादाजी ने सिर हिलाकर ना में जवाब दिया, लेकिन एक शब्द भी नहीं बोले। मुझे थोड़ा अजीब लगा, पर हम उनके पुराने जीप की ओर चल पड़े।

चलते वक्त मुझे कुछ और अजीब महसूस हुआ—उनका चलना। मेरे दादा भले ही सत्तर से ऊपर थे, लेकिन हमेशा चुस्त-दुरुस्त और फुर्तीले रहते थे। लेकिन अब उनका चाल-चलन जैसे लंगड़ाने सा लग रहा था।

मैंने चिंतित होकर पूछा, "दादाजी, आप ठीक से चल नहीं रहे। सब ठीक है ना?"

पर उन्होंने कोई जवाब नहीं दिया।

मेरी बेचैनी बढ़ गई। मैंने उनका चश्मा उतारने के लिए हाथ बढ़ाया—और उस पल मेरी रूह काँप गई।

जहाँ मुझे दादाजी की जानी-पहचानी भूरी आँखें दिखनी चाहिए थीं, वहाँ थीं ठंडी, अपरिचित हरी आँखें। लेकिन बस यही नहीं—उनकी आँखों के चारों ओर की त्वचा भी कुछ अलग सी, अजीब और अजनबी

सी लग रही थी। तभी मुझे एहसास हुआ कि मेरे सामने जो खड़ा है, वो मेरे दादा नहीं हैं—बल्कि कोई और प्राणी है जिसने उनका शरीर अपने क़ब्ज़े में ले लिया है।

मैं घबराकर दौड़ पड़ा—बिना पीछे देखे। मुझे याद है मैं पुराने गिरजाघर के सामने से गुज़रा, और फिर जाकर गाँव के चौराहे पर रुका।

मेरा मन उथल-पुथल में था। समझ ही नहीं आ रहा था कि जो कुछ हुआ, वो सच था या कोई भ्रम। एक पल को तो मुझे लगा शायद यह सब मेरे दिमाग की कल्पना थी।

पर थोड़ी हिम्मत जुटाकर मैं वापस बाजार की ओर लौटा।

लेकिन वहाँ पहुंचने पर दादाजी कहीं नहीं मिले। मैंने कई बार उनका नाम पुकारा, पूरे बाजार में ढूंढा, हर ओर देखा—पर कोई जवाब नहीं मिला।

आख़िरकार, मैं डर और हताशा में स्थानीय थाने पहुँचा और उनकी गुमशुदगी की रिपोर्ट दर्ज कराई।

पुलिस ने पूरी कोशिश की, आस-पास की छानबीन की, लेकिन दादाजी का कोई सुराग नहीं मिला। गाँव के लोग तरह-तरह की कयासबाज़ियाँ करने लगे, पर किसी के पास कोई ठोस जवाब नहीं था।

आज तक, दादाजी कहाँ गए, यह एक राज़ बना हुआ है।

और आज भी, हर दिन, ये याद मेरे ज़ेहन में जिंदा है—एक ऐसी याद जो मुझे कभी चैन नहीं लेने देती।

•63•

नमस्ते, पापा

मैं पूरी तरह थक चुका हूँ। कंपनी के लिए एक अच्छा सौदा तय करने के बाद मेरी बिज़नेस ट्रिप आखिरकार खत्म हुई, और अब मैं घर लौट रहा हूँ—बहुत ज़रूरी आराम के लिए। इस हफ्ते मेरी सैलरी तो बढ़नी ही चाहिए।

रात के तीन बजने वाले हैं, और मैं अपनी गाड़ी अपने ड्राइववे में पार्क कर रहा हूँ। घर की सारी बत्तियाँ बुझी हुई हैं। भगवान करे मेरी प्यारी बेटी इस वक्त लिविंग रूम में न बैठी हो। हर बार ऐसा ही होता है, और अब तो मैं इससे तंग आ चुका हूँ। मैंने गिनती तक खो दी है कि कितनी बार मैं आधी रात को घर लौटा हूँ और देखा है कि मेरी बेटी वहाँ बैठी मेरी राह देख रही है। और जैसा कि मैंने कहा, रात के तीन बजने वाले हैं, और मैं अब और थकावट नहीं झेल सकता।

मैं कार में कुछ पल के लिए पीछे टेक लगाकर बैठ जाता हूँ, फिर भारी मन से बाहर निकलता हूँ और अपने भारी-भरकम ब्रीफ़केस को घसीटते हुए सीढ़ियाँ चढ़ता हूँ।

ताले में चाबी घुमाने पर एक क्लिक की आवाज़ आती है, और दरवाज़ा चरमराता हुआ खुलता है।

मैं अंदर कदम रखता हूँ—घर के अंधेरे लिविंग रूम में, और चारों ओर देखने की कोशिश करता हूँ, अपनी आँखों को अंधेरे के हिसाब से ढालते हुए। करीब एक मिनट बाद, मेरी नज़रें साफ़ होने लगती हैं... और फिर...

हे भगवान।

वह फिर से यहीं है—मेरी बेटी, सोफ़े पर बैठी है, अपनी चौड़ी मुस्कान के साथ मेरा स्वागत कर रही है।

अब और बर्दाश्त नहीं होता... मुझे जल्द से जल्द उस दरिंदे को पकड़ना होगा, जो बार-बार मेरी बेटी की लाश को ताबूत से निकालकर उसे लिविंग रूम के सोफ़े पर बैठा जाता है।

•64•

वेबकैम वायरस

स्कूल से लौटने के बाद एक दिन डैरेल पढ़ाई करने की बजाय इंटरनेट पर यूँ ही समय बर्बाद कर रहा था। वह सोशल मीडिया पर खबरें स्क्रॉल कर रहा था कि तभी उसकी नज़र एक लिंक पर पड़ी। बिना ज़्यादा सोचे-समझे उसने उस पर क्लिक कर दिया।

एक वीडियो खुला जिसमें एक युवक—लगभग बीस के दशक में—अपने बिखरे हुए कमरे से लाइव स्ट्रीम कर रहा था।

डैरेल थोड़ी देर तक स्क्रीन देखता रहा, सोचते हुए कि शायद कुछ मज़ेदार होगा। लेकिन फिर अचानक, स्क्रीन पर नकाबपोश लोगों का एक गिरोह दिखाई दिया, जिन्होंने उस युवक पर बर्बर हमला कर दिया।

देखते ही देखते दृश्य खून-खराबे में बदल गया। वे लोग युवक को बुरी तरह पीटने लगे और फिर उसका सिर धड़ से अलग कर दिया। यह सब इतना वास्तविक और भयानक लग रहा था कि डैरेल को उल्टी जैसा महसूस हुआ। उसने घबराकर तुरंत ब्राउज़र बंद कर दिया।

उसे लगा कि ब्राउज़र बंद करने से सब कुछ खत्म हो गया। लेकिन जैसे ही उसने इंटरनेट दोबारा खोला, एक और खौफनाक और हिंसक वीडियो उसकी स्क्रीन पर आ गया।

डैरेल ने कंप्यूटर को रीस्टार्ट किया, ब्राउज़र बदला—हर तरकीब आज़माई, लेकिन कुछ भी असर नहीं हुआ। इंटरनेट खोलते ही हर बार एक नया भयावह दृश्य सामने आ जाता।

वह अनुभव इतना परेशान करने वाला था कि डैरेल ने कुछ दिनों के लिए इंटरनेट से दूरी बना ली। लेकिन फिर एक दिन स्कूल के एक ज़रूरी प्रोजेक्ट के कारण उसे दोबारा इंटरनेट का इस्तेमाल करना पड़ा। कंप्यूटर ऑन करते हुए उसके हाथ कांप रहे थे। जैसे ही वह कनेक्ट हुआ, वही खौफनाक वीडियो दोबारा चल पड़ा।

समस्या अब एक पैटर्न बन चुकी थी—हर बार इंटरनेट खोलते ही किसी न किसी की जान ली जाती हुई वीडियो दिखाई देती।

डैरेल ने हार नहीं मानी। उसने अपना लैपटॉप पूरी तरह से रीसेट किया, नया एंटीवायरस इंस्टॉल किया, और अपने टेक्नोलॉजी में माहिर दोस्त नेट से मदद ली। नेट ने घंटों सिस्टम को खंगाला। तमाम कोशिशों के बाद, उन्हें लगा कि अब वायरस खत्म हो गया है।

राहत की सांस लेते हुए डैरेल उस रात सो गया, भरोसे के साथ कि अब सब ठीक हो जाएगा।

अगली सुबह, वह टेस्ट के लिए कंप्यूटर ऑन करता है, और इंटरनेट से कनेक्ट होते ही स्क्रीन पर फिर से एक लाइव स्ट्रीम खुल जाती है।

लेकिन इस बार कुछ अलग था।

डैरेल की रगों में खून जम गया जब उसने देखा कि लाइव वीडियो किसी और का नहीं, उसी का था—वह खुद अपने डेस्क पर बैठा था, आँखें फटी की फटी, उसी स्क्रीन को घूरता हुआ।

•65•

उदात्त निर्णय

एक धुंधली शुक्रवार की दोपहर, थॉमस मरे, जो एक युवा बिज़नेस छात्र था, अपने करीबी दोस्त मार्गरेट से उस आरामदायक बुक कैफ़े में मिला, जहाँ वे अक्सर जाया करते थे।

"कैसे हो?" मार्गरेट ने चिंता भरे स्वर में पूछा।

"मज़बूत बनने की कोशिश कर रहा हूँ।"

"मिस्टर मरे एक अद्भुत इंसान थे। मुझे यकीन है कि अब वो एक बेहतर जगह पर हैं। मैंने किसी को इतना उदार कभी नहीं देखा। वो हमेशा एक सम्मानित परोपकारी के रूप में याद रखे जाएँगे। मुझे पता है कि तुम उन्हें बहुत याद करते हो, लेकिन शायद इस बात से थोड़ी तसल्ली मिले कि जिन लोगों की उन्होंने मदद की, वे हमेशा तुम्हें याद दिलाएँगे कि तुम्हें उन पर कितना गर्व होना चाहिए। शायद एक दिन तुम भी उनकी आत्मा को गर्व महसूस करा सको।"

"उन्हें गर्व महसूस कराऊँ?" थॉमस ने हिचकिचाते हुए कहा। "मुझे नहीं लगता..."

"कुछ हुआ है क्या?" मार्गरेट ने उत्सुकता से पूछा।

"असल में, हाँ।" थॉमस ने गहरी साँस ली। "पापा ने एक वसीयत छोड़ी थी। जैसा कि उम्मीद थी, उन्होंने अपनी सारी संपत्ति मेरे नाम कर दी। लेकिन उसमें एक शर्त थी — मुझे उस संपत्ति का आधा हिस्सा ग़रीबों को दान करना था। और ये तय किया गया था कि दान कैसे और किन लोगों को दिया जाए, इसका निर्णय मुझे ही लेना होगा।"

"समझ सकती हूँ, ये बात तुम्हारे मन पर भारी होगी," मार्गरेट ने दिलासा दिया।

थॉमस ने आगे कहा, "शुरुआत में मैंने उनकी इच्छा मानने का ही सोचा था। लेकिन कुछ सोचने के बाद मेरा मन बदल गया। उन्होंने पूरी ज़िंदगी इस संपत्ति को इकट्ठा करने में लगा दी — हमेशा व्यस्त रहते थे, मेरे बचपन में कभी मेरे साथ वक़्त नहीं बिताया। और जिन्हें मैं ये सब देने वाला था, उन्होंने इसके लिए कुछ भी नहीं किया था। अब जब ये सब कुछ मेरा था... क्या मुझे इसका इस्तेमाल अपनी मर्ज़ी से करने का हक़ नहीं था?"

मार्गरेट ने चुपचाप उसकी बातें सुनीं, उसकी आँखों में गहराई और समझ झलक रही थी। "फिर क्या हुआ?" उसने धीरे से पूछा।

थॉमस ने एक लंबी साँस ली। "जब वकील आया, मैंने उसे अपना फ़ैसला बता दिया। वो हैरान तो हुआ, लेकिन उसने मेरे निर्णय का सम्मान किया।"

"तो तुमने सारी संपत्ति अपने पास रख ली।"

"उसी शाम, मैं पापा के स्टडी रूम में गया। उनकी पसंदीदा कुर्सी पर बैठा। जैसे ही बैठा, मुझे ऐसा महसूस हुआ जैसे उनकी आत्मा वहीं मौजूद है। कमरे की हवा अचानक इतनी भारी हो गई कि साँस लेना मुश्किल लगने लगा। और मैंने ज़ोर से कहा, 'माफ़ करना, पापा... लेकिन मुझे लगता है यही सही है।'"

थॉमस कुछ देर चुप रहा, फिर पानी की एक घूँट ली और बोला, "इतना कहने के बाद जब मैंने ऊपर दीवार पर टँगी उनकी तस्वीर की ओर देखा... तो जो देखा, उसे मैं कभी नहीं भूल पाऊँगा। आमतौर पर उस तस्वीर में उनका चेहरा शांत और सपाट रहता था, लेकिन उस पल... उनका चेहरा विकृत था, जैसे भयंकर ग़ुस्से में हों। उनके हाव-भाव इतने डरावने थे कि मैं काँप गया। ऐसा लगा जैसे उनकी आँखें मेरी आत्मा को चीर रही हों।"

मार्गरेट एकदम शांत हो गई, जैसे उसके पास कहने को कुछ नहीं था।

"मैं ज़िंदगी में कभी इतना नहीं डरा," थॉमस ने बात समाप्त की — और फिर खुद को थोड़ा सँभालने के लिए एक ग्लास स्कॉच मँगवा लिया।

•66•

चीख़

हेनरी कॉर्नेल, तीस के दशक में एक इंजीनियर, के पास वह सब कुछ था जो कोई भी चाह सकता है—एक सफल करियर, सुंदर दो-मंज़िला घर, शानदार कार, और एक प्यारा-सा परिवार: उसकी पत्नी सोफिया और उनका चार साल का बेटा शॉन।

कॉर्नेल परिवार की ज़िंदगी अच्छी चल रही थी, और हेनरी अपने काम में तरक्की कर रहा था। लेकिन हालात तब अजीब हो गए जब उन्होंने शॉन को अपना अलग कमरा दे दिया।अब तक शॉन उनके कमरे में पालने में सोया करता था, लेकिन अब हेनरी और सोफिया ने तय किया कि शॉन को अपनी खुद की जगह मिलनी चाहिए। उन्होंने एक छोटा-सा कमरा रंग-बिरंगे रंगों से सजाया, उसमें दराज़, अलमारियाँ, और कार के आकार वाला बिस्तर रखा, जिस पर नए खिलौने भी रखे गए।

पहली ही रात जब शॉन अपने नए कमरे में सोया, तो हेनरी और सोफिया की नींद एक तेज़ चीख़ और फिर ज़ोर-ज़ोर से रोने की आवाज़ से टूट गई। दोनों दौड़कर शॉन के कमरे में पहुँचे, जहाँ उन्होंने अपने बेटे को बिस्तर पर बैठा पाया—बिलकुल डरा हुआ और ज़ोर-ज़ोर से रोता हुआ।

उन्होंने उसे चुप कराने की कोशिश की, लेकिन जब उससे पूछा कि उसने क्या सपना देखा, तो शॉन ने सिर हिलाते हुए कुछ भी बताने से इनकार कर दिया। वह बता ही नहीं पाया कि उसने ऐसा क्या देखा जिससे वह इतना डर गया था।

यह सिलसिला रोज़ का बन गया।हर रात, शॉन के रोने और एक ज़ोरदार चीख़ की आवाज़ से हेनरी और सोफिया की नींद टूट जाती थी। हेनरी और सोफिया बारी-बारी से उसे शांत करने की कोशिश करते, लेकिन चाहे वे कुछ भी करें, हर रात वही डरावना पैटर्न दोहराता।

इसका असर हेनरी के काम पर भी पड़ने लगा। उसका एक बेहद अहम प्रेज़ेंटेशन आने वाला था—एक ऐसा मौका जो उसके करियर का भविष्य तय कर सकता था। लेकिन नींद की कमी उसकी परफॉर्मेंस पर असर डाल रही थी।

आख़िरकार, हेनरी ने सुझाव दिया कि सोफिया कुछ दिनों के लिए शॉन को लेकर अपने माता-पिता के घर चली जाए। उसे उम्मीद थी कि माहौल बदलने से शॉन को राहत मिलेगी, और इस बीच वह भी कुछ नींद ले सकेगा और अपने काम पर ध्यान दे सकेगा।

सोफिया मान गई, और अगली सुबह उसने अपने और शॉन के लिए सामान पैक किया। हेनरी ने उन्हें प्यार से विदा किया और वादा किया कि वह हर शाम कॉल करेगा।

उस रात, घर की शांति हेनरी को बहुत सुकून दे रही थी। उसने देर रात तक काम किया और अपने प्रेज़ेंटेशन में अच्छा खासा सुधार किया। रात करीब बारह बजे, उसने एक छोटा ब्रेक लेने का फैसला किया और सोफिया को कॉल किया।

"शॉन बिलकुल ठीक है," सोफिया ने कहा। "आज रात पूरी तरह शांत रहा। न कोई चीख़, न कोई रोना।"

हेनरी को जैसे कंधों से कोई बोझ उतर गया।

"ये तो बड़ी राहत की बात है," उसने जवाब दिया। "तुम कैसी हो?"

सोफिया ने हल्के से हँसते हुए कहा, "तुम्हारी याद आ रही है, लेकिन मम्मी-पापा के पास रहना अच्छा लग रहा है। तुम्हारा काम कैसा चल रहा है?"

हेनरी कुछ कहने ही वाला था कि तभी उसके हाथ से फ़ोन छूटकर ज़मीन पर गिर पड़ा...

क्योंकि उसी वक़्त शॉन के कमरे से वही कलेजा चीर देने वाली चीख़ फिर से गूंजी—वही चीख़ जो हर रात उसे नींद से जगा देती थी।

•67•
संकेत

एक रात, आठ साल की मैंडी अपने बिस्तर पर जाने से पहले दाँत साफ कर रही थी। जब उसने ब्रश करना खत्म किया और आईने में देखा, तो उसने अचानक देखा कि उसके प्रतिबिंब ने एक उदास भाव अपनाया था, जो उसके असली चेहरे से बिल्कुल मेल नहीं खा रहा था।

मैंडी डर कर पीछे हट गई और ज़ोर से अपनी माँ को बुलाया। जब उसकी माँ ने उसकी बात सुनी, तो पहले तो वो हँस पड़ीं और फिर उसे दिलासा दिया कि डरने की कोई बात नहीं है, और समझाया कि शायद नींद की कमी की वजह से उसे ऐसा भ्रम हुआ होगा।

माँ की बातों से मैंडी थोड़ी शांत हो गई और जल्द ही चैन से सो गई। लेकिन आधी रात को उसके माँ-बाप ने उसे जगा दिया, साथ ही घर में धुएँ की तेज़ गंध भी फैल चुकी थी। घर में आग लग चुकी थी, और सुबह तक पूरा घर जलकर खाक हो गया था।

अपने मासूम बचपन की सोच में, मैंडी ने उस दुखद घटना को आईने में देखे अपने उस चेहरे से जोड़ लिया, जिसे उसने एक अशुभ संकेत मान लिया था। वो बहुत परेशान रही, लेकिन समय के साथ वो विचार धीरे-धीरे धुंधले पड़ गए, और अंततः वो पूरी तरह से उन्हें भूल गई।

साल बीतते गए। अब मैंडी तेरह साल की थी, और स्कूल के सेमेस्टर के अंतिम कार्यक्रम की तैयारी कर रही थी।

प्रदर्शन से पहले, वो अपने बाल ठीक करने के लिए लॉकर रूम गई। बैग से कंघी ढूंढते समय, वो हल्के-फुल्के मन से गुनगुना रही थी, चेहरे पर भी उत्साह से भरी मुस्कान थी। आख़िरकार उसे कंघी मिल गई, लेकिन जैसे ही उसने आईने में झांका, मैंडी सन्न रह गई। आईने में दिख रहे प्रतिबिंब के चेहरे पर वही उदास भाव था—बिल्कुल वैसा ही, जैसा उसने सालों पहले देखा था।

डर के मारे मैंडी लॉकर रूम से भाग निकली, और किसी को यह बात बताने के लिए इधर-उधर देखने लगी। सबसे पहले उसे अपनी शिक्षिका मिलीं, जिन्होंने उसे याद दिलाया कि उसकी प्रस्तुति का समय आ गया है। हालाँकि शिक्षिका ने मैंडी के डरे हुए चेहरे को नोटिस किया, लेकिन उन्होंने सोचा कि वो सिर्फ़ मंच पर चढ़ने से घबराई हुई है, और उसे हौसला बढ़ाने के कुछ शब्द कहे। मैंडी के दिल में अभी भी डर था, लेकिन वह कार्यक्रम को बर्बाद नहीं करना चाहती थी। उसने खुद को यह समझा लिया कि शायद यह सिर्फ़ तनाव की वजह से हो रहा है।

डरी हुई मैंडी जब मंच पर गई, तो कुछ देर के लिए डर भूल गई। लेकिन जैसे ही उसने गाना शुरू किया, ज़मीन ज़ोर-ज़ोर से हिलने लगी। पूरा दर्शक समूह हैरान रह गया—यह एक भयंकर भूकंप था, इतना शक्तिशाली कि स्कूल की कई दीवारें गिर गईं।

हालाँकि मैंडी बच गई, लेकिन उसके दिल में फिर वही डर बैठ गया—एक बार फिर, उसने आपदा को आईने में दिखे उस प्रतिबिंब से जोड़ लिया। उसे खुद को सामान्य करने में काफी समय लगा, लेकिन दोस्तों के सहारे वो इस नतीजे पर पहुँची कि यह सब बस कल्पना और संयोग का मेल था, और उसने आगे बढ़ने का फैसला किया।

वक़्त बीतता गया। मैंडी ने साहित्य की पढ़ाई की और एक खूबसूरत युवती बन गई। एक दिन, अपने प्रेमी के साथ डेट पर जाने से पहले, वो तैयार हो रही थी। सजने-सँवरने के दौरान, उसने आईने में झाँका और देखा कि उसके चेहरे का प्रतिबिंब बेहद खुश और चमकदार दिख रहा था, जबकि असल में वो मुस्कुरा नहीं रही थी।

मैंडी ने कुछ बार अपनी पलकें झपकाईं, और फिर प्रतिबिंब सामान्य हो गया। वो उलझन में पड़ गई—थोड़ी घबराहट भी हुई, पर थोड़ी उत्सुकता भी। उसने सोचा कि शायद जिस तरह दुखी चेहरा बुरी घटनाओं का संकेत देता है, वैसे ही खुश चेहरा किसी अच्छी चीज़ का संकेत हो सकता है।

वाक़ई में, उसी शाम, मैंडी की लॉटरी लग गई और उसे एक अपार्टमेंट जीतने का इनाम मिला। इस अचानक मिली किस्मत ने उसे सोचने पर मजबूर कर दिया कि शायद बचपन की वो घटनाएँ पूरी तरह से कल्पना नहीं थीं। उस दिन के बाद, मैंडी ने यक़ीन करना शुरू कर दिया कि उसका प्रतिबिंब भविष्य की घटनाओं का संकेत दे सकता है। उसने रोज़ आईने में खुद को ध्यान से देखना शुरू कर दिया, इस उम्मीद में कि कोई असामान्य भाव फिर दिख जाए, ताकि वो भविष्य का अंदाज़ा लगा सके। हालाँकि, लंबे समय तक ऐसा कुछ नहीं हुआ, और धीरे-धीरे उसने इसे अंधविश्वास मानकर छोड़ दिया।

साल गुज़रते गए, और अब मैंडी एक अध्यापिका बन चुकी थी, जो शहर के बीचों-बीच स्थित अपने बड़े से अपार्टमेंट में शांति से रहती थी। एक तूफ़ानी रात, जब बारिश ज़ोरों से हो रही थी और बिजली चली गई थी, नींद नहीं आने पर वो बिस्तर से उठी और बाथरूम की ओर गई। बिजली कटने की वजह से कमरा पूरी तरह अंधेरे में डूबा हुआ था।

उसने अपने फ़ोन की टॉर्च जलाकर आईने में देखा—और उसकी रूह काँप उठी। आईने में उसका प्रतिबिंब अलग सा दिख रहा था। पहले भी ऐसा कुछ हो चुका था, लेकिन इस बार न तो उसके चेहरे पर दुख था और न ही खुशी।

इस बार, उसके प्रतिबिंब का चेहरा एक भयानक, विकृत, डरावनी मुस्कान में बदल गया था।

•68•

चेतावनी

एक छोटे से गाँव में टेरी नाम का एक किशोर लड़का रहता था। उस गाँव में एक पुराना, वीरान घर था, जिससे लोग दूर ही रहते थे। कहा जाता था कि जो भी उस घर के आँगन में जाता है, वह शापित हो जाता है। यह मान्यता पीढ़ी-दर-पीढ़ी चली आ रही थी, और कई घटनाएँ भी इस अफ़वाह को सच जैसा साबित करती थीं।

टेरी के दोस्त—ड्रयू, ल्यूक, और मैरी—हमेशा उस घर को लेकर बहुत उत्सुक रहते थे और उसमें जाकर देखने की बात करते रहते थे। लेकिन टेरी की माँ, क्रिस्टीन, उसे बार-बार चेतावनी देती थीं कि वह उस घर के पास भी न जाए। गाँव में अपनी गहरी आस्था और आध्यात्मिक समझ के लिए जानी जाने वाली क्रिस्टीन इन लोक-कथाओं को बहुत गंभीरता से लेती थीं।

हालाँकि, उसकी चेतावनियों के बावजूद, एक धूप वाली दोपहर, टेरी और उसके दोस्तों ने अपनी हिम्मत आज़माने का फैसला किया।

वे अपने साइकिलों पर सवार होकर उस बदनाम घर तक पहुँचे, जिसका आँगन जंगली घास और खरपतवार से ढँका हुआ था। जैसे ही वे लोग बाड़ के पास पहुँचे, टेरी को रीढ़ में एक ठंडी सिहरन महसूस हुई। ड्रयू, ल्यूक और मैरी बाड़ पर चढ़ने लगे और टेरी को भी साथ आने के लिए उकसाने लगे।

शुरुआत में, मज़े और दोस्तों के दबाव में आकर टेरी भी चढ़ने लगा, लेकिन बाड़ के बीच तक पहुँचते ही उसके मन में एक अजीब-सा डर समा गया और उसने नीचे उतरने का फैसला किया।

निराश होकर उसके दोस्त बिना उसे लिए ही घर के अंदर चले गए। टेरी वहीं खड़ा रहा, उन्हें आँगन में गायब होते हुए देखता रहा। फिर वह अपने घर लौट आया—दिल में राहत और बेचैनी दोनों।

जब वह पहुँचा, तो उसकी माँ बाग़ीचे में फूलों को पानी दे रही थीं। क्रिस्टीन ने उसे देखकर तुरंत रोक लिया और घर में आने से पहले उसे बाहर ही खड़ा रहने को कहा।फिर उन्होंने प्रार्थना पढ़ी, पवित्र जल छिड़का, और तभी जाकर टेरी को घर के अंदर आने दिया।

उस रात, जब टेरी गाँव में अपनी साइकिल चला रहा था, तो उसके भीतर का डर अब भी बना हुआ था। उसने सोचा कि वह अपने दोस्तों को कॉल करके उनका हालचाल पूछे। ड्रयू और ल्यूक ने कॉल नहीं उठाया, लेकिन मैरी ने फोन उठाया—और उसकी आवाज़ बहुत डरी हुई थी।

वह काँपती आवाज़ में बताने लगी कि शुरू में तो घर के अंदर सब कुछ सामान्य था, लेकिन अचानक एक भयावह गाना सुनाई देने लगा—एक आदमी की डरावनी आवाज़ में। वे सब डर गए और भाग कर स्कूल चले गए। मैरी अभी भी सदमे में थी—उसने कहा कि वह धुन अब तक की सबसे डरावनी चीज़ थी जो उसने कभी सुनी थी।

लेकिन तभी, टेरी के फोन में मैरी की चीख गूंजी—और फिर सन्नाटा छा गया।

टेरी घबरा गया। वह कॉल कटने ही वाला था कि उसी फोन से वही डरावना गाना बजने लगा, जो मैरी ने बताया था। और फिर लाइन कट गई।

दहशत में, टेरी स्कूल की तरफ भागा, लेकिन जैसे ही वह साइकिल पर चढ़ा, गिर गया और उसकी टांग टूट गई।

अगली सुबह, गाँव में हाहाकार मच गया—ड्रयू गेल, ल्यूक बैरेट, और मैरी जैक्सन—तीनों किशोरों की लाशें स्कूल में मिलीं।

यह दुखद घटना पूरे गाँव को शोक में डुबो गई, और टेरी, जो अपनी टूटी टांग के साथ बिस्तर पर पड़ा था, सोचता रहा...

कुछ किवदंतियाँ सच होती हैं। और उन चेतावनियों को अनदेखा नहीं करना चाहिए।

•69•

शांति

डगलस को फुर्सत के समय में आर्ट गैलरी जाना बेहद पसंद था—ज़रूरी नहीं कि वह कुछ खरीदे, अक्सर तो वह बस स्थानीय कलाकारों की रचनाएँ देखने ही जाता था।एक चमकती दोपहर, वह शहर की सबसे बड़ी आर्ट गैलरी में एक नई प्रदर्शनी में जा पहुँचा।

डगलस शांति से हॉल में टहल रहा था, एक-एक पेंटिंग को ध्यान से देखता हुआ, तभी उसकी नज़र एक बेहद ख़ूबसूरत चित्र पर पड़ी—एक सोई हुई औरत का पोर्ट्रेट। उस चित्र का नाम था "शांति" (Serenity)। डगलस की नज़रें जैसे उसी पर ठहर गईं। औरत के चेहरे पर अजीब सी शांति और मासूमियत थी, और उस चित्र की बारीकी में कुछ ऐसा जादू था कि वह वहाँ से अपनी नज़रें हटा ही नहीं पाया।

हालाँकि उस दिन डगलस का कोई ख़रीदने का इरादा नहीं था, पर दिल में लंबे ऊहापोह के बाद उसने वह पेंटिंग काफ़ी बड़ी क़ीमत पर ख़रीद ली। खुश होकर, डगलस वह पेंटिंग अपने घर ले आया और अपने लिविंग रूम की दीवार पर टांग दी। लेकिन कुछ ही दिनों में, उसका मन उस पेंटिंग को लेकर अजीब सा बेचैन रहने लगा।

जो चित्र कभी इतना शांत और खूबसूरत लगा था, अब वही उसे डरावना सा महसूस होने लगा। उसे ऐसा लगने लगा मानो उस औरत के चेहरे की मुस्कान हर दिन ज़्यादा भयावह होती जा रही थी। फिर भी, चूँकि उसने उस पर अच्छी-ख़ासी रकम खर्च की थी, वह ख़ुद को समझाने लगा कि सब ठीक है।

एक शाम, डिनर के वक़्त डगलस ने अपनी मंगेतर हैना से अपनी इस बेचैनी के बारे में बताया।

हैना ने सीधा सुझाव दिया, "अगर ये पेंटिंग तुम्हें इतना परेशान कर रही है, तो इसे बेच दो।"

यह बात डगलस के मन में घर कर गई। उसे याद आया कि उस प्रदर्शनी में उसकी एक कला प्रेमी लिऑन से भी बातचीत हुई थी, जो इस पेंटिंग में रुचि दिखा रहा था। डगलस ने तुरंत लिऑन का कॉन्टैक्ट निकाला और उसे कॉल कर बताया कि वह 'शांति' बेचना चाहता है।

लिऑन राज़ी हो गया और पेंटिंग देखने डगलस के घर आ गया। लेकिन जैसे ही उसने पेंटिंग देखी, उसका चेहरा गुस्से से तमतमा उठा।

"ये क्या है?" लिऑन ने भौंहें चढ़ाते हुए कहा, "ये तो वैसी बिल्कुल नहीं दिखती जैसी गैलरी में दिख रही थी! तुम मुझे बेवक़ूफ़ बनाने की कोशिश कर रहे हो क्या?"

डगलस लिऑन की बात सुनकर चौंक गया। उसने ग़ुस्से से लिऑन को विदा किया और बैठकर सोचने लगा।

"धोखा? पेंटिंग तो वही है! क्या वह जानबूझकर दाम कम करवाना चाहता था?"

बेचैनी बढ़ती जा रही थी, इसलिए डगलस ने तय किया कि इंटरनेट पर पेंटिंग के बारे में कुछ पता लगाए।

जब उसने ऑनलाइन उस पेंटिंग की तस्वीरें देखीं, उसका बदन ठंडा पड़ गया।

उसने देखा कि गैलरी में मौजूद 'शांति' की तस्वीर और उसके पास टंगी पेंटिंग में ज़मीन-आसमान का फ़र्क़ था।

पहले जहाँ उस औरत का चेहरा शांत और कोमल था, अब वही चेहरा विकृत, सड़ा हुआ और डरावनी शक्ल में बदल चुका था।

•70•

नई शुरुआत

थॉमसन परिवार अपने नए घर में शिफ्ट होकर बेहद खुश था। यह घर एक ऐसी कॉलोनी में था, जो अपने मिलनसार पड़ोसियों और खूबसूरत माहौल के लिए मशहूर थी।

पूरा वीकेंड वे सामान ढोने और घर सजाने में व्यस्त रहे। सब लोग अपने-अपने काम में लगे थे। पैम, परिवार की माँ, बड़े ध्यान से लिविंग रूम में फर्नीचर जमाने में लगी थीं, जबकि उनके पति मार्कस शेल्फ जोड़ने का काम कर रहे थे। उनकी टीनएज बेटी डेबी ऊपर अपने कमरे में सामान जमाने में व्यस्त थी।

मगर उनका छोटा बेटा लैरी चुपचाप लिविंग रूम के एक कोने में बैठा उदास मन से अपने टैबलेट की स्क्रीन पर टकटकी लगाए था।

पैम ने उसे देखकर कहा, "लैरी, उठो और ज़रा मदद करो। ऐसे बैठे मत रहो।"

मार्कस ने उसकी ओर एक नज़र डाली और बोले, "उसे अभी अकेला रहने दो। वो बार्नी की मौत और इस बदलाव से उबर नहीं पाया है। थोड़ा समय लगेगा।"

बार्नी—उनका प्यारा जर्मन शेफर्ड—कुछ हफ्ते पहले ही मर गया था, और लैरी ने उस ग़म को सबसे ज़्यादा महसूस किया था।

सभी अपने-अपने कामों में जुटे रहे, तभी दरवाज़ी की घंटी बजी।

पैम ने लैरी से कहा, "लैरी, ज़रा जाकर देखो, कौन है?"

लेकिन लैरी हिला तक नहीं। पैम ने लंबी साँस ली और खुद ही दरवाज़ा खोलने चली गई।

दरवाज़े पर उनकी नई पड़ोसी, मिसेज़ पीटरसन, हाथ में ताज़ा बेक किए हुए ब्राउनीज़ की ट्रे लिए खड़ी थीं।

मुस्कराते हुए उन्होंने कहा, "नमस्ते! मैं आपका इस मोहल्ले में स्वागत करने आई हूँ।"

पैम ने भी मुस्कराते हुए जवाब दिया, "ओह, बहुत-बहुत धन्यवाद! अंदर आइए न।"

मगर मिसेज़ पीटरसन ने कहा, "अभी मैं ज़्यादा देर नहीं रुक सकती। बस ये मिठाई देने आई थी। थोड़ी जल्दी में हूँ।"

ट्रे पकड़ाते हुए उन्होंने इधर-उधर देखा और कहा, "आपने घर बहुत सुंदर सजाया है! पिछले किराएदारों ने तो इस जगह को पूरी तरह बर्बाद कर रखा था। अंदर बहुत ही उदासी छाई रहती थी।"

पैम कुछ पूछने ही वाली थीं कि पीछे से किसी कुत्ते के भौंकने की आवाज़ आई।

पैम थोड़ी शर्मिंदा होकर बोलीं, "माफ़ कीजिए..."

मिसेज़ पीटरसन ने हँसते हुए कहा, "कोई बात नहीं! अच्छा है, ये जगह फिर से जीवंत हो रही है। पहले तो यहाँ अजीब सी वीरानी छाई रहती थी।"

इतने में मार्कस भी हॉलवे में आ गए और बोले, "नमस्ते, मैं मार्कस हूँ।"

मिसेज़ पीटरसन ने मुस्कराकर कहा, "आपसे मिलकर खुशी हुई, मार्कस।"

जाते-जाते वह एक बार फिर मुस्कराईं और बोलीं, "वैसे, आपका कुत्ता बहुत प्यारा है!"

पैम ने भी शिष्टता से कहा, "धन्यवाद!"

मगर जैसे ही मिसेज़ पीटरसन चली गईं, मार्कस ने हैरान होकर पूछा, "कौन सा कुत्ता?"

पैम की आँखें फैल गईं। "हाँ, सच... कौन सा कुत्ता? बार्नी तो मर चुका है।"

वे दोनों कुछ पलों तक एक-दूसरे की ओर देखते रहे, चेहरे पर हैरानी और उलझन साफ़ थी।

आख़िरकार, पैम ने सिर झटका, मन में अजीब सा शक लिए, और फिर से सामान खोलने में लग गईं, सोचती रहीं— क्या इस नए घर में वाकई कुछ ऐसा है, जिससे वे अब तक अनजान हैं?

•71•

कहाँ जा रहे हो?

आरोन ने गौर किया कि उसकी कॉलोनी की स्ट्रीटलाइट्स हर रात ठीक 11 बजे झिलमिलाने लगती थीं और फिर अचानक बंद हो जाती थीं, जिससे पूरी गली घुप अंधेरे में डूब जाती थी। उसकी जिज्ञासा जागी, और उसने हर रात इस अजीब घटना को देखने का सिलसिला शुरू कर दिया।

कुछ ही दिनों में आरोन हैरान रह गया। हर रात, कोई न कोई अलग व्यक्ति गली के बीचों-बीच प्रकट होता, जो जैसे किसी नींद या सम्मोहन की अवस्था में डगमगाता हुआ चलता था। यह देखकर आरोन के मन में सवाल उठे, लेकिन फिर भी उसने गहराई से जांच नहीं की। उसने सोचा, "शायद कोई अजीब इत्तेफ़ाक़ है," और बात को वहीं छोड़ दिया।

एक रात, जब वह चाय की चुस्कियाँ ले रहा था, तभी उसने देखा कि उसके पड़ोसी का बेटा डिक्सन, रात 11 बजे अकेला गली में चल रहा है। बाकी लोगों की तरह ही, डिक्सन भी किसी गहरी तंद्रा में दिख रहा था। आरोन ने तब तक उसकी ओर नज़रें गड़ाए रखीं जब तक वह अंधेरे में गायब नहीं हो गया। पहले तो आरोन का मन हुआ कि बाहर जाकर देखे, लेकिन फिर उसने कंधे उचकाकर बड़बड़ाया, "जो होगा देखा जाएगा," और बिस्तर पर चला गया।

अगली सुबह पूरे मोहल्ले में खबर फैल गई—डिक्सन लापता हो गया था।

यह सुनकर आरोन को अपराधबोध महसूस हुआ। उसने तय किया कि वह पुलिस को जाकर सारी बात बता देगा। पुलिस स्टेशन में, ड्यूटी पर मौजूद अफसर ने उसकी बात ध्यान से सुनी और रिपोर्ट लिखने लगा। लेकिन अचानक, एक और अफसर कमरे में घबराया हुआ आया। उसने रिपोर्ट छीनकर फाड़ दी और आरोन को सख्त लहजे में चेतावनी दी, "इस तरह की बकवास में हमारा वक्त मत बर्बाद करो। हम ऐसी बातें नहीं सुनते। यहाँ से निकल जाओ और कभी किसी से इसका ज़िक्र मत करना।"

आरोन गुस्से और बेबसी में भरा हुआ थाने से बाहर निकला। घर लौटते वक़्त भी उसका मन बहुत बेचैन था। उस रात, उसने फिर से खिड़की से बाहर झाँकने का फ़ैसला किया। रात के अंधेरे में उसने अपनी रोज़ की निगरानी फिर शुरू कर दी।

धीरे-धीरे, आरोन ने देखा कि हर रात उसके जाने-पहचाने चेहरे भी उन अजीब रात के भटकने वालों में शामिल होते जा रहे थे। वे लोग भी उसी तरह गुम हो जाते, और फिर अगली सुबह उनकी गुमशुदगी की खबर आती।

शुरुआत में तो आरोन डर गया, लेकिन जल्द ही उसका डर उसकी जिज्ञासा के सामने छोटा पड़ गया। उसने ठान लिया कि अब वह खुद जाकर सच्चाई पता करेगा।

एक रात, उसने टॉर्च उठाई और गली में जाकर खड़ा हो गया। ठीक 11 बजे, स्ट्रीटलाइट्स हमेशा की तरह झिलमिलाईं और फिर बुझ गईं। आरोन ने अपने दिल को कड़ा किया और तैयार हो गया कि इस बार जो भी गुज़रेगा, उसे वह रोककर पूछेगा।

लेकिन इस बार, कोई भी शख्स गली से नहीं गुज़रा। उसकी नज़रें अचानक गली के छोर पर एक अजीब-सी चमक पर टिक गईं। उस रहस्यमयी रोशनी की ओर उसकी जिज्ञासा बढ़ती गई। डर के बावजूद वह धीरे-धीरे उस तरफ़ बढ़ने लगा।

जैसे-जैसे वह रोशनी के पास गया, उसका डर बढ़ता गया। वह मुड़कर वापस जाना चाहता था, मगर उसने पाया कि अब उसके शरीर ने उसकी बात मानना बंद कर दिया है। उसके पाँव अपने आप चलने लगे, जैसे कोई अदृश्य शक्ति उसे खींच रही हो, और वह अंधेरे में गहराई तक बढ़ता गया।

हर कदम के साथ, उसे एक अजीब, कानों को चीरती हुई हँसी सुनाई देने लगी, जो लगातार तेज़ होती जा रही थी।

उस रात के बाद से, आरोन डेविस को फिर कभी नहीं देखा गया। अब वह भी उन्हीं लोगों की तरह गुमशुदा हो गया था, जिन्हें वह कभी अपनी खिड़की से देखा करता था।

•72•

खूँखार झुंड

जॉर्डन नाम का एक युवा हाल ही में रिनफोर्ड नामक एक दूरदराज़ गांव में बसने आया था, ताकि शांति से अपनी ज़िंदगी गुज़ार सके। उसका नया घर गांव की सीमा पर, एक घने जंगल के पास था। गांव के केंद्र से अपने घर पहुँचने के लिए उसे रोज़ एक बड़ा, घास से भरा मैदान पार करना पड़ता था, जो जंगल से सटा हुआ था।

शुरुआत में जॉर्डन इस रास्ते को लेकर थोड़ा झिझकता था। उसके गांव में बसने के कुछ ही दिनों बाद, एक शाम जब वह घर लौट रहा था, तो जंगली कुत्तों का एक झुंड उसका पीछा करने लगा। वह भयावह अनुभव उसके दिलो-दिमाग़ पर छा गया, और अब वह उन कुत्तों से दोबारा सामना करने के ख्याल से भी डरने लगा था।

कुछ समय तक जॉर्डन ने मैदान वाले रास्ते से बचना शुरू कर दिया और गांव के भीतर से घूमकर जाने वाले एक लंबे, घुमावदार रास्ते को चुना। मगर इस रास्ते से उसके सफर में आधे घंटे से ज़्यादा का समय बढ़ जाता था, और जल्द ही वह इस झंझट से तंग आ गया।

आख़िरकार, उसने अपने डर का सामना करने की ठान ली। उसने एक थैला पत्थरों से भरकर ले जाना शुरू कर दिया ताकि ज़रूरत पड़ने पर उन कुत्तों को पत्थर मारकर भगाया जा सके। उसकी निशानेबाज़ी सही थी, और जल्दी ही कुत्तों ने भी सीख लिया कि जैसे ही वे उसे पत्थर उठाते देखते, उन्हें दूर भाग जाना चाहिए।

एक पतझड़ की शाम, जब सूरज ढल रहा था, जॉर्डन ने अपनी उसी शॉर्टकट वाली राह पर चलने का फैसला किया। अब उसे अपने पत्थर फेंकने की कला पर पूरा भरोसा हो गया था, और वह जल्दी घर पहुँचने के लिए बेचैन था। जब वह मैदान के बीचों-बीच पहुँचा, तो उसे फिर वही जानी-पहचानी भौंकने की आवाज़ सुनाई दी, और उसने देखा कि वही झुंड उसकी ओर दौड़ता चला आ रहा है, हमेशा की तरह बेहद खूँखार अंदाज़ में।

जॉर्डन ने तुरंत अपने थैले से पत्थर निकाले और उन पर फेंकना शुरू कर दिया। मगर इस बार कुछ अजीब हुआ—कुत्तों पर उसका कोई असर नहीं हो रहा था। जैसे ही उसे यह समझ आया, उसके दिल में घबराहट दौड़ गई। उसके पास कोई चारा नहीं बचा था, इसलिए उसने अपने सिर को हाथों से ढक लिया और सबसे बुरी आशंका के लिए खुद को तैयार कर लिया।

मगर तभी कुछ ऐसा हुआ, जिसकी उसने कल्पना भी नहीं की थी—कुत्ते उसे काटने के बजाय उसके पास से दौड़ते हुए निकल गए। जॉर्डन ने राहत की सांस ली, मगर उसकी राहत ज़्यादा देर तक नहीं टिक पाई।

उसे तुरंत एहसास हुआ कि वे कुत्ते उसकी ओर नहीं, बल्कि किसी और चीज़ से भाग रहे थे।

•73•

फोटोग्राफ्स

एडविन, जिसे फ़ोटोग्राफ़ी का बेहद शौक था, पुराने मोहल्लों की गलियों में घूम रहा था, जब उसकी नज़र एक जर्जर इमारत पर पड़ी।

इमारत के धुंधले और टूटे हुए साइनबोर्ड से पता चलता था कि यह किसी ज़माने में एक बहुउद्देशीय केंद्र हुआ करता था। मगर अब… समय की मार झेलते-झेलते वह लगभग खंडहर में बदल चुका था।

एडविन के भीतर का जिज्ञासु मन जाग उठा। कुछ देर तक हिचकिचाने के बाद उसने अंदर जाने का फ़ैसला कर ही लिया।

वह अपने कैमरे से सुनसान गलियारों की तस्वीरें खींचता रहा और धीरे-धीरे सीढ़ियों से नीचे तहखाने की ओर बढ़ गया। तहखाना घुप्प अंधेरे से भरा था। एडविन ने अपने फ़ोन की फ्लैशलाइट जलाकर रास्ता टटोला। वहाँ की हवा गीली, भारी और बोझिल थी, और हर कदम की आवाज़ दीवारों से टकराकर गूंज रही थी।

जैसे ही वह तहखाने के फ़र्श तक पहुँचा, उसकी रोशनी कुछ चमकती चीज़ पर पड़ी। फ़र्श पर हर तरफ़ तस्वीरें बिखरी थीं। जिज्ञासावश एडविन नीचे झुक गया और उन्हें ध्यान से देखने लगा।

वो तस्वीरें मरे हुए लोगों की थीं, और हर तस्वीर के पीछे का बैकग्राउंड उसी तहखाने का था, जहाँ इस वक़्त एडविन खड़ा था।

उसका गला सूखने लगा। "शायद ये जगह पहले कोई मुर्दाघर रही होगी," उसने खुद को समझाया, लेकिन बेचैनी बढ़ती जा रही थी।

फिर भी, एडविन तस्वीरों को पलटता रहा—हर अगली तस्वीर पहली से ज़्यादा भयावह। और तभी… उसकी आँखें एक तस्वीर पर जाकर टिक गईं। उसकी साँसें थम गईं।

तस्वीर में जो शख़्स पड़ा था, वो कोई और नहीं, ख़ुद एडविन था।

हाँ, वही चेहरा, वही मृत देह, वही कपड़े—उसका ख़ास बेज़ रंग का कोट, लाल टर्टलनेक स्वेटर, और यहाँ तक कि वो नई गोल फ्रेम वाली ऐनक भी, जो उसने ठीक 20 मिनट पहले ही खरीदी थी।

हर चीज़ हू-ब-हू वैसी ही थी जैसी इस वक़्त उसके तन पर थी।

•74•
नैनी

एक ज़िद्दी बच्चा था, जिसका नाम था कर्ट। उसे सोने में बड़ी मुश्किल होती थी, और वो रात में अकेला रहना बिल्कुल पसंद नहीं करता था। उसके माता-पिता, एली और ड्वाइट, शुरुआत में उसके साथ ही सोते थे, लेकिन जल्द ही उन्हें समझ आ गया कि ऐसा हमेशा नहीं चल सकता। हालाँकि कर्ट अब भी अकेले नहीं सो पा रहा था, पर उन्होंने इसका एक उपाय ढूँढ निकाला। उनके पड़ोसी की बेटी, नेट्टा, काम की तलाश में थी, इसलिए कर्ट के माता-पिता ने उसे नैनी के रूप में रख लिया।

कई महीनों तक नेट्टा हर रात कर्ट के कमरे में बैठती, जब तक कि वो सो न जाए, और फिर चुपचाप बाहर निकल जाती। नेट्टा बहुत ही दयालु और धैर्यवान थी, और उसकी मधुर आवाज़ कर्ट को आराम देती थी, जिससे वो जल्दी सो जाता था। सब कुछ ठीक चल रहा था, लेकिन अचानक नेट्टा की शादी हो गई और वो किसी दूसरे शहर चली गई, जिससे उसकी नौकरी छूट गई। एली और ड्वाइट परेशान हो गए, लेकिन उन्होंने जल्द ही नई नैनी की तलाश शुरू कर दी।

खोज लंबी चली, मगर कोई नैनी नहीं मिली। तब एक रात, ड्वाइट ने सुझाव दिया कि क्यों न कर्ट को अकेले सोने दिया जाए, ताकि देखा जा सके कि अब वो बिना तंग किए सो पाता है या नहीं। शुरुआत में माता-पिता को संदेह हुआ, मगर हैरानी की बात थी कि कर्ट को अब किसी की ज़रूरत ही नहीं थी। वो बिना किसी परेशानी के अकेले ही सोने लगा। एली और ड्वाइट को बड़ी राहत मिली।

दिन बीतते गए, और जल्द ही गर्मी की छुट्टियाँ आ गईं। पूरा परिवार—एली, ड्वाइट और छोटा कर्ट—एक प्रसिद्ध समुद्री शहर घूमने गया और समुंदर के किनारे एक साधारण, सुंदर होटल में ठहरा। सब कुछ ठीक चल रहा था, मगर जैसे ही कर्ट के लिए एक अलग कमरा लिया गया, उसकी ज़िद फिर लौट आई।

एली ने समझाने की कोशिश की, "अरे, अब तो तुम अकेले सोने के आदी हो गए हो। अब क्या परेशानी है?"

यह सुनकर कर्ट ने हैरानी से जवाब दिया, "अकेले? कब से?"

एली और ड्वाइट ने एक-दूसरे को हैरान नज़रों से देखा। फिर एली ने समझाया, "जब से नेट्टा गई है..."

कर्ट थोड़ी देर के लिए उलझन में पड़ गया, फिर बोला,

"लेकिन अब तो नई नैनी है न?"

“क्या?” दोनों चौंक उठे।

“हाँ, वही औरत जो हर रात मेरे कमरे में आती है, मुझे देखती है और गाना गाती है जब तक मैं सो न जाऊँ।”

•75•

कड़ी ट्रेनिंग

हर रात, जब हमारी कॉलोनी के सभी लोग गहरी नींद में होते, हमारे पड़ोसी पेड्रो अपने आँगन में लगे पंचिंग बैग पर मुक्के मारने की प्रैक्टिस करता था। मुझे उससे कोई दिक्कत नहीं थी, मगर मेरी दादी मुझे तंग किए बिना मानती ही नहीं थी।

वो बार-बार कहती, "सर्जियो, जाकर पेड्रो से कहो कि वो अपना पंचिंग बैग कहीं और टांग दे।"

मैं चिढ़कर बोलता, "दादी, आखिर तुम्हें इतनी परेशानी क्यों होती है?"

आख़िरकार, एक शाम उसने अपना डर बता ही दिया। वो बोली, "मुझे वो किसी फाँसी पर झूलते आदमी जैसा लगता है... और ये मुझे बहुत डराता है।"

मैंने गहरी साँस ली और कहा, "ठीक है।"

अगले दिन, मैं पेड्रो के घर गया। मैंने विनम्रता से कहा, "माफ़ कीजिएगा, मुझे आपकी ट्रेनिंग से कोई आपत्ति नहीं है, लेकिन क्या आप पंचिंग बैग कहीं और टांग सकते हैं?"

पेड्रो ने मुझे बस एक सख़्त नज़र से देखा, एक शब्द भी नहीं बोला, और वापस मुक्के मारने में लग गया।

अगले दिन, दादी ने फिर मुझे परेशान किया। अब मैं तंग आ चुका था, इसलिए रात को, जब पेड्रो अपनी प्रैक्टिस ख़त्म कर चुका था, मैं चुपके से उसके आँगन में जा घुसा, ताकि उस शाखा को काट सकूँ, जिस पर वो पंचिंग बैग लटकाता था।

जैसे ही मैं पास पहुँचा, मुझे कुछ अजीब सा महसूस हुआ—उस दिन पंचिंग बैग कुछ अलग दिख रहा था। उसका रंग भी अजीब था और उसकी आकृति भी कुछ गड़बड़ थी।

मैं टॉर्च जलाकर देखने की हिम्मत नहीं कर सका, क्योंकि पकड़े जाने का डर था। मगर जैसे-जैसे मैं नज़दीक जाता गया, मुझे समझ आने लगा कि दादी क्यों डरती थीं।

जब मैं इतने पास पहुँचा कि साफ देख सकूँ, मेरे मुँह से लगभग चीख निकल ही गई—वो कोई पंचिंग बैग नहीं था, बल्कि एक इंसानी शरीर था, जो एक बोरे में लिपटा हुआ था। मैंने उसे तुरंत पहचान लिया—वो था हेक्टर, हमारा दूसरा पड़ोसी, जो कुछ दिनों से लापता था।

मैं भागना चाहता था, लेकिन बहुत देर हो चुकी थी।

मेरे पीछे से पेड्रो की ठंडी आवाज़ आई, "तू यहाँ क्या कर रहा है?"

मैंने काँपते हुए पीछे पलटकर देखा—वो मुझे उसी सख्त नज़र से घूर रहा था। मेरा दिमाग सुन्न हो गया। कोई बहाना भी नहीं सूझ रहा था, और मेरे पैर ज़मीन से चिपक गए थे।

पेड्रो धीरे-धीरे मेरी ओर बढ़ने लगा। मुझे लगा अब सब खत्म।

तभी, अचानक, पुलिस के सायरन की आवाज़ गूँजने लगी—एक राहत देने वाला संगीत जैसा।

पेड्रो तुरंत भाग खड़ा हुआ, और पुलिसवाले आँगन में घुस आए। मेरी हैरानी की हद नहीं रही, जब मैंने देखा कि दादी भी उनके पीछे थीं, मुझे खोजती हुई।

उन्होंने मुझे गले लगाते हुए कहा, "मैंने सपना देखा था कि तू मुश्किल में है... इसलिए मैंने ही पुलिस को फोन किया था।"

मैंने आँसू रोकते हुए कहा, "धन्यवाद, दादी। अब मैं कभी आपकी बात को हल्के में नहीं लूँगा।"

दुर्भाग्यवश, पेड्रो आज तक पकड़ा नहीं गया। मगर वो कभी भी फिर हमारे मोहल्ले में दिखाई नहीं दिया। कम से कम दादी और मैं सुरक्षित रहे, हालाँकि उस रात की यादें मेरे दिल से कभी नहीं मिटेंगी।

•76•

बेपरवाह खिलाड़ी

रोजर को वीडियो गेम्स का बेहद शौक था। अगर सब कुछ उसके हिसाब से चलता, तो वह सारी ज़िंदगी गेम खेलता रहता।

अपनी माँ के साथ दो मंज़िला घर में रहने वाला 11 साल का रोजर उस शुक्रवार की रात पूरी तसल्ली से अकेला था, अपने पॉकेट मनी से खरीदा नया वीडियो गेम खेलते हुए।

वह गेम की दुनिया में इस कदर खो गया कि उसे समय के गुजरने का भी एहसास नहीं हुआ। तभी, उसे अचानक नीचे किसी के कदमों की आहट सुनाई दी और दरवाज़ा खुलने की आवाज़ आई।

आम तौर पर ऐसी स्थिति में वह अपनी माँ की डाँट के लिए तैयार हो जाता, लेकिन आज उसे यक़ीन था कि माँ उसे तंग नहीं करेंगी—आख़िरकार उसने गणित की परीक्षा में अच्छे अंक जो लाए थे।

पर हैरानी की बात यह थी कि उसकी गेमिंग में कोई खलल नहीं पड़ा। उसे बस अपने कंधे पर एक हल्का सा स्पर्श महसूस हुआ, और बिना स्क्रीन से नज़र हटाए, उसने सीढ़ियों की चरमराती आवाज़ सुनी।

रोजर ने राहत की साँस ली, सोचते हुए, "शुक्र है, माँ बिना कुछ कहे ऊपर चली गईं।"

कुछ मिनट और बीते। रोजर अब अंतिम बॉस को हराने ही वाला था कि फिर से दरवाज़ा खुलने की आवाज़ आई। इस बार उसने तुरंत सिर घुमाया—और देखा कि उसकी माँ कोट उतार रही थीं।

माँ ने जैसे ही उसे इतनी देर रात तक गेम खेलते देखा, वो हैरान रह गईं और गुस्से से बोलीं,

"ये देखो ज़रा! अब तक जाग रहा है? क्या तुझे सारी रात गेम ही खेलनी है? खाना खाया भी है या नहीं?"

रोजर वहीं जड़ हो गया, एकदम चुप, उसकी आँखें फटी की फटी रह गईं, चेहरा बिल्कुल सफ़ेद पड़ गया।

माँ ने झुंझलाकर कहा, "मैं ऊपर जा रही हूँ, पर जब मैं वापस आऊँ, तो ये कंप्यूटर बंद होना चाहिए, समझा?"

वो सीढ़ियों की ओर बढ़ने लगीं, लेकिन रोजर झट से उठकर उनके सामने खड़ा हो गया और उन्हें रोक लिया।

माँ हैरान होकर बोलीं, "रोजर? क्या हुआ?"

"माँ… आज… हमें ऊपर नहीं जाना चाहिए।”

•77•

बत्तियाँ बंद करो

रॉक्सैना ने बेहिल नामक कस्बे में बसने का फैसला किया और एक पुराने मगर खूबसूरत घर में रहने लगी, जो कई दशकों से समय की मार झेलता आया था। वह एक नई शुरुआत को लेकर बेहद उत्साहित थी, मगर एक बात उसे परेशान कर रही थी—बेहिल में बिजली बेहद अस्थिर थी, और अक्सर बिजली चली जाती थी। हर रात ठीक 11:15 बजे, उसके बेडरूम की लाइट अचानक बंद हो जाया करती थी।

शुरुआत में रॉक्सैना ने इसे एक मामूली परेशानी समझकर नज़रअंदाज़ कर दिया। उसने बस रात को जल्दी सोने की आदत डाल ली ताकि उसे परेशानी न हो। मगर हफ़्ते के आख़िरी दिनों में, जब वह देर रात तक अपने पसंदीदा उपन्यास पढ़ने में डूबी रहती थी, तो यह अचानक छा जाने वाला अंधकार उसे बेहद चिढ़ाने लगा।

एक रात, जब वह अपने पसंदीदा किताब के दूसरे भाग में एक रोमांचक मोड़ पर थी, तभी लाइट फिर से बंद हो गई। अब उसका सब्र जवाब दे गया।

अगले दिन, रॉक्सैना की मुलाक़ात उसकी पड़ोसन, मैरिएन नाम की एक खुशमिजाज बुज़ुर्ग महिला से हुई। रॉक्सैना ने अपनी परेशानी उसके साथ साझा की। मैरिएन ने सहानुभूति जताते हुए सिर हिलाया और कहा, "हाँ, हमारे गांव की बिजली वाक़ई बड़ी अनिश्चित है, मगर ये अजीब बात है कि तुम्हारे घर में हर रात एक ही समय पर लाइट बंद हो जाती है। शायद वायरिंग में कोई दिक्कत है।"

रॉक्सैना ने समस्या की जड़ तक पहुँचने का निश्चय किया और एक इलेक्ट्रिशियन को बुलवाया। उस आदमी ने घर की हर वायरिंग और कनेक्शन को ध्यान से जाँचा, मगर उसे कुछ भी गड़बड़ नहीं मिली। "यहाँ तो सब कुछ बिलकुल ठीक है," उसने हैरानी से सिर खुजाते हुए कहा।

रॉक्सैना हैरान थी, मगर उसने हार मानने से इनकार कर दिया।

"शायद दिक्कत स्विच में हो," रॉक्सैना ने सुझाव दिया। "हर सुबह मैं देखती हूँ कि स्विच नीचे किया हुआ होता है, जैसे किसी ने लाइट बंद की हो। मगर मैं तो हमेशा उसे ऊपर दबाकर लाइट जलाती हूँ।"

इलेक्ट्रिशियन ने स्विच बदलने पर हामी भर दी। "ठीक है, कल नया स्विच लेकर आते हैं और तुरंत बदल देते हैं," उसने कहा।

उस रात, रॉक्सैना हमेशा की तरह अपनी किताब पढ़ने बैठ गई। जब नींद आने लगी, तो उसने किताब साइड टेबल पर रख दी, यह सोचकर कि लाइट तो वैसे भी अपने आप बंद हो जाएगी, इसलिए उठने की ज़रूरत नहीं। मगर जैसे ही उसकी नज़र स्विच की ओर गई, उसका खून जम गया।

उसने देखा—साइड टेबल के पीछे से एक काला, सड़ा-सा दिखने वाला हाथ धीरे-धीरे बाहर निकला और स्विच तक पहुँचकर उसे बंद कर दिया।

रॉक्सैना डर के मारे बिस्तर से कूद पड़ी और कमरे से भाग निकली। उसने रात अपनी पड़ोसन मैरिएन के घर बिताई।

अगली सुबह उसने सबसे पहले उस साइड टेबल को घर से बाहर कर दिया।

उसके बाद से उसके कमरे की लाइट कभी अजीब समय पर बंद नहीं हुई।

•78•

जंपस्केयर्स

एमरी अपने कंप्यूटर पर बैठा था। ये बात 2010 के शुरुआती दशक की है, जब इंटरनेट पर जंपस्केयर्स यानी अचानक डराने वाले वीडियो बेहद लोकप्रिय थे। शुरुआत में, एमरी इनसे बहुत डर जाता था, लेकिन धीरे-धीरे वो इन झटकों का आदी हो गया था।

एक शाम, जब वो अपने पसंदीदा सोशल नेटवर्किंग साइट पर स्क्रॉल कर रहा था, उसे अपनी दूर की आंटी की शेयर की गई एक पोस्ट दिखी। पोस्ट में लिखा था, "इस गेम को खोलो, 10 में से 10 सवालों के सही जवाब दो, तभी तुम्हें आशीर्वाद मिलेगा। अगर नहीं..."

एमरी ने देखा कि उसके कई दोस्त, यहाँ तक कि उसके स्कूल के सहपाठी भी इस गेम को शेयर कर चुके थे और लाइक कर रहे थे।

थोड़ा सा जिज्ञासु और थोड़ा सा शक्की होकर, उसने सोचा, "चलो, देख ही लेते हैं।"

उसने लिंक पर क्लिक किया।

गेम बहुत साधारण लग रहा था—आसान-से सामान्य ज्ञान के सवाल थे, जैसे: "यूके की राजधानी क्या है?" "दुनिया में कितने महाद्वीप हैं?"

ये तो एमरी के लिए बच्चों का खेल था। लेकिन सातवें सवाल पर उससे गलती हो गई—उसने गलत जवाब पर क्लिक कर दिया।

उसने मन ही मन सोचा, "अब क्या होगा? शायद कुछ नहीं।"

उसने कंधे उचकाकर गेम जारी रखा और आख़िरी सवाल तक पहुँच गया।

जैसे ही उसने आख़िरी सवाल का जवाब क्लिक किया, अचानक स्क्रीन पर एक डरावना जंपस्केयर चमका—नीचे एक संदेश भी था: "तुम हार गए।"

हालाँकि एमरी अब तक जंपस्केयर्स का आदी हो चुका था, लेकिन इस बार उसका दिल जोर से धड़क उठा। भयानक डरावने चेहरे की तस्वीर पूरे स्क्रीन पर छा गई, और फिर बिना किसी चेतावनी के उसका कंप्यूटर मॉनिटर काला हो गया।

एमरी ने राहत की साँस ली और सोचा, "चलो, खत्म हुआ।"

लेकिन जैसे ही उसने अपना सिर मोड़ा, उसकी रूह काँप उठी। वही भयानक चेहरा, जो अभी कुछ सेकंड पहले स्क्रीन पर था, अब हकीकत में, उसके ठीक बगल में था—सिर्फ कुछ इंच की दूरी पर।

उसकी चीख़ पूरे अपार्टमेंट में गूँज उठी... एक आख़िरी बार।

•79•

तुम यहाँ क्यों आए हो?

रात काफी देर हो चुकी थी, और मैं अपने अपार्टमेंट में अकेला था। शहर भी असामान्य रूप से शांत था। मैं एक मैगज़ीन पढ़ रहा था, तभी अचानक दरवाज़े की घंटी बजी। मेरे दिमाग में तुरंत मेरी गर्लफ्रेंड का ख्याल आया—वो आने वाली थी, लेकिन यह तय समय से पहले था। मैं दरवाज़ा खोलने के लिए उठा, मगर अचानक मेरे पेट में एक अजीब सा डर बैठ गया। शुक्र है कि मैंने दरवाज़ा खोलने से पहले झांकने वाले छेद (पीपहोल) से देखने का फैसला किया।

अब, मैं न जाने कितनी देर से दरवाज़े के सामने खड़ा हूँ, लगातार उसी पीपहोल से देख रहा हूँ। जो नज़ारा मैं देख रहा हूँ, उसने मेरी रूह तक को जमा दिया है—एक बेहद ज़र्द और बीमार सा आदमी, जो बिलकुल अचल खड़ा है, एकदम भयावह तरीके से। उसकी आँखें, जिनमें कोई जीवन नहीं बचा, सीधा उसी पीपहोल पर टिकी हैं... मानो उसे पता हो कि मैं उसे देख रहा हूँ।

मेरा दिल ज़ोर-ज़ोर से धड़क रहा है, और मेरी हर नस मुझे चुप रहने को कह रही है। उसका इस तरह जड़ होकर खड़े रहना सहन करना मुश्किल हो रहा है। मैंने सबसे पहले जो किया, वह था अपना फोन उठाना। कांपती हुई आवाज़ में मैंने अपनी गर्लफ्रेंड को कॉल किया और उसे तुरंत यहाँ न आने को कहा। वो घबराई हुई थी, परेशान भी, लेकिन मैंने वादा किया कि बाद में सब कुछ समझा दूँगा।

फोन काटने के बाद भी मैं लगातार उस आदमी को पीपहोल से देखता रहा। तुम सोच रहे होगे, कि मुझे अब पुलिस को कॉल कर लेना चाहिए, है न? पर मैं कैसे करूँ? मैं कैसे पुलिस को बुलाऊँ, जब मुझे पता है कि वो आदमी कौन है? कैसे बुलाऊँ, जब वही आदमी दरवाज़े के उस पार खड़ा है जिसे मैंने दो रात पहले अपनी गाड़ी से कुचल दिया था? वही आदमी, जिसे मैंने जंगल में दफना दिया था?

मुझे यकीन था कि किसी को कभी कुछ पता नहीं चलेगा। पर अब वो यहीं है—मेरे दरवाज़े के सामने, मुझे घूरता हुआ... मानो किसी चीज़ का इंतज़ार कर रहा हो।

मुझे नहीं पता मैं यहाँ और कितनी देर खड़ा रह पाऊँगा, और ना ही ये समझ पा रहा हूँ कि अब मुझे क्या करना चाहिए। सिर्फ इतना जानता हूँ कि मेरा अतीत अब एक बेहद बेरहम तरीके से मुझे अपने शिकंजे में कस रहा है।

•80•

वॉलपेपर

दफ़्तर में कॉफ़ी ब्रेक के दौरान, जस्टिन अपने मोबाइल के लिए एक नया वॉलपेपर ढूँढ रहा था। कई सारी तस्वीरों के बीच स्क्रॉल करते-करते, अंत में उसे एक बेहद प्यारी, मोटी बिल्ली की तस्वीर मिली, जिसे उसने तुरंत अपना वॉलपेपर बना लिया।

जैसे ही वह प्लास्टिक के कप में कॉफ़ी भर रहा था, उसकी साथी और क्रश सारा वहाँ आ गई। उत्साहित होकर, जस्टिन ने सोचा कि यही अच्छा मौका है उससे बातचीत शुरू करने का।

उसने जल्दी से फोन उठाया, पर जैसे ही उसने स्क्रीन देखी, वह सन्न रह गया।

उसने जिस बिल्ली की तस्वीर लगाई थी, उसकी जगह अब स्क्रीन पर एक फाँसी पर लटके हुए आदमी की डरावनी तस्वीर दिखाई दे रही थी। उसका दिल ज़ोर-ज़ोर से धड़कने लगा। हड़बड़ाकर उसने फोन बंद कर दिया।

सारा ने उसके चेहरे का रंग उड़ते देखा और पूछा, "सब ठीक है?"

जस्टिन थोड़ी देर झिझका, फिर काँपते हाथों से फोन फिर से चालू किया, यह सोचकर कि सारा को दिखाए कि उसे किस चीज़ ने डराया।

लेकिन इस बार, स्क्रीन पर वही प्यारी बिल्ली की तस्वीर वापस आ गई, बिल्कुल मासूम।

सारा हँसते हुए बोली, "कितनी प्यारी बिल्ली है! इसमें डरने वाली क्या बात थी?"

शर्म और उलझन में डूबा जस्टिन बुदबुदाया, "कुछ नहीं, शायद कोई गड़बड़ हो गई थी..." और बात टाल दी।

उस दिन शाम को, जब जस्टिन दफ़्तर से घर जाने के लिए लिफ्ट में चढ़ा, उसने एक बार फिर घड़ी देखने के लिए फोन उठाया।

लेकिन जैसे ही उसने स्क्रीन देखी, उसका खून जम गया—उस तस्वीर में अब केवल फाँसी पर झूलते पैर दिख रहे थे। डर के मारे उसके हाथ से फोन छूटकर गिर पड़ा।

उसी समय, एक अजनबी लिफ्ट में घुसा, उसने जस्टिन का फोन उठाया और मुस्कुराकर बोला, "वाह! कितनी बड़ी बिल्ली है! कितनी प्यारी!"

अजनबी ने फिर जस्टिन को गौर से देखा और कहा, "तुम बहुत ज़्यादा पीले दिख रहे हो। सब ठीक है?"

जस्टिन ने जबरदस्ती मुस्कुराते हुए सिर हिलाया, "हाँ, बस थक गया हूँ।"

उस दिन जस्टिन ने घर पहुँचते ही अपना मनपसंद शो तक छोड़ दिया और सीधा बिस्तर में जा लेटा, फोन से पूरी तरह दूर रहकर।

अगली सुबह, उसने डरते-डरते फोन देखा—स्क्रीन पर वही बिल्ली वाली तस्वीर थी।

उसने चैन की साँस ली, सोचते हुए, "मैंने बेवजह घबरा लिया था।"

लेकिन जैसे ही वह घर से निकलने ही वाला था, फोन स्क्रीन पर फिर वही भयानक तस्वीर आ गई—इस बार बग़ल से, और ज़्यादा स्पष्ट।

अब तो उसे यक़ीन हो गया कि उसका फोन हैक हो गया है।

डर और गुस्से में तड़पते हुए, जस्टिन सीधे पुलिस स्टेशन भागा। वहाँ जाकर उसने पूरी बात अफ़सर को बताई और अपना फोन सौंप दिया।

लेकिन अफ़सर ने स्क्रीन देखते हुए कहा, "यह तो बिल्कुल ठीक है। बस बिल्ली की तस्वीर है।"

जस्टिन बुरी तरह बौखला गया, उसने बार-बार स्क्रीन ऑन-ऑफ करके उसे सबूत दिखाने की कोशिश की, मगर कुछ भी काम नहीं आया।

हारकर, वह घर लौट आया, अंदर ही अंदर पागलपन और डर से टूटते हुए।

रास्ते में उसने तय कर लिया, "कल ही नया फोन और नंबर लूँगा। जिसने भी ये सब किया है, अब वो मुझ तक नहीं पहुँच सकेगा।"

उस दिन उसने खुद को फोन से पूरी तरह दूर रखा, टीवी देखता रहा, शाम को जल्दी सोने चला गया।

रात के बीचोंबीच, उसकी नींद अचानक किसी अजीब बेचैनी से खुल गई। बिना कुछ सोचे, उसने घबराहट में फोन उठाया ताकि टाइम देख सके।

जैसे ही उसने स्क्रीन अनलॉक की, वहाँ वही तस्वीर फिर से आ गई—इस बार पूरी तरह से साफ़।

और इस बार उसमें चेहरा भी दिख रहा था। वो चेहरा किसी और का नहीं, ख़ुद जस्टिन का था।

डर के मारे उसने चीख़ने के लिए मुँह खोला, लेकिन कुछ बोलने से पहले ही उसने महसूस किया कि कोई चीज़ उसकी गर्दन कस रही थी।

•81•

कोने में भूत

जब रिकी नेल्सन केवल छह साल का था, तभी से उसने अपने लिविंग रूम के एक कोने में एक अजीब भूत को देखना शुरू कर दिया था। वह भूत एक लंबा, बेहद ज़र्द चेहरा वाला आदमी था, जो पुराने ज़माने के कपड़े पहने रहता था। उसकी आँखें खाली थीं और वह दूर कहीं टकटकी लगाए देखता रहता था, बिल्कुल बिना हिले।

शुरुआत में रिकी बहुत डर गया। उसने अपने माता-पिता से उस भूत के बारे में बताया, लेकिन किसी और को वह दिखाई नहीं देता था, इसलिए उसके माता-पिता ने उसकी बात पर यक़ीन नहीं किया। उस भूत को छूकर यह साबित करना भी मुमकिन नहीं था कि वह असली है। वह भूत कभी हिलता-डुलता नहीं था, न ही कोई आवाज़ करता था, लेकिन उसकी लगातार मौजूदगी ने उस छोटे बच्चे को भीतर तक डरा दिया था।

रिकी कई हफ्तों और महीनों तक यह दावा करता रहा कि वह भूत को देखता है। यह देखकर उसके माता-पिता भी परेशान हो गए थे। एक रात रिकी ने अपने माता-पिता की बातचीत सुन ली, जिसमें वे यह चर्चा कर रहे थे कि कहीं उनका इकलौता बेटा मानसिक रूप से बीमार तो नहीं हो रहा। यह सुनकर छह साल के रिकी को गहरा झटका लगा और वह अकेलापन महसूस करने लगा। हालात और न बिगड़ें, इस डर से रिकी ने धीरे-धीरे भूत के बारे में बात करना बंद कर दिया, हालांकि वह अब भी उसे उसी कोने में खड़ा देखता रहा।

छह साल और बीत गए। अब रिकी के परिवार ने लिविंग रूम की सजावट बदलने का फैसला किया। उन्होंने फर्नीचर इधर-उधर कर दिया और उस कोने में एक बड़ा सा आलमारी रख दिया, जहाँ वह भूत खड़ा रहा करता था। भूत अब उनकी नज़रों से छिप गया, तो रिकी को भी अपनी पुरानी यादें धुंधली लगने लगीं। उसने खुद को यह यक़ीन दिला लिया कि शायद उसने बचपन में यह सब बस अपनी कल्पना में देखा था।

समय बीतता गया। स्कूल की पढ़ाई पूरी करने के बाद रिकी कॉलेज के लिए दूसरे शहर चला गया, और अपने बचपन के डर और भूत को पीछे छोड़ दिया। लेकिन छुट्टियों में जब वह घर लौटा, तो उसने पाया कि उसके माता-पिता ने फिर से लिविंग रूम का फर्नीचर बदल दिया था—इस बार वह आलमारी भी हटा दी गई थी। रिकी की हैरानी की हद नहीं रही जब उसने देखा कि वह भूत अब भी उसी कोने में खड़ा है, जैसे वह कभी गया ही न हो।

धीरे-धीरे रिकी उस भूत का आदी हो गया। कुछ ही दिनों बाद वह उससे डरना छोड़ चुका था, मगर उसने इस बारे में किसी से कोई बात नहीं की। एक शाम उनके नए पड़ोसी, रीड परिवार, खाने पर आए। रीड्स का बेटा जैक एक अजीब सा बच्चा था—बहुत चुप और गहरी नज़रों से देखता रहता था, जो रिकी को अपने बचपन की याद दिला रहा था।

डिनर के दौरान जैक बार-बार लिविंग रूम के एक ख़ास कोने की ओर देखता रहा।

खाने के बाद जैक चुपके से रिकी के पास आया और बोला, "तुम भी उसे देखते हो, है ना?"

उसने भूत की ओर इशारा किया।

रिकी अचानक सकपका गया, लेकिन उसने झूठ बोलते हुए कहा, "मुझे कुछ नहीं दिख रहा।"

जैक ने कंधे उचकाए और अपने परिवार के साथ चला गया। उस रात रिकी को जैक की बात बार-बार याद आती रही। अगले दिन, जब वह घर में अकेला था, तो उसने तय किया कि अब और नहीं सहा जा सकता। उसने स्थानीय पादरी फादर पीटर को फोन किया और घर आकर आशीर्वाद देने की गुहार लगाई।

फादर पीटर तुरंत आ पहुँचे। रिकी ने उन्हें सब कुछ विस्तार से बताया। पादरी ने पूरे घर में पवित्र जल छिड़का, हर कोने में आशीर्वाद दिया। जब वे लिविंग रूम के उस कोने तक पहुँचे, तो वह भूत धीरे-धीरे गायब होने लगा।

रिकी ने राहत की साँस ली और खुद से बुदबुदाया, "मैंने ये पहले क्यों नहीं किया?"

कई सालों बाद पहली बार उसके दिल को सुकून मिला।

अगले दिन रीड परिवार फिर उनके घर आया। छोटा जैक पूरे कमरे को ध्यान से देखता रहा, फिर अचानक रिकी से बोला, "भूत कहाँ गया?"

रिकी ने कंधे उचकाते हुए जवाब दिया, "मुझे पता नहीं तुम किस बारे में बात कर रहे हो।"

जैक का चेहरा गंभीर हो गया। उसने ठंडी आवाज़ में कहा, "तुम्हें पता होना चाहिए। अब तुमने उसे दोबारा घूमने की छूट दे दी है, सावधान रहो। अब वो तुम्हारा पीछा कर रहा है।"

रिकी के पूरे शरीर में झुरझुरी दौड़ गई। जैसे ही रीड्स उनके घर से निकले, रिकी फौरन अपनी साइकिल उठाकर पूरी ताक़त से चर्च की ओर भागा ताकि फादर पीटर से मिल सके।

रास्ते में जब वह एक व्यस्त चौराहे पर पहुँचा और ट्रैफिक सिग्नल के हरा होने का इंतज़ार करने लगा, तभी उसे अचानक किसी ने ज़ोर से पीछे से धक्का दिया। वह सीधे सड़क पर गिरा, जहाँ एक ट्रक उसकी ओर तेज़ी से बढ़ रहा था।

टक्कर से ठीक पहले, रिकी ने झटके से पीछे मुड़कर देखा, और आखिरी बार उसी जाने-पहचाने भूत का चेहरा देखा—इस बार वह ग़जब की क्रूर मुस्कान के साथ उसे घूर रहा था।

•82•

सेल्फ़ी

अक्टूबर की एक ठंडी शाम, मार्लीन ने अपनी जुड़वां बहन रेलीन को एक घातक बीमारी के चलते खो दिया। उस दिन के बाद से, मार्लीन गहरे अवसाद में डूब गई। उसका कमरे से बाहर निकलना तो दूर, अपार्टमेंट से बाहर कदम रखना भी मुश्किल हो गया था। दिन-रात वह बस दीवारों को निहारती रहती, बहन की यादों से बुरी तरह जकड़ी हुई।

हफ्तों तक खुद को कमरे में बंद रखने के बाद, एक दिन मार्लीन ने थोड़ी हिम्मत जुटाई और बाहर टहलने निकल पड़ी।

इधर-उधर यूँ ही भटकते हुए, वह एक सुविधा स्टोर (convenience store) पर जा पहुँची। सामान देखते हुए, अचानक उसकी टक्कर एडेला नाम की लड़की से हो गई, जिसे वह और रैलीन यूनिवर्सिटी के दिनों से जानती थीं।

एडेला का दोनों बहनों से कभी कोई अच्छा रिश्ता नहीं रहा था। वह हमेशा पीठ पीछे उनकी बुराई करती थी। रेलीन की मौत के बाद एडेला ने एक बार भी सांत्वना देने की ज़हमत नहीं उठाई थी।

एडेला को देखकर मार्लीन का मन कसैला हो गया। रास्ते भर वह बड़बड़ाती रही, "उफ्फ, मैंने क्यों खुद को ऐसे हाल में उसके सामने दिखा दिया? शायद उसने मुझे इस हालत में देखकर अंदर ही अंदर खुश महसूस किया होगा।"

गुस्से में भरी मार्लीन ने तय किया कि वह सोशल मीडिया पर खुशमिज़ाज और जिंदादिल दिखने वाली तस्वीरें पोस्ट करेगी, ताकि एडेला को जलन हो। जैसे ही वह घर लौटी, लगभग खाली पड़े अपने अपार्टमेंट में, मार्लीन ने महीनों बाद पहली बार शीशे के सामने बैठने की हिम्मत की।

जैसे ही उसने शीशे में खुद को देखा, उसे ऐसा महसूस हुआ जैसे शीशे में उसकी नहीं, रैलीन की परछाई हो। मन भारी था, पर उसने खुद को संभाला। वह धीरे-धीरे मेकअप करने लगी, ताकि चेहरे पर छाई उदासी और थकावट को छुपा सके। उसने खुद को वैसा ही जिंदादिल दिखाने की ठानी, जैसी वह कभी हुआ करती थी।

करीब एक घंटे तक मेकअप करने के बाद, मार्लीन अपने बिस्तर पर बैठ गई और फोन उठाकर सेल्फ़ी लेने लगी। लेकिन जब उसने कैमरे में देखा, तो दिल टूट गया।

तस्वीर में उसका सारा मेकअप जैसे गायब हो गया था। चेहरा बेहद पीला और बेजान लग रहा था, आँखों में कोई चमक नहीं थी।

झुंझलाहट में वह बड़बड़ाई, "क्या फायदा इस सबका?"

हताश होकर उसने मेकअप पोंछ दिया। आँखों से बहते आँसू चेहरे पर बचे-खुचे मेकअप में मिल गए।

थकी-हारी, वह बिस्तर पर लेट गई और फोन खोलकर वह सेल्फ़ी डिलीट करने लगी। तभी उसकी नज़र तस्वीर के बैकग्राउंड पर पड़ी, और उसका दिल ज़ोर से धड़क उठा।

तस्वीर ध्यान से देखने पर मार्लीन को एहसास हुआ—वो तस्वीर सेल्फ़ी कैमरे से नहीं, बल्कि पीछे वाले कैमरे से ली गई थी।

•83•

मंज़िल के संकेत

गेरार्ड डेवी एक बिज़नेस ट्रिप पर दूर-दराज़ के शहर ऐघेस्टर जा रहा था। युवावस्था में वह कई बार इस बस्ती में आ चुका था, इसलिए रास्ते से वह अच्छी तरह वाकिफ था। इस बार उसका मक़सद था स्थानीय लोगों को मनाकर उनके घर और ज़मीनें सस्ते दामों पर खरीदना।

अपनी महँगी स्पोर्ट्स कार में, गेरार्ड सूर्यास्त को क्षितिज के पीछे डूबते हुए देख रहा था। जैसे ही रात का अंधेरा गहराया, सड़कें सूनी होती चली गईं, यहाँ तक कि वह इकलौता ड्राइवर बचा। किसी चिंता से मुक्त, उसने रेडियो की आवाज़ तेज़ की, एक सिगरेट सुलगाई, और आराम से गाड़ी चलाता रहा।

थोड़ी देर बाद, उसे सड़क किनारे एक "रोड वर्क" (सड़क मरम्मत) का बोर्ड दिखाई दिया। लेकिन जैसे-जैसे वह करीब आया, कुछ अजीब लगा। सामान्य तौर पर, ऐसे बोर्ड पर एक आदमी की तस्वीर होती है जो फावड़ा चला रहा होता है, लेकिन इस बोर्ड पर उसके पास कुछ क्रॉस (crosses) बने थे, मानो कोई कब्रिस्तान का संकेत हो।

गेरार्ड हँस पड़ा, "वाह, यहाँ के लोग भी क्या-क्या मज़ाक करते हैं!" उसने इसे स्थानीय लोगों की शरारत मानकर अनदेखा कर दिया और आगे बढ़ गया।

तभी अचानक, उसकी कार से ज़ोर की आवाज़ आई, जैसे उसने किसी ठोस चीज़ से टक्कर मार दी हो। मगर हैरानी की बात यह थी कि गाड़ी बिल्कुल सामान्य चलती रही। उसने आसपास देखा—न कोई सड़क मरम्मत का काम, न कुछ और।

कुछ मील आगे, उसे एक "Children Crossing" (बच्चे सड़क पार कर रहे हैं) का बोर्ड दिखा। लेकिन यह बोर्ड भी बदला हुआ था। बच्चों की तस्वीरों पर सींग (horns) बने थे।

गेरार्ड फिर से हँस पड़ा, "इन गाँववालों का भी अजीब सेंस ऑफ ह्यूमर है!"

वह इन बातों को झटककर आगे बढ़ गया। तभी कुछ दूरी पर एक "STOP" साइन दिखाई दिया। मगर उस पर "GO BACK" (लौट जाओ) लिखा था। उसने इस अजीबोगरीब बदलाव को देखा ही था कि वह उस साइन को पीछे छोड़ते हुए तेज़ी से निकल गया।

थोड़ी घबराहट के साथ उसने सोचा, "क्या मुझे वापस मुड़ना चाहिए?"

लेकिन जैसे ही उसने ब्रेक पर पैर रखा, उसका दिल धड़क उठा—ब्रेक ने काम करना बंद कर दिया था.

गाड़ी बिना रुके दौड़ती जा रही थी। गेरार्ड ने बार-बार ब्रेक दबाए, लेकिन कोई असर नहीं हुआ। उसने हॉर्न बजाया, रास्ते में मदद की तलाश में इधर-उधर देखा, मगर सड़क पूरी तरह सुनसान थी।

अब वह उस जगह के करीब पहुँच रहा था जहाँ ऐघेस्टर का स्वागत बोर्ड हुआ करता था। लेकिन वहाँ अब जो बोर्ड था, उस पर लिखा था—"Hell" (नरक)।

उस बोर्ड के पार पूरा नज़ारा बदल गया। आसमान में आग की लपटें दिख रही थीं, ज़मीन डरावनी और काली थी, और सड़क किसी भयानक, अज्ञात दुनिया में सीधे जाती हुई दिखाई दे रही थी।

गेरार्ड ने बेतहाशा स्टीयरिंग पकड़ रखा था, गाड़ी पर काबू पाने की हर कोशिश नाकाम रही।

अब उसे समझ आ गया था—वह अब उस दुनिया में नहीं रहा जिसे वह जानता था। बल्कि, वह सीधे अंधकार के एक दूसरे लोक में दाखिल हो चुका था।

•84•

परछाईं

टेरेसा पिछले दस साल से अपने साधारण से एक-मंज़िला घर में शांति से रह रही थी। लेकिन हाल ही में, उसकी ज़िंदगी में कुछ बेहद अजीब और डरावनी घटनाएँ होने लगी थीं।

हर रात, जब वह अपने बिस्तर पर लेटती, उसकी खिड़की के बाहर एक आदमी की परछाईं दिखती थी। वह आकृति कभी हिलती-डुलती नहीं थी; बस रातभर उसी जगह खड़ी रहती, जब तक सुबह न हो जाए। टेरेसा को समझ नहीं आ रहा था कि उसे क्या करना चाहिए। डर और सतर्कता के चलते, वह बाहर जाकर उस परछाईं का सामना करने की हिम्मत नहीं जुटा पाई।

शुरुआत में उसने इसे नज़रअंदाज़ करने की कोशिश की, सोचते हुए कि शायद यह कोई सिरफिरा होगा, जो कुछ दिनों बाद बोर होकर खुद ही चला जाएगा। मगर उसकी उम्मीदें टूट गईं, क्योंकि वह साया हर रात लौट आता था।

आखिरकार, परेशान और तंग आकर टेरेसा ने स्थानीय पुलिस को बुलाया। एक पुलिस अफ़सर ने उसके घर के आसपास अच्छी तरह से जांच की, मगर कुछ भी असामान्य नहीं मिला। उसके पड़ोसी भी टॉर्च और कैमरे लेकर मदद को आए, मगर जैसे ही कोई और आता, वह परछाईं गायब हो जाती।

अब टेरेसा डर और हताशा के मारे रातों से डरने लगी थी। उसने सोना छोड़ दिया था। उसकी निगाहें हर वक़्त खिड़की पर टिकी रहतीं, बस परछाईं के लौटने का इंतज़ार करती वह मंजर कुछ ज़्यादा ही डरावना लगता, क्योंकि वह उसके काले रंग की दीवारों और खिड़कियों के फ्रेम में इतनी गहराई से घुल-मिल जाता था कि और भी भयानक लगने लगता था।

उसके दोस्त और परिवार वाले उसके हालात देखकर परेशान थे। उन्होंने उसे अपने घर आकर रहने के लिए भी कहा, मगर टेरेसा ने इनकार कर दिया। उसने तय कर लिया था कि वह अपने डर का सामना खुद ही करेगी, यह सोचते हुए कि शायद वक्त के साथ सब ठीक हो जाएगा।

एक ठंडी, अंधेरी रात, जब चाँद भी आसमान में नहीं था, टेरेसा ने आख़िरकार फैसला कर लिया कि अब बहुत हो चुका। उसने हिम्मत जुटाई, टॉर्च उठाई और घर के बाहर निकल पड़ी। घर के चारों तरफ़ गहरा सन्नाटा और ठंडी हवा ने उसके डर को और बढ़ा दिया था। उसका दिल ज़ोर-ज़ोर से धड़क रहा था, मगर उसने हिम्मत नहीं हारी।

टेरेसा ने घर का चक्कर लगाया, मगर बाहर कहीं कोई नहीं था। उसे थोड़ी राहत महसूस हुई, मगर उसके मन में अब भी सवाल थे।

उसी पल उसने ऊपर अपनी खिड़की की ओर देखा—और उसकी रूह काँप उठी।

खिड़की में वही परछाईं फिर से दिखाई दे रही थी।

उसी क्षण टेरेसा को सच्चाई का एहसास हुआ—वह परछाईं बाहर से नहीं, बल्कि उसके घर के अंदर से आ रही थी।

•85•

शरारती बच्चा

सूज़ी और इथन वॉकर, एक युवा दंपती, अपने सात साल के बेटे बिली के साथ एक पुराने लेकिन विशाल घर में रहने आए। यह घर उनके छोटे से परिवार के लिए बिल्कुल उपयुक्त लग रहा था।

उन्होंने पहले कुछ हफ़्तों में दीवारों को नए रंगों से सजाया, फर्नीचर ठीक से जमाया, और उस एक समय उदास दिखने वाले घर को खुशियों से भर दिया।

लेकिन बस कुछ ही दिनों बाद, सूज़ी ने घर की दीवारों पर अजीब, डरावने चित्र और अज्ञात प्रतीक उभरते देखे।

जब इथन काम से लौटा, तो सूज़ी ने उसे वो चित्र दिखाए, और दोनों ने मिलकर बिली से पूछा।

"बिली, क्या ये सब दीवारों पर तुमने बनाया है?" सूज़ी ने सख़्ती से सवाल किया।

बिली ने सिर हिलाया, "नहीं, मम्मी। मैं क्यों बनाऊँगा? वैसे भी, मेरे बनाए चित्र इससे कहीं अच्छे होते हैं।"

सूज़ी को शक तो हुआ, लेकिन घर में शांति बनाए रखने के लिए उसने बात को वहीं छोड़ दिया।

पर धीरे-धीरे दीवारों पर और भी चित्र उभरने लगे।

एक शुक्रवार को, बिली दो दिन के स्कूल ट्रिप पर दूसरे शहर चला गया। सूज़ी और इथन पूरे वीकेंड घर पर अकेले रह गए।

शनिवार सुबह, सूज़ी की आँख खुली तो उसने सीढ़ियों के पास एक नया चित्र देखा, जो पिछली रात वहाँ बिल्कुल नहीं था।

उसका दिल ज़ोर से धड़कने लगा। अगर बिली घर पर नहीं है, तो ये चित्र आखिर किसने बनाया?

सूज़ी की हालत देखकर इथन ने फ़ौरन लोकल पुलिस को बुलाया।

थोड़ी देर बाद ऑफ़िसर एलिसन और ऑफ़िसर स्टर्लिंग वहाँ पहुँचे।

उन्होंने दीवारों को ध्यान से देखा और फिर सुझाव दिया कि घर में निगरानी कैमरे लगाए जाएँ ताकि पता चल सके कि ये सब किसकी करतूत है।

"हम फुटेज की जाँच करेंगे और अगर कुछ अजीब दिखा, तो आपको बता देंगे," ऑफ़िसर एलिसन ने भरोसा दिलाया। "बुधवार तक रिपोर्ट लेकर लौटेंगे।"

चार दिन बाद, ऑफ़िसर वापस लौटे।

"हमने सारी रिकॉर्डिंग देखी," ऑफ़िसर स्टर्लिंग बोले, "हमें कुछ भी संदिग्ध नहीं दिखा। लगता है कि आपका बच्चा ही आपको चकमा दे रहा है।"

सूज़ी ने राहत की साँस ली। "चलो, अच्छा है," उसने इथन की तरफ़ मुस्कुरा कर देखा।

ऑफ़िसर जैसे ही बाहर निकलने लगे, तभी ऑफ़िसर एलिसन ने जाते-जाते हँसते हुए पूछा—"वैसे, आपकी बेटी किस क्लास में पढ़ती है?"

सूज़ी के चेहरे का रंग उड़ गया। उसके मुँह से काँपती आवाज़ निकली—"हमारी कोई बेटी नहीं है…"

•86•

मेरी प्रिये

मेरी, मेरी प्यारी पत्नी, मेरे लिए सब कुछ है, लेकिन मुझे कड़वी सच्चाई का एहसास है कि हमारा रिश्ता हमेशा से ही हमारे दोनों के लिए ज़हरीला रहा है। कभी-कभी मैं सोचता हूँ, काश हम कभी मिले ही न होते। लेकिन हम मिले, और हमने एक-दूसरे से प्यार कर लिया। जिस पल मेरी नज़र उस पर पड़ी, मैं समझ गया कि मैं कभी पहले जैसा नहीं रहूँगा। मैं उससे हद से ज़्यादा प्यार करता था, और अब भी करता हूँ, भले ही ये जानना असहनीय है कि अब वो मेरे लिए वैसा महसूस नहीं करती।

लेकिन बात सिर्फ़ इतनी ही नहीं है। मेरी के साथ सोना किसी भयानक बुरे सपने जैसा है। हर बार जब मैं नींद में जाता हूँ, उसकी चीख़ें मुझे आधी रात में जगा देती हैं, और जब मैं अपनी आँखें खोलता हूँ, तो उसके सुंदर शरीर को मेरे बगल में तड़पते हुए देखता हूँ—जैसे किसी बुरी आत्मा ने उसे अपने क़ब्ज़े में ले लिया हो।

फिर, जब उसकी तड़प ख़त्म होती है, वो उठकर बैठ जाती है और अपने ठंडे हाथों से मेरा गला दबाने लगती है। क्योंकि मैं अक्सर जब नींद से उठता हूँ तो आधा जागा हुआ होता हूँ, मेरी पहली सोच हमेशा यही होती है कि शायद उसे कोई डरावना सपना आ रहा है। इसलिए मैं उसे धीरे से जगाने की कोशिश करता हूँ। लेकिन जैसे-जैसे मेरा दिमाग़ पूरी तरह जागता है, मुझे एहसास होता है कि ये सब बेकार है। मैं चाहे जितनी भी कोशिश करूँ, वो नहीं जागती। वो नहीं रुकती।

मैं उससे बेहद प्यार करता हूँ, लेकिन मुझे समझ नहीं आता कि इस दुष्चक्र को कैसे तोड़ूँ। मैं उसे छोड़ भी नहीं सकता, पर इस तरह जीना भी अब मुमकिन नहीं है।

कई डरावनी रातों के बाद, मैंने उसके हमलों से खुद को बचाना शुरू कर दिया, जब तक कि वो शांत न हो जाए। मुझे लगता है, मुझे पता है कि मेरी ऐसा क्यों कर रही है। ये मेरी ही गलती है।

एक महीने पहले, जलन और ग़ुस्से में अंधा होकर, मैंने आपा खो दिया था। मुझे लगा था कि वो किसी और से मिल रही है, और मैं ये बर्दाश्त नहीं कर सका। मैंने उसे हमारे आँगन के किनारे बने पुराने कुएँ में धक्का दे दिया। मैं उसके खो जाने का ख़याल भी नहीं सह सका।

जैसे ही ये सब हुआ, मुझे तुरंत पछतावा हुआ। मैं कुएँ में कूद गया और उसे बाहर खींच लाया, तभी मुझे समझ आया कि मैं उसके बिना नहीं जी सकता। मेरी ज़िंदगी उसके बिना एक ज़िंदा नर्क बन जाती।

जिस पल मैंने उसे फिर से अपनी बाहों में लिया, मैंने कसम खाई कि मैं उसे कभी नहीं छोड़ूँगा, चाहे कुछ भी हो जाए।

अब, हर रात, मैं अपनी उस अक्षम्य गलती की सज़ा भुगत रहा हूँ। लेकिन कोई बात नहीं। मैं सब सह लूँगा, चाहे उसके हाथ मेरा गला घोंटना कभी बंद न करें। पर अब वो पहले से कहीं ज़्यादा ताक़तवर हो गई है—हर दिन और भी ज़्यादा शक्तिशाली, भले ही उसका कमज़ोर शरीर अब सड़ने और गलने लगा हो।

•87•

मुसीबत वाला मेहमान

गाँव के घर में रहना बहुत अच्छा है। मुझे हमेशा फ्लैट में रहने की बजाय ऐसा ही घर पसंद रहा है।

लेकिन एक चीज़ के बारे में मैंने पहले नहीं सोचा था—चूहे। और मेरा आलसी बिल्ली का बच्चा तो किसी काम का नहीं। कुछ दिन पहले वो भाग भी गया, और तब से दिखाई नहीं दिया।

एक शाम मैं अपने बैठक में बैठा हुआ था, एक पुरानी काली-सफेद फ़िल्म देख रहा था, कि अचानक स्टोरेज कैबिनेट के पीछे से तेज़ आवाज़ आई और मेरी शांति भंग हो गई।

चिढ़कर, मैंने अपनी कुर्सी के पास रखी लकड़ी की छड़ी उठाई और धीरे-धीरे आवाज़ की ओर बढ़ा। मैंने काफ़ी देर तक वहाँ खटखटाया, लेकिन कुछ नहीं हुआ, तो वापस अपनी कुर्सी पर आकर फ़िल्म देखने लगा।

करीब बीस मिनट बाद, फिर वही आवाज़ आई—इस बार रसोई से। मैं फिर से उठा और देखने गया कि क्या चल रहा है। रसोई का दरवाज़ा खुला हुआ था। उम्मीद थी कि शायद चूहा बाहर चला गया हो, मैंने बाहर झाँका और आवाज़ की दिशा में देखा।

लेकिन यह कोई चूहा नहीं था।

वह एक छोटा-सा आदमी था, जिसके पास लंबे नुकीले पंजे, पैने दाँत और बिखरे हुए बाल थे। उसका कद एक छोटे बच्चे जितना ही रहा होगा, लेकिन उसकी आँखें अंधेरे में चमक रही थीं और उनमें एक अजीब-सी नफ़रत थी। उस छोटे आदमी ने मुझे घूरकर देखा, कुछ बड़बड़ाया, और फिर मेरे बग़ीचे के कोने में ओक के पेड़ के पास झाड़ियों में गायब हो गया।

मैं एकदम स्तब्ध रह गया। ऐसा कुछ मैंने आज तक न देखा था, न कभी सोचा था।

लेकिन... मैंने कहानियाँ ज़रूर सुनी थीं।

मुझे अपने दादा की चेतावनी याद आई—अगर तुमने किसी इम्प (भूत-प्रेत जैसे जीव) को नाराज़ कर दिया, और उसने तुम्हें शाप दे दिया, तो एक भयानक अंजाम तुम्हारा इंतज़ार करेगा।

मैंने अपने डर को झटकने की कोशिश की। खुद को समझाया कि शायद मैं थकान से कुछ ज़्यादा ही सोच रहा हूँ।

थोड़ा शांत होने के लिए मैंने खुद को एक कप चाय बनाई और रसोई की टेबल पर बैठ गया।

तभी अचानक केतली ने सीटी मारी, जिससे मैं बुरी तरह चौंक गया।

मैंने ऊपर देखा—गैस का बर्नर अपने-आप जल गया था।

मैंने तुरंत स्टोव बंद किया, लेकिन उस क्षण मुझे यकीन हो गया कि बात यहीं खत्म नहीं हुई थी।

अब मुझे डर है—कई बार खतरा सामने नहीं दिखेगा, और मैं तैयार नहीं रहूँगा।

उस वक़्त क्या मैं समय पर प्रतिक्रिया कर पाऊँगा? मैं नहीं जानता।

•88•

देवदूत

यूफ़र्ड नाम के छोटे से शहर में अकेलेपन की महामारी फैल चुकी थी, और ज़्यादातर पहले साल के कॉलेज स्टूडेंट्स की तरह, मेलिसा भी एक डेटिंग ऐप पर बेमन से उंगलियाँ चला रही थी।

बाएँ और दाएँ स्वाइप करना अब थकाऊ हो गया था, तभी एक प्रोफ़ाइल ने उसकी नज़र रोक ली।

उस अकाउंट में न तो प्रोफ़ाइल फ़ोटो थी, न ही नाम, मगर बायो ने उसका ध्यान खींचा।

उसमें उन्हीं चीज़ों का ज़िक्र था, जिनमें मेलिसा की भी दिलचस्पी थी—गूढ़ विद्या और अलौकिक रहस्य।

उत्सुक होकर, मेलिसा ने बिना वक्त गंवाए उस अनजान शख़्स को मैसेज किया:

"हाय, तुम्हारा नाम क्या है?"

जवाब तुरंत आया:

"मैं तुम्हें अपना नाम नहीं बता सकता।"

मेलिसा ने भौंहें चढ़ाते हुए टाइप किया:

"क्यों? कहीं मैं तुम्हें पहले से जानती तो नहीं?"

"नहीं, लेकिन मैं तुम्हें जानता हूँ।" उस अजनबी का जवाब आया, जिसने मेलिसा को और ज़्यादा चौंका दिया।

"सच में? तो फिर ख़ुद को ज़रा ठीक से पहचानवा दो। वरना अगर तुमने अपना नाम नहीं बताया, तो मैं तुम्हें किसी पीछा करने वाले डरावने आदमी की तरह समझकर ब्लॉक कर दूँगी।"

थोड़ी देर बाद जवाब आया:

"ठीक है, अगर तुम ज़िद कर रही हो, तो बता देता हूँ।"

कुछ पलों तक कोई संदेश नहीं आया। मेलिसा ऐप बंद करने ही वाली थी कि तभी स्क्रीन पर मैसेज चमका:

"मैं एक देवदूत हूँ।"

मेलिसा हँस पड़ी।

“हाँ, ठीक है! मुझे अलौकिक चीज़ें पसंद हैं, मगर देवदूत? अब कुछ ज़्यादा नहीं हो रहा?”

“क्यों नहीं?”

मेलिसा ने थोड़ी देर सोचा, फिर टाइप किया:

“अगर तुम सच में कोई देवदूत हो, तो जब मैं 14 साल की थी और मेरा पैर कट गया था, तब कहाँ थे?”

जवाब तुरंत आया:

“मैं वहीं था, मेलिसा। तुमने उस दिन वही नीला फूलों वाला फ्रॉक पहना था, जो तुम्हारी माँ ने तुम्हारे लिए एक दिन पहले खरीदा था। शाम का वक़्त था, हल्की धूप थी, पतझड़ की हवाएँ चल रही थीं। तुम कार्टर स्ट्रीट पार कर रही थीं, तभी एक ग्रे वैन ने तुम्हें टक्कर मार दी थी।”

मेलिसा के हाथ काँप उठे। उसने डरते हुए टाइप किया:

“ये सब तुमने न्यूज़ में देखा होगा, है न?”

जवाब आया:

“नहीं। मैं देवदूत हूँ। मैं बहुत कुछ जानता हूँ। मुझे ये भी पता है कि जब तुम छह साल की थीं, तब तुमने अपने पपी 'गू' को पानी में डुबो दिया था, सिर्फ़ इसलिए क्योंकि तुम्हें एक नया पपी चाहिए था। मुझे ये भी पता है कि एक बार पहाड़ों पर ट्रेकिंग करते समय तुमने अपने पाँच साल के कज़िन 'इयान' से कहा था कि अगर वो पुल से नदी में कूदेगा, तो उसे सुपरपावर्स मिलेंगी। उसने तुम्हारी बात मान ली और नीचे पत्थरों पर गिरकर मर गया।”

सन्नाटा छा गया। मेलिसा की साँसें तेज़ हो गईं। उसका दिल बुरी तरह धड़कने लगा। वो उन गुप्त बातों को पढ़ती रही, जो उसने कभी किसी से साझा नहीं की थीं।

काँपते हाथों से उसने टाइप किया:

“तुम्हें ये सब कैसे पता?”

जवाब आया:

“मैंने पहले ही तो कहा था—मैं देवदूत हूँ। मैं वहाँ था, उन सब पलों में।”

मेलिसा की आँखें फटी की फटी रह गईं। वो बार-बार मैसेज पढ़ती रही, कोई तर्क, कोई वजह ढूँढती रही कि आख़िर ये सब कैसे हो सकता है।

तभी एक और मैसेज आया:

“क्या तुम जानती हो, मुझे और क्या पता है?”

“क्या?”

“तुम्हारा पड़ोसी, मिस्टर हैस्टिंग्स, अभी तुम्हारे कमरे की ओर चाकू लेकर आ रहा है। ताले उसे कभी नहीं रोकते। देखा? तुम्हारा उस पर शक करना सही था।”

मेलिसा को सचमुच उसके दरवाज़े के बाहर मिस्टर हैस्टिंग्स के लँगड़ाते क़दमों की आवाज़ सुनाई देने लगी। वो डर के मारे थर-थर काँपने लगी।

घबराहट में उसने तेज़ी से टाइप किया:

“प्लीज़! अगर तुम सच में मेरे गार्जियन एंजेल हो, तो जल्दी आओ, कुछ करो!”

जवाब तुरंत आया, मगर वैसा नहीं था, जैसा उसने उम्मीद की थी।

सिर्फ़ हँसी के इमोजी की एक लंबी लाइन, फिर एक और मैसेज:

“मैंने कभी नहीं कहा कि मैं तुम्हारा गार्जियन एंजेल हूँ, मेलिसा। मैं तो मौत का देवदूत हूँ। जल्द ही मिलते हैं।”

•89•

मूवी नाइट

एक वीकेंड पर डायन अपनी सबसे करीबी दोस्त रोरी के छोटे से अपार्टमेंट में बैठी थी। दोनों ताज़ा गॉसिप में मशगूल थीं, जब रोरी किताबों और सीडीज़ के बेतरतीब ढेर को संभालने लगी।

"उफ़, कितनी फालतू चीज़ें जमा कर ली हैं मैंने। अब तक क्यों संभाल कर रखी थीं, खुद ही नहीं समझ पा रही," रोरी बड़बड़ाई और कुछ डीवीडीज़ एक ओर फेंकने लगी। डायन ने झट से एक डीवीडी पकड़ ली।

"ये तो दिलचस्प लग रही है। ये क्या है?" डायन ने पूछा, उस डीवीडी को उलट-पलट कर देखते हुए। "तुम्हें तो ये पसंद आई होगी, है ना?"

"अरे नहीं," रोरी ने ठंडी आवाज़ में जवाब दिया। "मैंने तो इसे कभी देखा ही नहीं। टॉड ने दी थी, लेकिन ये हॉरर मूवी है। मेरा टाइप नहीं है।"

"क्या मैं ले जाऊँ? आज रात देखूँगी," डायन ने उत्साहित होकर कहा। "तुम साथ देखोगी?"

"नहीं, रहने दो," रोरी ने मुस्कुरा कर मना कर दिया।

थोड़ी और गपशप के बाद डायन रोरी के घर से निकल आई। जैसे ही वह अपने घर पहुँची, उसने अपना पसंदीदा सोफ़ा ढूँढा, एक हाथ में रास्ते से उठाया पॉपकॉर्न का बड़ा कटोरा और दूसरे हाथ में वही डीवीडी।

कमरे की लाइट्स बुझा दी गईं, बस टीवी की धीमी रोशनी थी।

फिल्म शुरू हुई—धीमी, उबाऊ और बिना किसी डरावने माहौल के। डायन को जल्दी ही बोरियत होने लगी। उसके मन में आया, "कहीं गलत डीवीडी तो नहीं चला दी?" संगीत भी एकदम फीका था।

वह लगभग टीवी बंद ही करने वाली थी, जब अचानक कैमरा सड़क पर चलते एक राहगीर की तरफ़ घूम गया, और बिना किसी चेतावनी के, उसका सिर धड़ से अलग कर दिया गया।

डायन की आँखें आश्चर्य से फैल गईं।

सिरविहीन शरीर लड़खड़ाता रहा, तभी एक भयानक सा आदमी—मरी हुई, धुँधली आँखों वाला और झड़ती त्वचा वाला—उस शरीर को पकड़ कर खींचता हुआ एक झाड़ियों से भरे पुराने आँगन तक ले गया।

उस आदमी ने शव को एक अजीब, मुरझाए से पेड़ की सबसे मोटी शाखा पर टांग दिया, जैसे वह कोई फल हो।

डायन अब पूरी तरह फिल्म में डूब चुकी थी। उसके मन में ख्याल आया, "अरे! ये पेड़ तो बिल्कुल मेरे आँगन वाले पेड़ जैसा है!"

अगले ही पल, कैमरा थोड़ा और पीछे गया, आँगन का और बड़ा हिस्सा दिखने लगा, और डायन के चेहरे से जैसे सारा रंग उड़ गया।

वह आँगन… हूबहू उसके अपने आँगन जैसा था।

घबराई हुई डायन झट से सोफ़े से उठी और खिड़की पर जा पहुँची। बाहर चाँदनी में डूबे आँगन को देखा—और वहीं, उसके छोटे पेड़ की शाखा पर वही सिरविहीन लाश टंगी थी।

लेकिन… कातिल कहीं नज़र नहीं आ रहा था।

डायन ने अपने मन को समझाया, "सब ठीक होगा, बस पुलिस को बुलानी है।"

वह मुड़ी, फोन उठाने ही वाली थी, कि तभी उसके पीछे से धीमी-धीमी खटखटाहट की आवाज़ आने लगी।

डायन का दिल धक् से रह गया। धीरे-धीरे उसने पीछे मुड़ कर टीवी की ओर देखा।

टीवी स्क्रीन पर अब वही भयानक कातिल का चेहरा था। उसकी मृत जैसी आँखें डायन की सीधी आँखों में झाँक रही थीं।

वह आदमी धीरे-धीरे मुस्कुराया, अपना गंदा, सड़ा-सड़ा सा हाथ उठाया और ऐसे टीवी स्क्रीन पर थपथपाने लगा जैसे वह कोई खिड़की हो—और उसकी नज़र डायन से एक पल को भी नहीं हटी।

•90•

ज़ोर से गाने वाला

नील कई सालों से अपने छोटे से अपार्टमेंट में शांति और सुकून से रह रहा था। मगर उस साल की गर्मियों में, अगस्त के आखिर से उसकी ये शांति अचानक टूट गई। उसके घर के सामने वाली गली से हर रात बहुत तेज़ और कर्कश गाने की आवाज़ आने लगी। ये गाना सिर्फ़ तेज़ ही नहीं था—बल्कि इतना असहनीय और चुभने वाला था कि उसकी रातों की नींद हराम हो गई।

शुरुआत में नील को लगा कि ये बस गर्मियों की पार्टियों का असर है, और जैसे ही पतझड़ आएगा, सब शांत हो जाएगा। लेकिन ऐसा नहीं हुआ। दिन बीतते गए, मगर हर रात वही गाना बजता रहा, और अब तो वो नील के लिए लगातार परेशानी का कारण बन गया था।

आख़िरकार, जब अब और बर्दाश्त नहीं हुआ, तो एक रात नील ने तय किया कि वह इस शोर की असली वजह पता लगाएगा।

वह अपार्टमेंट से बाहर निकला और उस आवाज़ का पीछा करने लगा। जैसे-जैसे वह सुनसान सड़कों पर आगे बढ़ता गया, गाने की आवाज़ और भी अजीब और डरावनी लगने लगी। गाना किसी अनजानी और अजीब सी भाषा में था जिसे नील समझ नहीं पा रहा था, और इसी वजह से माहौल और भी ज़्यादा रहस्यमय और भयावह हो गया।

आख़िरकार, नील एक पुराने स्टेडियम तक पहुँच गया, जो कई सालों से वीरान पड़ा था। उस खाली मैदान के बीचों-बीच एक आदमी खड़ा था, जो पूरी ताक़त से गा रहा था। वह आदमी लम्बा, दुबला-पतला था, उसके बाल बिखरे हुए थे, और कपड़े फटे-पुराने, जिससे सारा दृश्य और डरावना लग रहा था।

नील ने हिम्मत करके जैसे ही उस आदमी को आवाज़ देने का इरादा किया, अचानक गाना बंद हो गया।

वो आदमी धीरे-धीरे नील की ओर मुड़ा। उसकी आँखें फैली हुई थीं, पलकों तक नहीं झपक रही थीं, और उसका चेहरा बिल्कुल भावहीन और सख्त हो गया था।

कुछ पल के लिए नील वहीं खड़ा रह गया, जैसे उसका शरीर एकदम सुन्न पड़ गया हो। स्टेडियम के बीच खड़े उस आदमी को घूरते हुए, नील बिल्कुल पत्थर सा जम गया। चारों तरफ़ सन्नाटा छा गया, ऐसा सन्नाटा कि साँस लेना तक मुश्किल लग रहा था।

फिर अचानक, नील को ज़बरदस्त डर ने जकड़ लिया। वह पलटा और पूरी ताक़त से दौड़ते हुए वापस अपने अपार्टमेंट की ओर भागा।

उस रात के बाद से, स्टेडियम से आने वाली वह डरावनी आवाज़ हमेशा के लिए ख़ामोश हो गई।

मगर उसकी मुसीबत वहीं खत्म नहीं हुई। अब वही डरावना गाना एक नई जगह से सुनाई देने लगा—उसके बेडरूम की खिड़की के ठीक नीचे से।

•91•

तेरहवाँ

नोआ कामिन्स्की, एक युवा और होनहार संपादक, ने जैसे ही एक विज्ञापन पढ़ा कि एक दो-कमरों का अपार्टमेंट बेहद सुविधाजनक जगह पर वाजिब दाम में बिक रहा है, तो उसने तुरंत रियल एस्टेट एजेंट से संपर्क किया। उसी दिन, अपार्टमेंट देखकर, नोआ ने बिना झिझक उसे खरीदने का फैसला कर लिया।

नया अपार्टमेंट उसके दफ्तर, जो उस समय का एक मशहूर पब्लिशिंग हाउस था, से सिर्फ़ दस मिनट की दूरी पर था। मेहनती नोआ इस बात से बेहद खुश था, और साथ ही उसे अपने नए घर की शांति भी बहुत भा रही थी।

कुछ हफ्ते बाद, एक शाम, नोआ ने अपने अपार्टमेंट में कदमों की आवाज़ सुनी। शुरू में उसने ज़्यादा ध्यान नहीं दिया, यह सोचकर कि ऊपर वाले पड़ोसी होंगे। एक बार तो वह ऊपर जाकर पड़ोसियों से शांति बनाए रखने के लिए भी बोला, लेकिन पता चला कि वहां तो केवल एक बुज़ुर्ग महिला, लेना, रहती थीं, जो मुश्किल से चल-फिर भी पाती थीं।

इस बात से हैरान होकर, नोआ ने सोचा कि अगर आवाज़ें यूँ ही आती रहीं, तो बाकी पड़ोसियों से पूछताछ करेगा।

रातें बीतती रहीं, और कदमों की आवाज़ें भी आती रहीं। इस बार, नोआ ने तय किया कि वह ध्यान से सुनेगा, ताकि असली स्रोत का पता चल सके।

जल्द ही उसे डरावना अहसास हुआ—ये आवाज़ें उसके ही अपार्टमेंट के अंदर से आ रही थीं।

डर के मारे नोआ ने घर में हर जगह सुरक्षा कैमरे लगवा दिए। अब वह हर रात फुटेज चेक करता, लेकिन कोई भी असामान्य चीज़ कैमरों में नहीं दिखती थी।

बेहद परेशान और घबराए हुए, नोआ ने आखिरकार ऊपर वाली पड़ोसी, मिसेज़ लेना से, अपने अपार्टमेंट का इतिहास जानने का निश्चय किया।

लेना बोलीं, "हाँ बेटा, उस अपार्टमेंट के बारे में मैं जानती हूँ। इस इमारत में रहने वाला हर कोई जानता है। आखिर, मैंने खुद वहां कई बार पुलिस आती देखी है... जो भी उस अपार्टमेंट में रहा, एक साल के अंदर उसकी मौत हो गई। और कभी ये पता नहीं चला कि मौत कैसे हुई। हर बार हालात रहस्यमय थे।"

"क्या आप सच कह रही हैं?" नोआ ने हक्के-बक्के होकर पूछा।

"हाँ। लेकिन चिंता मत करो," लेना ने उसे तसल्ली देते हुए कहा, "तुम अच्छे इंसान लगते हो। मुझे नहीं लगता कि कोई तुम्हें नुकसान पहुँचाएगा।"

फिर भी डरे हुए नोआ ने उन्हें धन्यवाद कहा और वहाँ से चला गया।

अब जवाब पाने के लिए, नोआ अपने पब्लिशिंग हाउस के आर्काइव्स में गया, और घंटों पुराने अखबारों की धूल भरी फाइलें पलटता रहा।

काफी मशक्कत के बाद, उसे आखिरकार एक खबर मिली—"मॉर्निंग डाइजेस्ट" नामक अखबार का एक पुराना अंक, जिसमें उसी पते पर एक मृतक के मिलने की खबर थी।

सुर्खियों में लिखा था—"कुख्यात 'मौत के घर' में बारहवाँ शिकार मिला।"

नोआ उस खबर को अपने घर ले आया, और अपने लिविंग रूम में बैठकर पढ़ने लगा।

जैसे-जैसे वह पढ़ता रहा, उसने बुदबुदाते हुए कहा, "बारह? ये तो बहुत ज़्यादा है…"

तभी, अचानक, वही जानी-पहचानी कदमों की आवाज़ फिर से गूँज उठी।

उसका दिल ज़ोर से धड़कने लगा। अब वह भागने या छुपने की बजाय चुपचाप सुनने लगा। वह ध्यान से सुनते हुए आवाज़ के स्रोत का अंदाजा लगाने की कोशिश कर रहा था। तभी, उसकी नज़र वापस अखबार पर पड़ी—और वह भय से सन्न रह गया।

अब वही सुर्खी बदल चुकी थी। वहाँ लिखा था—"कुख्यात 'मौत के घर' में तेरहवाँ शिकार मिला।"

नोआ ने आंखें मिचमिचाते हुए अखबार को फिर देखा, सोचा शायद उसका दिमाग ही खराब हो रहा है।

डर से कांपते हुए, उसने कैमरे की फुटेज देखने का फैसला किया। लेकिन अब उसे ज़्यादा कुछ करने की ज़रूरत नहीं थी—क्योंकि वह साफ़ सुन सकता था कि कदमों की आवाज़ सीधे उसकी तरफ़ ही बढ़ रही थी।

अगली सुबह, "मॉर्निंग डाइजेस्ट" का नया अंक न्यूज़स्टैंड्स पर आ चुका था।

और इस बार सुर्खियों में मोटे अक्षरों में छपा था:

"कुख्यात 'मौत के घर' में तेरहवाँ शिकार मिला।"

•92•

सपने

डेसमंड को बार-बार एक ही सपना आता था, जिसमें उसके दादा — जो कई साल पहले गुजर चुके थे — हर बार दिखाई देते। यह सपना अब तक दसवीं बार आ चुका था, और हर बार डेसमंड पहले से ज़्यादा बेचैन और असहज महसूस करता।

एक दोपहर, जब वह अपने ताज़ा डरावने सपने से बेहद परेशान था, तो वह अपने करीबी दोस्त जेम्स के घर गया, जो कुछ ही दूर रहता था।

डेसमंड ने कहा,

"मुझे फिर से दादा का सपना आया है... अब ये सब सहन नहीं हो रहा।"

जेम्स ने बात को हल्के में लेने की कोशिश की,

"अरे, सपनों की इतनी चिंता मत कर। सपनों में तो कुछ भी आ सकता है। आख़िर वो तुम्हारे दादा ही तो हैं।"

लेकिन डेसमंड ने सिर हिलाया। उसका चेहरा ज़र्द पड़ चुका था।

"नहीं, ये बस सपना नहीं है। ये तो डरावना ख़्वाब है। वो मुझे इतने गुस्से से देखते हैं... जैसे मुझसे नाराज़ हों।"

जेम्स कुछ देर सोचता रहा, फिर गंभीरता से बोला,

"कहीं ऐसा तो नहीं कि तुमसे कोई गलती हुई हो?"

डेसमंड चुप हो गया। कुछ पलों बाद, उसने बमुश्किल कहा,

"वो अकेले मरे थे... और मुझे लगता है कि इसमें मेरी लापरवाही भी थी। मुझे उनके पास होना चाहिए था, लेकिन मैं नहीं गया।"

यह सुनकर जेम्स का चेहरा गंभीर हो गया। उसने कहा,

"तुम्हें पता है, एक पुरानी मान्यता है —अगर सपनों में बार-बार कोई मरा हुआ इंसान दिखे, तो इसका मतलब है कि उसकी आत्मा सच में तुम्हारे पास आ रही है।"

ये सुनते ही डेसमंड के माथे पर ठंडी पसीने की बूंदें झलक आई। उसने ज़बरदस्ती हँसने की कोशिश की,

"बस-बस, ये सब बेवकूफ़ी है, अंधविश्वास... कुछ नहीं होता ऐसा।"

उस रात, डेसमंड अपने अपार्टमेंट लौटा। वह खुद को समझाने की बहुत कोशिश करता रहा, लेकिन दादा का वो डरावना चेहरा बार-बार उसके ज़ेहन में लौट आता।

आख़िरकार, थकान भारी पड़ गई, और वह गहरी नींद में चला गया।

जैसा उसे डर था, वही हुआ। एक बार फिर, उसके दादा सपने में आ गए। इस बार भी वे अंधेरे में खड़े थे, चेहरे पर वही सख़्त गुस्से और नाराज़गी भरा भाव।

डेसमंड हड़बड़ाकर पसीने-पसीने होकर जाग गया। कुछ देर तक वह बिस्तर पर जड़ सा पड़ा रहा, डर के मारे हिल भी नहीं सका।

तभी जेम्स की कही बात उसके दिमाग़ में गूंज उठी —"अगर सपनों में मरे हुए लोग दिखें, तो इसका मतलब है कि उनकी आत्मा असलियत में तुम्हारे पास मौजूद है।"

डेसमंड ने डर को दबाया, और काँपते हुए, धीरे-धीरे अपने शरीर को हिलाना शुरू किया। काफी मशक्कत के बाद, उसने गर्दन मोड़ी और अपने बिस्तर के किनारे की ओर देखा।

अंधेरे में अब उसकी आँखें कुछ देखने के क़ाबिल हो चुकी थीं, और वही चीज़ उसके सामने थी जिससे उसे सबसे ज़्यादा डर था. सपने जैसा ही चेहरा, ठीक वैसा ही साया, उसी डरावने लुक से उसे घूरता हुआ.

उसके दादा उसके बिस्तर के बगल में खड़े थे।

•93•

समर्पित फ़िल्म निर्माता

दूर-दराज़ के छोटे से गाँव श्त्राका में, विलियम लैम्बर्ट कई ग्रामीणों के रहस्यमय ग़ायब होने की गुत्थी सुलझाने निकला था। गाँव में अफ़वाहें फैल चुकी थीं कि हर साल होने वाले वार्षिक धार्मिक उत्सव के दौरान लोग चर्च के भीतर ग़ायब हो जाते हैं।

जिज्ञासा और एक सनसनीख़ेज़ डॉक्युमेंट्री बनाने के लालच में, विलियम ने इस रहस्य की तह तक जाने की ठान ली।

जब विलियम श्त्राका पहुँचा, तो गाँव के बुज़ुर्ग ने उसे विस्तार से सारी बात बताई—"जो भी लोग ग़ायब हुए, वो सब चर्च के अंदर ही लापता हुए थे, और चर्च पिछले कई दशकों से बंद है। इसे साल में बस एक ही बार, वार्षिक समारोह के दिन ही खोला जाता है। तुम्हें आठ महीने इंतज़ार करना पड़ेगा। तभी तुम अंदर जाकर शूटिंग कर पाओगे।"

लेकिन विलियम के पास इतना समय नहीं था—उसका करियर दाँव पर था। जिद्दी और बेचैन होकर, उसने उसी रात अपने कैमरे के साथ चोरी-छुपे चर्च में घुसने का फ़ैसला कर लिया। अंधेरे में, जब वह उस पुराने पत्थर के चर्च के करीब पहुँचा, उसका दिल ज़ोर-ज़ोर से धड़कने लगा।

लेकिन जैसे ही उसने रिकॉर्डिंग शुरू करनी चाही, उसका कैमरा काम करना बंद कर गया। निराश होकर वह बड़बड़ाया, "क्या झंझट है इस कैमरे के साथ?"

तभी, अचानक, चर्च का एक विशाल लकड़ी का दरवाज़ा धीरे-धीरे चरमराते हुए खुलने लगा। विलियम का पहला ख़याल यही था कि शायद उसे कोई पकड़ने आ गया है। पर भागने के बजाय, उसने साहस करके दरवाज़े के पास झाँक कर देखा—पर दरवाज़ा अब पूरी तरह बंद था।

उसका दिल जिज्ञासा से भर गया। उसने दरवाज़े को ध्यान से देखा, तो पाया कि उस पर कोई प्राचीन भाषा में लिखा हुआ शिलालेख उकेरा गया था। विलियम ने उसे कॉपी किया और गाँव की लाइब्रेरी से मिले एक पुराने शब्दकोश की मदद से अपने होटल में बैठकर अर्थ निकालने की कोशिश की।

अनुवाद पढ़कर उसके रोंगटे खड़े हो गए—"भीतर मत जाना; ईश्वर से दूर मत होना।"

अगली रात, विलियम फिर से ज़्यादा तैयारी के साथ चर्च पहुँचा। पर इस बार भी कैमरे ने काम करने से इनकार कर दिया। तभी उसे फिर वही आवाज़ सुनाई दी—पिछली रात खुले दरवाज़े के पीछे से आती हुई सरसराहट। वह मुड़ा, तो देखा एक पीली, डरावनी हथेली दरवाज़े के पीछे से बाहर निकल रही थी।

डर के मारे उसके होश उड़ गए। उसने सोचा, "हे भगवान, किसी ने मुझे देख लिया! अब मैं पकड़ा गया!" और भागते हुए वहाँ से निकल गया।

अगले दिन, वह पूरे दिन घबराया रहा, पर हैरानी की बात यह थी कि गाँव में किसी को उसके कारनामे की भनक तक नहीं लगी थी। इससे उसे और हिम्मत मिली। तीसरी रात, विलियम और भी बेहतर कैमरों के साथ लौट आया। मगर फिर वही— कोई कैमरा काम नहीं कर रहा था।

अब उसे अहसास हुआ कि यह जगह कुछ ज़्यादा ही डरावनी है। वह हार मानकर वापस लौटने ही वाला था कि फिर वही विशाल दरवाज़ा चरमराने लगा।

इस बार, जिज्ञासा के मारे वह भागकर दरवाज़े की ओर बढ़ा, लेकिन रास्ते में उसका पैर फिसल गया और वह गिर पड़ा।

गिरते हुए वह बड़बड़ाया, पर जब उसने सिर उठाया, तो उसका दिल दहल गया।

दरवाज़े के पीछे से अनगिनत भूतिया हाथ बाहर निकल रहे थे—उसे अपनी ओर खींचने के लिए।

श्त्राका गाँव की शांति को उस रात एक बेतहाशा, घबराई हुई चीख़ ने चीर दिया।

गाँव वाले जाग उठे और दौड़कर चर्च की ओर पहुँचे। पर अगली सुबह, चर्च के अंदर सब कुछ वैसा ही था—सिर्फ़ विलियम के छोड़े हुए कैमरों के अलावा कोई सुराग नहीं मिला।

पूरी तलाश के बावजूद, विलियम लैम्बर्ट कभी नहीं मिला। और श्त्राका के चर्च और उसके ग़ायब हुए लोगों का रहस्य आज तक अनसुलझा ही रह गया।

•94•

अपराधी या नहीं?

रात के समय, मैं हमेशा अपने घर के दरवाज़े और खिड़कियाँ बंद कर देता हूँ। मेरे सबसे करीबी दोस्त भी मुझे हद से ज़्यादा सतर्क कहते हैं, मगर मुझे फर्क नहीं पड़ता। यह मेरी अपनी सुरक्षा की आदत थी।

मगर आज, पहली बार, मुझसे एक चूक हो गई। मैं नीचे वाले लिविंग रूम की खिड़की बंद करना भूल गया था।

मैं अपने बेडरूम में टीवी देख रहा था जब अचानक मुझे नीचे से किसी के कदमों की आहट सुनाई दी। मेरी सांसें थम गई। मैंने तुरंत लाइट बंद कर दी और पिस्तौल निकाल ली, जिसे मैं हमेशा अपनी ड्रॉअर में छुपा कर रखता था। ईमान से कहूँ तो, मैं उस पिस्तौल को हाथ में लेना बिल्कुल नहीं चाहता था।

फिर अगली ही पल, मैं हॉलवे की दीवार के पीछे छुपा खड़ा था, पिस्तौल को कस कर पकड़े हुए। मैंने ठान लिया कि अगर वह व्यक्ति चाकू लेकर मेरी ओर बढ़ा, तो मैं गोली चला दूँगा।

मेरे दिमाग में हजारों ख्याल दौड़ रहे थे। उसके कदमों की आवाज़ अब और करीब आती जा रही थी।

और फिर मैंने उसे देखा— काले कपड़ों में एक आदमी, जिसकी परछाई चाँद की हल्की रोशनी में झलक रही थी।

जैसे ही उसने मुझे देखा, वह तेज़ी से मेरी ओर दौड़ा। मैंने बिना कुछ सोचे घोड़ा दबा दिया और उसके सिर पर गोली मार दी। वह ज़मीन पर गिर गया।

मगर मैं यहीं नहीं रुका। मैंने संतोष के लिए तीन और गोलियाँ चलाई। पर सच कहूँ, सिर पर गोली खाने के बाद भी कौन ज़िंदा बचता है?

मेरे हाथ बुरी तरह काँप रहे थे, पर मुझे पता था कि अब पुलिस को कॉल करना ही होगा। मैंने फोन उठाया और 911 डायल करने लगा। मेरे मन में बस एक बात थी— "अब तो मुझे जेल जाना ही पड़ेगा। इससे बुरा क्या हो सकता है?"

लेकिन तभी, कॉल करने से पहले, एक डरावना एहसास हुआ— इससे भी बुरा कुछ हो सकता था।

वो शव, जिसे मैंने चार बार गोली मारी थी, धीरे-धीरे उठने लगा... जैसे कुछ हुआ ही न हो।

•95•

परिणाम

डैनियल हार्पर अपनी प्यारी पत्नी क्लेयर के साथ एक सपनों जैसे हनीमून से लौटा था। दो हफ्ते तक वे सुनहरी रेत वाले समुद्री तटों पर खुशियों से सराबोर रहे थे, और अब डैनियल बेसब्री से अपने ऑफिस के साथियों से ये खुशखबरी बाँटने को उत्सुक था।

जैसे ही डैनियल ऑफिस पहुँचा, उसे बधाइयों के साथ गले लगाना और हँसी-मज़ाक का सामना करना पड़ा। वह खुशी से फूला नहीं समा रहा था। हालाँकि उसके टेबल पर काम का अंबार लगा हुआ था, फिर भी उसके दिल में खास उमंग थी, क्योंकि उस रात उसकी और क्लेयर की नव-खुले कैफे में एक रोमांटिक डिनर डेट थी।

शाम होते ही बहुप्रतीक्षित डेट आ ही गई। सजल मोमबत्तियों की रोशनी में वे दोनों रेड वाइन का आनंद ले रहे थे। लेकिन तभी डैनियल की नज़र खिड़की के बाहर गई, जहाँ कोई जानी-पहचानी शख्सियत खड़ी थी—उसकी पुरानी गर्लफ्रेंड, रेनाटा।

यह बात सामान्य होती, अगर रेनाटा की मौत एक साल पहले न हुई होती। रेनाटा ने उसी ऊँची बिल्डिंग से छलांग लगाई थी, जहाँ डैनियल ने उसे छोड़कर क्लेयर से शादी कर ली थी।

"क्या हुआ, डैनियल?" क्लेयर ने पूछा, जब उसने देखा कि डैनियल का चेहरा सफेद पड़ गया है।

"कुछ नहीं, जान," डैनियल ने मुश्किल से मुस्कराते हुए कहा। उसने दोबारा खिड़की की ओर देखा, पर वहाँ अब केवल सामने की बिल्डिंग ही थी।

उसने खुद को समझाया कि शायद वाइन का असर था।

शाम तो शांतिपूर्वक गुजर गई, पर अगले दिन से डैनियल की ज़िंदगी डरावने सपने जैसी बन गई।

अगली सुबह, डैनियल को अपने ऑफिस के दरवाजे के नीचे एक हाथ से लिखी चिट्ठी मिली, जिसमें लिखा था:

"अपनी पत्नी से तलाक लो!"

डैनियल ने इसे घटिया मज़ाक समझकर नज़रअंदाज़ कर दिया, पर अगले दिन फिर एक चिट्ठी आई:

"अगर तुमने तलाक नहीं लिया, तो कोई मरेगा।"

डरावने संदेश अब धीरे-धीरे भयानक रूप लेने लगे। हर चिट्ठी के साथ अब उनके घर की कोई चीज़ आती—डैनियल की पसंदीदा अंडरवियर, क्लेयर की हेयरपिन, उनकी शादी का मुरझाया हुआ फूल... साफ़ था—कोई उनकी ज़िंदगी में घुसपैठ कर रहा था।

डैनियल ने पुलिस को बुलाया। पुलिस ने पूरा घर छान मारा, पर उन्हें कुछ नहीं मिला।

लेकिन डर का साया अब भी छाया रहा।

अंततः एक और नोट आया—सबसे भयानक: "आज रात तुम्हारी पत्नी मरेगी।"

डैनियल ने अब घर भर में सिक्योरिटी कैमरे लगवाए और खिड़कियाँ कस कर बंद कर दीं।

उस रात, दोनों पति-पत्नी बेचैन दिलों में डर छिपाए सोने चले गए। डैनियल ने नींद से लड़ने की कोशिश की, पर थकान के आगे हार गया।

आधी रात को चादर की सरसराहट से डैनियल की नींद टूटी। उसने आँखें मिचमिचाईं और देखा—चाँदनी में क्लेयर का चेहरा साफ़ दिख रहा था। संतोष की साँस लेते हुए वह फिर से सो गया।

सुबह की पहली किरणें कमरे में उतर आईं। धीरे-धीरे डैनियल की आँखें खुलीं।

उसने सामने अपनी प्यारी पत्नी का चेहरा देखा।

मुस्कराते हुए उसने क्लेयर के कंधे पर हाथ बढ़ाया—पर हाथ खाली बिस्तर पर पड़ा।

घबराकर डैनियल एकदम उठ बैठा।

ध्यान से देखा तो क्लेयर का चेहरा अब भी वहीं था—पर बुरी तरह पीला और अजीब सी शांति से भरा।

डरते-डरते डैनियल ने चादर पूरी हटा दी—वहाँ उसकी पत्नी का शरीर कहीं नहीं था... बस उसका कटा हुआ सिर तकिये पर रखा था, चेहरे पर वही शांत, जमी हुई मुस्कान।

•96•

मेरा ख़ज़ाना

1960 के दशक में, एरिक गुंड्री नाम के एक प्रसिद्ध पुरातत्वविद् अपने करियर के चरम पर थे। 1967 में, अपनी एक एकाकी खोज के दौरान, उन्होंने एक प्राचीन समाधि खोज निकाली, जिसे माना जाता था कि यह सैकड़ों साल पहले की एक अत्यंत सम्मानित पुजारिन वेरा की थी।

ग्रामीण कहानियों के अनुसार, अपने अंतिम वर्षों में वेरा की प्रतिष्ठा बुरी तरह धूमिल हो गई थी, क्योंकि उस पर यह आरोप लगे थे कि उसने काले जादू के ज़रिए अपने साथियों के साथ विश्वासघात किया था। कहा जाता था कि मरने से पहले, वेरा को डर था कि उसके बाद कोई उसकी समाधि को अपवित्र कर सकता है। इसी डर के कारण उसने सार्वजनिक रूप से सबको चेतावनी दी थी कि जो कोई भी उसकी समाधि को छेड़ेगा, वह भयानक श्राप का शिकार होगा। उसने सबको वहाँ से दूर रहने को कहा था।

इस खोज से रोमांचित और पेशेवर जिज्ञासा से प्रेरित होकर एरिक ने इस चेतावनी को पूरी तरह नज़रअंदाज़ कर दिया। सावधानी से खुदाई करने के बाद, उन्होंने समाधि में सोने की कई कीमती वस्तुएँ खोज निकालीं—सिक्के, आभूषण, प्याले और सोने की ईंटें।

शुरुआत में एरिक थोड़े हिचकिचाए, मगर अपने काम की आर्थिक अनदेखी से तंग आ चुके थे। अंततः उन्होंने ख़ज़ाने को छिपा लिया, यह सोचकर कि धीरे-धीरे उसे काले बाज़ार में बेच देंगे।

उन्होंने वेरा के शव को वैसे ही छोड़ दिया और समाधि से बाहर आ गए। ख़ज़ाने को चुराकर अपने पास रखने का इरादा करके, एरिक ने अपनी इस खोज की सूचना किसी भी अधिकारी को नहीं दी।

इस नये ख़ज़ाने की बदौलत एरिक ने एक शानदार मकान ख़रीदा, जिसमें सफेद शटर लगे थे और जो एक संपन्न इलाक़े में था। इसके बाद वह पूरी शान-ओ-शौकत से रहने लगे।

सब कुछ बढ़िया था, सिवाय एक चीज़ के—हर रात उन्हें आने वाले भयानक सपने, जो उनकी नींद में खलल डालते थे।

हर सपने में एक बूढ़ी, भूत जैसी महिला, जो काले कपड़ों में लिपटी होती थी, उनकी ओर बढ़ती थी, जबकि हर बार पीछे का दृश्य बदलता रहता था—कभी घना, बर्फ़ से ढका जंगल, कभी सुनसान राजमार्ग, और इसी तरह। मगर महिला वही रहती थी, उसकी उपस्थिति उतनी ही भयावह।

शुरुआत में एरिक ने इन सपनों को नज़रअंदाज़ किया, यह सोचकर कि यह सिर्फ़ अपराधबोध की उपज है, मगर एक रात उन्होंने सपना देखा जिसमें वह महिला उनके शहर के प्रवेश द्वार पर पहुँच चुकी थी।

अब एरिक घबरा गए। उन्होंने खुद को तसल्ली देने की कोशिश की, मानो ये सब उनकी कल्पना मात्र हो, मगर सपने बंद नहीं हुए—बल्कि महिला, जो शायद वेरा ही थी, हर रात उनके और क़रीब आती जा रही थी।

एरिक का दिल डर से भर गया।

अब उन्हें लगने लगा कि इन डरावने सपनों से बचना असंभव है। उन्होंने तुरंत शहर छोड़ने का फ़ैसला कर लिया।

उन्होंने जल्दी-जल्दी सामान बाँधना शुरू किया और हवाई टिकट बुक करने के लिए कॉल किया, मगर खराब मौसम की वजह से सभी उड़ानें रद्द हो चुकी थीं।

"ठीक है, कल का इंतज़ार करता हूँ। आज रात तो मैं बिल्कुल नहीं सोऊँगा, एहतियातन," एरिक ने सोचा।

रात काटने के लिए, वह अपने तहख़ाने में उन पुरावशेषों को देखने और जाँचने लगे, जो उन्होंने समाधि से लाए थे।

मगर काम करते-करते उन पर थकान हावी होने लगी, और धीरे-धीरे उनकी आँखें बंद हो गईं।

इस बार सपना पहले से कहीं ज़्यादा सजीव और भयावह था। एरिक एकदम जड़ हो गए थे, हिल भी नहीं पा रहे थे—बस असहाय होकर देख रहे थे कि वेरा उनके आँगन में दाखिल हुई, फिर धीरे-धीरे घर के मुख्य दरवाज़े तक पहुँची।

घबराए हुए एरिक पूरी ताक़त से जागने की कोशिश कर रहे थे, मगर सब व्यर्थ था।

वह कुछ नहीं कर सके, बस देख सकते थे कि वेरा अब उस कुर्सी तक आ चुकी थी, जिस पर वह बैठे थे, और उसने अपनी ठंडी, मृत-सी लगने वाली उंगलियाँ उनके गले पर कस दीं।

अगली सुबह, एरिक के विशाल घर में उनकी नौकरानी की चीख़ों से सनसनी फैल गई। उसने एरिक को उनकी चमड़े की आरामकुर्सी पर मृत पाया—उनका चेहरा डर के मारे विकृत था।

पुलिस थोड़ी ही देर में पहुँच गई। जाँच तेज़ी से हुई और नतीजा भी जल्दी आ गया:

हत्या का कारण लूट बताया गया, क्योंकि पूरे घर से एक भी सोने का सिक्का या ख़ज़ाना नहीं मिला—सब कुछ ग़ायब था।

•97•

शूटिंग की जगह

किशोरों के एक समूह ने एक शौकिया रॉक बैंड बनाया था, और वे अपनी म्यूज़िक वीडियो के लिए ऐसी जगह ढूंढ रहे थे, जो उनके वीडियो को एक अलग ही माहौल दे सके।

शेन, जो लीड वोकलिस्ट का दोस्त और उनका कैमरा मैन था, ने एक जगह सुझाई—शहर के बाहरी इलाके में एक पुरानी, सुनसान इमारत। शेन के मुताबिक, वह जगह उनके बैंड के इमो स्टाइल के लिए बिल्कुल परफेक्ट थी।

निक, जो बैंड का लीड सिंगर था, तुरंत राज़ी हो गया। जल्दी ही उन सबने अपने सारे साज़ और कैमरा उठाए और उस जगह के लिए निकल पड़े।

वे जिस जगह पहुँचे, वह एक पुराना, दो-मंज़िला मकान था, जिसकी दीवारें काई से ढकी हुई थीं और जो बरसों से वीरान पड़ी थी। खिड़कियाँ टूटी हुई थीं, और सामने का दरवाज़ा टेढ़ा होकर झूल रहा था।

"ये तो ज़बरदस्त है!" निक ने कहा, उस घर के चारों ओर फैली भयानक खामोशी को देखते हुए। "यहाँ हम आराम से रिकॉर्डिंग कर सकते हैं, कोई हमें तंग भी नहीं करेगा।"

वे जब उस घर के अंदर घूमने लगे, तो उनके कदमों की आवाज़ें खाली, जर्जर कमरों में गूंजने लगीं। निक ने गौर किया और बोला, "यहाँ की गूंज कितनी ज़बरदस्त है। यह जगह को एक खास एहसास देती है।"

उत्साहित होकर निक ने कहा, "क्यों न हम अपने गाने मेरे पापा के गैराज की बजाय यहीं रिकॉर्ड करें?"

आवाज़ की गूंज को परखने के लिए निक ने ज़ोर से चिल्लाया, "हेलो!" उसकी आवाज़ दीवारों से टकराकर लौट आई और पूरे सुनसान घर में गूंजने लगी।

इससे खुश होकर निक ने बैंड का नया, अधूरा गाना गाना शुरू कर दिया। उसकी आवाज़ गूंज के साथ मिलकर गाने के डर और तन्हाई के माहौल को और प्रभावी बना रही थी।

जब निक ने गाने की आख़िरी लिखी हुई पंक्ति गाई, तो गूंज ने दोहराया, "मैं अंधेरे में तुम्हारा इंतज़ार करूँगा।"

बैंड के बाकी सदस्यों ने एक-दूसरे की ओर देखकर सिर हिलाया, मानो वे इस जगह की ध्वनि से खुश हों, लेकिन आवाज़ यहीं नहीं रुकी। अचानक गूंज एक डरावनी, अजनबी आवाज़ में गूंज उठी, "अंधेरे में, जहाँ मैं तुमसे मिलूँगा; जहाँ मैं तुम्हारी खाल और आत्मा खाऊँगा।"

निक, शेन और बाकी सभी ने घबराकर एक-दूसरे की ओर देखा। यह गूंज निक की आवाज़ जैसी बिल्कुल भी नहीं थी; यह आवाज़ गहरी और खौफ़नाक थी।

कोई कुछ बोले बिना, सभी ने अपना सामान उठाया और उस घर से ऐसे भागे जैसे जान बचाकर भाग रहे हों। उसके बाद न उन्होंने कभी उस घर का नाम लिया, न वहाँ जाने की हिम्मत की।

•98•

असहनीय रूममेट

यूनिवर्सिटी के हॉस्टल में रहने वाली शेली थॉमस का कमरा रीटा कारमाइन नाम की एक अजीब और चिड़चिड़ी लड़की के साथ था। दोनों के बीच ज़्यादा बातचीत नहीं होती थी, लेकिन शेली को जितना पता था, उससे इतना समझ आ गया था कि रीटा किसी रहस्यमय पंथ से जुड़ी हुई थी। अफ़वाहें थीं कि रीटा गुप्त रूप से अजनबी लोगों से मिलती थी और शैतानी अनुष्ठानों में भाग लेती थी।

एक रात, शेली सो नहीं पा रही थी क्योंकि रीटा बहुत ज़ोर से खर्राटे ले रही थी। लेकिन परेशानी सिर्फ़ इतनी नहीं थी। रीटा ने कुछ बेहद तेज़ खुशबू वाला धूप जला रखा था, जिसकी तीखी गंध ने पूरे कमरे की हवा को भर दिया था। खिड़की पूरी तरह खुली थी, जिससे ठंडी हवा अंदर आ रही थी। शेली को अजीब बेचैनी हो रही थी, लेकिन रीटा से डरते हुए वह उठकर उसे कुछ कहने की हिम्मत नहीं जुटा पाई। उसे डर था कि अगर उसने अपनी अजीब रूममेट को परेशान किया, तो शायद उस पर कोई श्राप या बदकिस्मती आ जाए, क्योंकि रीटा के अजीब कामों से वह पहले ही डरी हुई थी।

आख़िरकार, शेली ने अपने हेडफोन लगाए, अपने पसंदीदा गाने चलाए और चेहरे पर मास्क पहन लिया ताकि वह गंध से बच सके। थोड़ी देर बाद, वह किसी तरह सो पाई।

अगली सुबह जब शेली जागी, तो रीटा अब भी बिस्तर में लेटी हुई थी। शेली चुपचाप कमरे से निकल गई और अपनी क्लास के लिए रवाना हो गई।

यह सिलसिला लगभग एक हफ़्ते तक चलता रहा। हर रात, शेली रीटा के खर्राटों, तीखी धूप की गंध और खुली खिड़की से आती ठंडी हवा को झेलती रहती।

लेकिन एक रात, जब वह लाइब्रेरी में देर तक पढ़ाई करने के बाद कमरे में लौटी, उसके हेडफोन अचानक काम करना बंद कर गए। यह जानकर कि वह उस रात किसी भी तरह की आवाज़ से बच नहीं सकेगी, उसके दिल में डर भर गया।

उस रात, शेली जैसे ही कमरे में दाख़िल हुई, उसने तय कर लिया कि अब और सहन नहीं कर सकती। हिम्मत जुटाकर वह रीटा के बिस्तर के पास गई, सोचते हुए कि अब वह उससे साफ़-साफ़ कह देगी कि वह खिड़की बंद करे और धूप जलाना बंद करे। मगर जैसे ही वह पास पहुँची, उसे कुछ अजीब-सा एहसास हुआ। रीटा बिल्कुल भी हिल नहीं रही थी—उसका चेहरा, जो कंबल के ऊपर थोड़ी-सी जगह से दिख रहा था, पूरी तरह जड़ और निस्तेज था।

घबराहट के साथ, शेली ने कांपते हाथों से कंबल हटाया और जो उसने देखा, उससे उसकी चीख़ निकल गई। रीटा की लाश पूरी तरह क्षत-विक्षत थी—उसके अंग शरीर से अलग कर के सुगंधित जड़ी-बूटियों में लपेटे गए थे ताकि बदबू न फैले।

पैनिक में, शेली दौड़ती हुई हॉस्टल की सुपरवाइज़र, मिस बॉयड के पास पहुँची और रोते हुए पूरी बात बता दी। मिस बॉयड ने तुरंत पुलिस को बुला लिया।

पुलिस आई, शव की जाँच की, शेली से पूछताछ की—लेकिन फिर, हैरानी की बात यह हुई कि उन्होंने शेली को हथकड़ी लगा दी।

"आप मुझे गिरफ़्तार क्यों कर रहे हैं? ये हथकड़ी क्यों?" शेली ने घबराकर पूछा।

एक अफ़सर ने ठंडी आवाज़ में जवाब दिया, "तुम्हारी रूममेट की मौत को लगभग एक हफ़्ता हो चुका है।"

शेली का दिमाग़ सुन हो गया, जैसे सारी दुनिया थम गई हो, और तभी उसे एक डरावना एहसास हुआ, जिससे उसकी रूह कांप उठी।

"तो फिर... इस पूरे हफ़्ते मैं किसके खर्राटे सुन रही थी?"

•99•

सावधानी

जब गिसेल अपनी उम्र के मध्य-तीसवें दशक में थी, तो उसे बार-बार एक ही डरावना सपना आने लगा। हर बार वह सपना ऐसे ही शुरू होता—बारिश के दिन, वह एक बस में चढ़ती, और जैसे ही बस एक लाल दीवारों वाली सुनसान फैक्ट्री के पास से गुज़रती, एक अजीब सा व्यक्ति, जो बच्चे के चेहरे जैसा मास्क पहने होता, उसके बगल में बैठ जाता और गला दबाकर उसे मारने लगता।

हर रात गिसेल घबराकर जाग जाती थी। उसने उन सपनों को हल्के में नहीं लिया, बल्कि उन्हें चेतावनी मानने लगी। इसी डर से वह हमेशा बारिश वाले दिनों में टैक्सी से सफर करने लगी।

समय के साथ, वे सपने और भी ज़्यादा सजीव होते गए। अब गिसेल को सपनों में छोटी-छोटी चीज़ें भी साफ़ दिखने लगीं, जैसे कि बस का नंबर—18। बस यही देखकर उसने पक्की कसम खा ली कि वह कभी भी नंबर 18 की बस में नहीं चढ़ेगी।

अक्टूबर के आख़िरी दिनों में, एक उदास और धुंधले दोपहर में, गिसेल अपने मनोचिकित्सक से मिलकर लौट रही थी। उसे शहर के दूसरे छोर पर एक वर्कशॉप के लिए देर हो रही थी। आसमान में काले बादल छाए देख, वह घबराई हुई तेज़ी से नज़दीकी बस स्टॉप पर पहुँची।

वह बसों की खिड़कियों पर लिखे पते पढ़ने लगी, ताकि सही दिशा में जा रही बस पकड़ सके। तभी उसकी नज़र एक बस पर पड़ी जो सही रास्ते की लग रही थी। लेकिन जैसे ही वह चढ़ने ही वाली थी, उसकी नज़र पास के एक पेड़ के नीचे खड़े एक अजीब व्यक्ति पर गई। उसकी निगाहें तुरंत सामने खड़ी बस की ओर गई, और उसके होश उड़ गए—बस का नंबर था 18।

डरी हुई गिसेल तुरंत दूसरी बस में चढ़ गई, बिना सोचे कि वह कहाँ जा रही है। वह बस के पीछे की सीट पर जा बैठी। उस समय उसे बस की मंज़िल की कोई फिक्र नहीं थी—वह बस किसी भी तरह उस नंबर 18 की बस से दूर रहना चाहती थी।

बस चल पड़ी, और थोड़ी देर बाद उसका दिल धीरे-धीरे शांत होने लगा। उसने मन ही मन सोचा, "सपने ने मेरी जान बचा ली। अगर मैं नंबर 18 की बस में चढ़ती, तो शायद मारी जाती।"

वह खिड़की से बाहर देखती रही, जहाँ बारिश की बूँदें अनजानी सड़कों पर गिर रही थीं। उसे नहीं पता था कि वह बस उसे कहाँ ले जा रही है, लेकिन कम से कम फिलहाल वह खुद को सुरक्षित महसूस कर रही

थी। उसकी आँखें बोझिल होने लगीं, जब अचानक बाहर के कुछ दृश्य उसके लिए अजनबी होते हुए भी बहुत जाने-पहचाने लगे। उसके पूरे शरीर में सिहरन दौड़ गई।

घबराकर उसने बस ड्राइवर से पूछा, "भाईसाहब, ये कौन सी बस है?"

ड्राइवर ने जवाब दिया, "ये? ये बस नंबर 81 है।"

उसी पल, गिसेल की नज़र उस जगह पर पड़ी जिसे वह अनगिनत बार अपने सपनों में देख चुकी थी—वह पुरानी लाल दीवारों वाली फैक्ट्री।

उसका दिल ज़ोर-ज़ोर से धड़कने लगा। और तभी, उसकी आँखों के सामने वही डरावना नज़ारा दोहराया गया—बच्चे के चेहरे वाला मास्क पहने वही शख़्स उसकी बगल वाली सीट पर आकर बैठ गया।

बस इतना ही।

अंतिम पन्ने तक पहुँचने के लिए धन्यवाद।

क्या आपको कहानियाँ पसंद आई? क्या वे आपको डरा पाई?

और सबसे ज़रूरी बात—क्या आपने मेरी दी हुई सलाह को ध्यान में रखा?

आशा है आपने रखा होगा, क्योंकि ज़्यादा देर तक डरावनी ऊर्जा के बीच रहना कभी-कभी... कुछ अनहोनी को बुलावा दे सकता है।

खैर, मैंने पहले ही आपको चेतावनी दी थी, अब मेरे पास कहने के लिए बस इतना ही है—सावधान रहना, और शुभकामनाएँ।

www.ingramcontent.com/pod-product-compliance
Lightning Source LLC
LaVergne TN
LVHW040431051026
849517LV00002B/555
9798231939343